Una familia no tan feliz

Shari Lapena

Una familia no tan feliz

Traducción de
Jesús de la Torre

Papel certificado por el Forest Stewardship Council®

Título original: *Not a Happy Family*
Primera edición: enero de 2022

Printed in Spain – Impreso en España

ISBN: 978-84-9129-638-6
Depósito legal: B-15248-2021

Compuesto en Mirakel Studio, S.L.U.
Impreso en Black Print CPI Ibérica
Sant Andreu de la Barca (Barcelona)

SL 9 6 3 8 6

A los héroes de la pandemia —los científicos, el personal sanitario y los trabajadores de todos los ámbitos que han estado en primera línea—: gracias

«Todas las familias felices se parecen entre sí;
cada familia infeliz lo es a su manera».

LEÓN TOLSTÓI, *Ana Karenina*

Prólogo

Hay muchas casas caras aquí, en Brecken Hill, un enclave cercano a Aylesford, en el valle del Hudson. Situado en el lado este del río Hudson, a unos ciento sesenta kilómetros al norte de la ciudad de Nueva York, es como los Hamptons, pero algo menos pretencioso. Aquí hay gente de dinero de toda la vida, y también nuevos ricos. Siguiendo por el largo camino privado que hay pasado el bosquete de abedules, ahí se encuentra: la casa Merton, en medio de su enorme extensión de césped, como si fuera un pastel en una bandeja. Se entrevé una piscina a la izquierda. Detrás hay un barranco y los árboles frondosos a ambos lados del terreno garantizan la privacidad. Es una finca de primera.

Todo está muy tranquilo y silencioso. Hay un sol pálido y las nubes se mueven con rapidez. Son las cuatro de la tarde del lunes de Pascua; en cualquier otro lugar los niños están devorando sus conejitos de chocolate y sus huevos de Pascua envueltos en papel de aluminio mientras calculan cuántos les quedan y miran los que sigue habiendo en las cestas de sus hermanos. Pero aquí no hay ningún niño. Ya han crecido y se han ido de casa. No muy lejos, eso sí. Vinieron todos ayer mismo, para la cena del domingo de Pascua.

La casa parece desierta. No hay ningún coche en el camino de entrada. Están ocultos tras las puertas del garaje de cuatro plazas. Hay un Porsche 911 descapotable; a Fred Merton le gusta conducirlo, pero solo en verano, cuando mete sus palos de golf en el maletero. Para el invierno prefiere el Lexus. Su mujer, Sheila, tiene el Mercedes blanco con su blanco interior de cuero. Le gusta ponerse uno de sus muchos pañuelos coloridos de Hermès, repasarse el pintalabios en el espejo retrovisor y salir a encontrarse con sus amigas. Ya no lo va a hacer más.

Con una casa tan grande, con este suelo de brillante y pulido mármol blanco bajo una intricada lámpara de araña de varias alturas en la entrada y flores recién cortadas sobre una consola, cualquiera pensaría que debe de haber personal encargado del mantenimiento. Pero solo hay una asistenta, Irena, que viene dos veces por semana. Trabaja muchísimo, pero lleva tanto tiempo con ellos —más de treinta años— que casi es como de la familia.

Antes de todo esto debía de tener una apariencia perfecta. Un rastro de sangre sube por las escaleras de moqueta clara. A la izquierda, en la encantadora sala de estar, hay una enorme lámpara de porcelana rota sobre la alfombra persa con la tulipa torcida. Un poco más allá, tras la mesita baja de cristal, está Sheila Merton en camisón, completamente inmóvil. Está muerta, con los ojos abiertos y marcas en el cuello. No hay sangre sobre su cuerpo, pero su olor nauseabundo se extiende por todas partes. Algo espantoso ha pasado aquí.

En la gran cocina luminosa que está en la parte de atrás de la casa, el cuerpo de Fred Merton yace despatarrado sobre el suelo en medio de un charco de sangre oscura y viscosa. Las moscas emiten su zumbido silencioso alrededor de su nariz y su boca. Ha sido apuñalado con saña muchísimas veces y tiene un corte en su carnoso cuello.

¿Quién ha podido hacer algo así?

1

Veinticuatro horas antes

Dan Merton mueve los hombros vestido con una chaqueta azul marino sobre una camisa de vestir azul claro con el botón del cuello sin abrochar y unos elegantes vaqueros oscuros. Se observa con atención en el espejo de cuerpo entero del dormitorio. Detrás de él, se encuentra Lisa, su mujer.

—¿Estás bien?

Él la mira con una débil sonrisa por el espejo.

—Claro. ¿Por qué no iba a estarlo?

Ella se gira. Dan sabe que la perspectiva de la cena de Pascua en casa de sus padres no le entusiasma más que a él. Se da la vuelta y la mira, su preciosa chica de ojos marrones. Llevan casados cuatro años y durante ese tiempo han pasado por dificultades. Pero ella ha permanecido a su lado y él sabe que es afortunado por tenerla. Lisa es su primera experiencia de amor incondicional. Sin contar el de los perros.

Aplaca una punzada de desasosiego. Sus problemas económicos son fuente de estrés y constante tema de conversación. Pero Lisa siempre termina convenciéndole y haciéndole creer que todo saldrá bien, al menos mientras ella esté presente. Es cuando ella no está cuando aparecen las dudas, la abrumadora ansiedad.

Lisa procede de una curtida familia de clase media, lo cual supuso para ella una desventaja desde el principio, pero a él no le importó. Los padres de Dan son unos arrogantes, pero él no, así que ella nunca albergó grandes expectativas. Cuando se conocieron, ni siquiera sabía quién era él, porque no se movían por los mismos círculos.

«Es la única que va a conseguir aguantarle», oyó que decía su hermana menor, Jenna, a Catherine, la mayor, cuando no sabían que él pudiera oírlas.

Quizá fuese verdad. Pero, al menos, su matrimonio había sido un éxito, eso tenían que admitirlo todos. Y su familia no pudo evitar tomarle cariño a Lisa a pesar de sus prejuicios.

—¿Vas a intentar hablar con tu padre? —le pregunta ahora Lisa con expresión de recelo.

Él aparta la mirada mientras cierra la puerta del armario.

—Si surge la oportunidad.

Odia tener que pedirle dinero a su padre. Pero la verdad es que no se le ocurre otra opción.

Catherine Merton, que no adoptó el apellido de su marido, desea cada año que llegue la cena de Pascua en casa de sus padres, así como todas las demás ocasiones en que se reúnen para celebrar alguna fiesta en la fastuosa casa de Brecken Hill. Su madre sacará la vajilla especial y la cubertería de plata y habrá un enorme ramo de flores recién cortadas en la solemne mesa del comedor, lo cual hará que Catherine se sienta elegante y privilegiada. Es la hija mayor y la preferida;

todos lo saben. Es a la que mejor le va, la única de quien sus padres se sienten de verdad orgullosos. Es médica (dermatóloga, no cirujana cardiovascular, pero médica al fin y al cabo). Dan ha supuesto una pequeña decepción. Y Jenna... En fin, Jenna es Jenna.

Catherine se pone un pendiente de perla y se pregunta qué sorpresa les tendrá preparada Jenna para hoy. Su hermana menor vive en una pequeña casa de alquiler a las afueras de Aylesford y va a Nueva York con frecuencia para quedarse en casa de sus amigos. Su estilo de vida es algo misterioso, lo cual es fuente de muchos sufrimientos para sus padres. Dan dice que Jenna está fuera de control, pero Catherine sabe muy bien que Jenna usa su estilo de vida como forma de control. Tiene el poder de escandalizar y no le importa hacer uso de él. Desde luego, no es tan educada como Catherine. Ni respetable ni previsible. No, ella es un caso aparte. Cuando eran niños, se mostraba desafiante. Ahora, su padre siempre la está amenazando con dejarla sin asignación, pero todos saben que no lo hará, porque volvería de nuevo a casa y no serían capaces de soportarla. En la familia sospechan de drogas y promiscuidad, pero nunca preguntan porque lo cierto es que no quieren saberlo.

Catherine levanta la vista desde el asiento frente a su tocador cuando su marido, Ted, entra en el dormitorio. Ha estado bastante callado todo el día. Es su forma sutil de demostrar su descontento, aunque jamás lo admitiría. No quiere asistir a las cenas de Pascua en casa de los acaudalados padres de ella. Le fastidian las expectativas que ponen en esas cenas en cada ocasión. No le gusta la tensión que ondea bajo la superficie durante esas comidas. «Dios mío, ¿cómo puedes soportarlo?», dice siempre nada más meterse en el coche para salir de nuevo por el camino de entrada.

Ella los defiende. «No son tan malos», responde siempre en un intento por quitarle importancia mientras se alejan a toda velocidad. Ahora, ella se pone de pie, se acerca a él y le da un beso en la mejilla.

—Intenta ser positivo —le dice.

—Siempre lo hago —responde él.

«No es verdad», piensa ella a la vez que se da la vuelta.

—Joder, no tengo ningunas ganas de esto —le dice Jenna a Jake, que está sentado en el asiento del pasajero mientras ella va conduciendo en dirección a Brecken Hill. Él había llegado en tren desde Nueva York y ella le había recogido en la estación de Aylesford. Va a pasar la noche en casa de Jenna.

—Pues para el coche —contesta Jake intentando persuadirla mientras le acaricia la pierna—. Podemos esperar un poco. Fumarnos un porro. Así te relajas.

Ella le mira con una ceja levantada.

—¿Crees que necesito relajarme?

—Pareces un poco tensa.

—Vete a la mierda —responde ella con tono juguetón y una sonrisa.

Sigue conduciendo hasta que encuentra un desvío que conoce y, de repente, lo toma. El coche empieza a dar tumbos por la carretera hasta que lo detiene bajo un árbol grande.

Jake está ya encendiendo un porro y le da una fuerte calada.

—Vamos a apestar cuando lleguemos —dice ella a la vez que extiende la mano para quitárselo—. Quizá sea lo mejor.

—No sé por qué te empeñas tanto en contrariar a tus padres —responde Jake—. Te pagan las facturas.

—Se lo pueden permitir.

—Mi niña salvaje. —Jake se inclina hacia delante y la besa mientras pasa las manos por debajo de su chaqueta de cuero negro y de su camiseta para acariciarla suavemente, sintiendo ya una clara sensación de mareo—. Estoy deseando ver qué clase de gente te ha engendrado.

—Te van a entrar arcadas. Son tan santurrones que vas a esperar que aparezca un púlpito cada vez que abran la boca.

—No será para tanto.

Ella da otra fuerte calada y le pasa el porro.

—Mi madre es inofensiva, creo. Mi padre es un gilipollas. Las cosas nos irían mejor si él no estuviera.

—Los padres... te joden la vida —dice él citando mal al poeta Philip Larkin.

Hace mal la mayoría de las cosas, piensa Jenna mientras le mira entre una neblina de humo y se derrite al sentir sus dedos sobre el pezón. Pero es entretenido y no es malo en la cama y eso es suficiente por ahora. Y le gusta la pinta que tiene. Increíblemente atractivo y tosco. Está deseando presentárselo a la familia.

2

Rose Cutter ha cometido una estupidez. Y no puede dejar de pensar en lo que ha hecho y en lo que debe hacer ahora. Piensa en ello muy entrada la noche, cuando debería estar durmiendo. También en el despacho, cuando debería estar trabajando. Piensa en ello cuando está tratando de adormecerse viendo la televisión.

La perspectiva de estar sentada durante la cena de Pascua con su madre y su tía Barbara, fingiendo que todo va bien, le parece casi insoportable. Su madre va a notar que pasa algo. Se da cuenta de todo. Últimamente ha comentado varias veces que Rose parece cansada, que ha perdido peso. Rose siempre le quita importancia, trata de llevar la conversación hacia otro lado, pero cada vez le cuesta más hacerlo. Lo cierto es que ha empezado a visitar a su madre con menos frecuencia, pero no puede saltarse la cena de Pascua. Se observa en el espejo. Es verdad que los vaqueros que antes le estaban ceñidos ahora parecen quedarle grandes. Decide compensarlo poniéndose un holgado jersey rojo sobre la camisa. Con eso tendrá que bastar. Se cepilla su larga melena castaña, se aplica un poco de lápiz de labios para iluminar su pálida cara y trata de esbozar una sonrisa. Parece forzada, pero es lo más que puede hacer.

Cuando llega a casa de su madre, empiezan de inmediato la preocupación maternal, las preguntas. Pero su madre no la puede ayudar. Y no puede enterarse nunca de la verdad. Rose se ha metido en un lío ella solita. Y también tendrá que salir de él por sí misma.

Ellen Cutter echa un vistazo a Rose y niega con la cabeza.

—Mírate —dice a la vez que coge el abrigo de su hija—. Estás muy pálida. Barbara, ¿no te parece que está un poco pálida? Y si te soy sincera, Rose, te estás quedando muy delgada.

Barbara pone los ojos en blanco y, a continuación, sonríe a Rose.

—Yo creo que estás estupenda. No hagas caso a tu madre. Es doña angustias.

Rose sonríe a su tía.

—Gracias, Barbara. Yo no creo que tenga tan mal aspecto, ¿no? —Se gira para mirarse en el espejo de la entrada y se ahueca un poco el flequillo.

Ellen también sonríe pero, por dentro, está consternada. Y su hermana le lanza una rápida mirada que confirma que se ha dado cuenta de lo cambiada que está su sobrina a pesar de lo que le acaba de decir. Ellen no se está imaginando nada. Es verdad que Rose parece agotada. Últimamente ha perdido la chispa. Intenta no preocuparse, pero ¿por quién si no habría de hacerlo? Es viuda y Rose es su única hija. Barbara no tiene hijos, así que no tiene sobrinos de los que ocuparse. En realidad, Ellen está bastante sola en el mundo, salvo por estas dos y su amiga Audrey.

—Bueno, vamos a disfrutar de una cena deliciosa —anuncia Ellen—. Pasa a la cocina. Estaba a punto de regar el pavo.

—¿Qué novedades tienes? —oye Ellen que le pregunta Barbara a su sobrina mientras se dirigen a la otra habitación.

—Poca cosa —contesta Rose—. Solo trabajo.

—Eso no parece muy propio de ti —insiste Barbara—. ¿Qué haces para divertirte? ¿Te has echado algún novio últimamente?

Ellen mira con disimulo la cara de su hija mientras se ocupa del pavo. El olor de la carne asada le resulta familiar y reconfortante. Rose era antes una chica muy popular, pero ya no habla nunca de amigos ni de novios. Todo es trabajo, trabajo y trabajo.

—Ninguno ahora mismo —contesta Rose.

—Supongo que dirigir tu propio bufete debe de ser una tarea bastante exigente —reconoce Barbara con una sonrisa.

—No lo sabes bien.

—Existe una cosa que se llama conciliación de la vida personal y la laboral —interviene Ellen con cautela.

—No si eres una abogada joven —responde Rose.

Pero Ellen se pregunta si le estará pasando algo más.

Audrey Stancik ha estado fuera de juego por culpa de una desagradable gripe primaveral. No se molestó en ponerse la vacuna contra la gripe este año y ahora se arrepiente mucho. Se encuentra en su modesta casa, sentada en la cama, vestida con su pijama más cómodo y desgastado. Tiene el pelo recogido hacia atrás por una diadema elástica pero, aunque enferma, su manicura es perfecta. Recostada contra varias almohadas, tiene puesta la televisión de fondo, pero lo cierto es que no la está mirando. Hay una papelera llena de pañuelos usados junto a la cama y una caja con otros sin usar en la mesita de noche, junto a la fotografía enmarcada de su hija Holly. Su estado es deprimente; la nariz le gotea como un grifo y le duele todo el cuerpo. Se suponía que Audrey iba a celebrar la cena de Pascua en casa de su hermano Fred con la familia y este año lo esperaba con especial ilusión. Lo iba a disfrutar más de lo habitual sabiendo lo que sabe. Va a echar de menos la deliciosa comida con todas las guarniciones y su plato favorito, la tarta de limón de Irena. Es una verdadera pena; a Audrey le encanta su comida.

Pero, excepto por lo de la gripe, Audrey se siente bastante contenta últimamente. Espera recibir pronto un dinero caído del cielo. Una cantidad de dinero considerable. Qué pena que para ello tenga que morir alguien.

Va a ser rica. Ya iba siendo hora.

3

Catherine está en la puerta de la casa de sus padres con Ted a su lado, un poco temblando de nervios. Llama al timbre. Siempre es igual: con dudas sobre cómo se van a llevar entre todos, confiando en que vaya bien. Pero no va a permitir que nadie le estropee el día.

Ella y Ted tienen una bonita casa en Aylesford, pero para nada tan impresionante como esta. Tienen el tipo de casa que se pueden permitir con los ingresos de dos profesionales —una dermatóloga y un dentista—. La casa de sus padres, en la que ella y sus hermanos se han criado, es más bien una mansión. Como hija mayor, le gustaría quedarse con esta casa cuando sus padres ya no estén. Le gustaría vivir aquí, en Brecken Hill, con todas las comodidades, e invitar a sus hermanos en las celebraciones especiales, junto a sus hijos. Así es como se imagina... y en esas fantasías nunca es muy mayor. No mucho más de lo que es ahora. Desde luego, no tanto como sería si sus padres tuvieran una larga existencia y fallecieran por causas naturales. Pero para eso sirven las fantasías; por definición, nunca son realistas. Quiere la casa y todo lo que hay en ella: los platos, las antigüedades, los cuadros. Sus padres no le han prometido nunca que se quedará con ella ni han dado siquiera a entender que se la van a dejar. Pero jamás se la dejarían a Dan. De todos modos, él no la iba a querer. Y probablemente Jenna la destrozaría o, si no ella, sus amigos. Su madre jamás castigaría a sus acaudalados vecinos con Jenna y su estilo de vida, de eso está segura.

La puerta se abre y aparece su madre, dándoles la bienvenida con una sonrisa. Lleva unos pantalones negros y unos zapatos de tacón del mismo color, una blusa de seda blanca y un pañuelo de Hermès naranja y rosa alrededor del cuello. Catherine analiza brevemente la expresión de su madre, buscando alguna señal de cómo será ella cuando sea mayor. Ve sus ojos azules y acuosos, su cutis firme, el buen corte de su cabello. Su madre ha envejecido con bastante elegancia, pero el dinero siempre ayuda.

—Hola, mamá —dice a la vez que se inclina para abrazar a su madre. Es más un abrazo de cortesía que sincero.

—Hola, querida. Sois los primeros —responde su madre antes de girarse para saludar a Ted—. Pasad. Os serviré una copa.

Entra con paso rápido en el comedor que está a la derecha del vestíbulo.

—¿Qué queréis? ¿Champán?

Su madre siempre sirve champán los días de fiesta.

—Vale —contesta Catherine mientras se quita la chaqueta de entretiempo y la cuelga en el armario a la vez que su marido. Nunca se quitan los zapatos.

—¿Ted?

—Sí, muy bien —dice él con una agradable sonrisa.

Ted siempre empieza de buenas, piensa Catherine. Solo que al poco rato se va poniendo tenso.

Sheila les sirve champán, atraviesan la amplia entrada con sus burbujeantes copas hasta la sala de estar que queda al otro lado y se sientan en los aterciopelados sofás mientras los rayos de sol de la primavera entran por los grandes ventanales. La vista del jardín es preciosa, piensa Catherine cada vez que está ahí. Y han empezado a florecer los narcisos y los tulipanes del jardín. Si fuera suyo, lo tendría más arreglado.

—¿Dónde está papá? —pregunta.

—Arriba. Bajará en un momento —responde su madre. Esboza una sonrisa tensa y baja la voz al tiempo que deja la copa de champán en la mesita—. Lo cierto es que quiero hablar contigo de algo importante antes de que venga tu padre.

—Ah. —Catherine está sorprendida.

Algo atraviesa la expresión de su madre. Inquietud, quizá. Catherine no sabe bien qué es, pero se pone en guardia. Y en ese momento suena el timbre. Solo puede ser Dan, piensa. Jenna siempre llega tarde.

Como si le leyera la mente, su madre gira la cabeza hacia la puerta de la casa y dice:

—Debe de ser Dan.

Se levanta para ir a abrir mientras Catherine mira a su marido con extrañeza.

—¿De qué querrá hablarnos? —le susurra a Ted.

Él se encoge de hombros y bebe un sorbo de champán. Esperan hasta que Dan y Lisa entran en la sala de estar. Catherine y su cuñada se abrazan rápidamente mientras los dos hombres se saludan con un movimiento de cabeza. Dan y Lisa se sientan en el sofá de enfrente mientras su madre va a servirles unas copas de champán. Catherine piensa que Dan parece más tenso de lo habitual. Sabe que ha estado pasándolo mal. Se pregunta si su madre va a compartir también con ellos su secreto, cualquiera que sea. Pero cuando su madre vuelve a entrar, dirige la conversación a temas más genéricos y superficiales y Catherine le sigue la corriente.

Vuelve a sonar el timbre unos minutos después: tres toques cortos que anuncian la llegada de Jenna. Su padre aún no ha aparecido. Catherine se pregunta, preocupada, si le pasará algo.

Se quedan en la sala de estar mientras escuchan a su madre y a Jenna en la puerta.

—¿Y a quién tenemos aquí? —pregunta Sheila.

Estupendo, piensa Catherine con desagrado. Jenna ha venido con alguien. Por supuesto que sí. Casi siempre lo hace. La última vez fue una «amiga» y pasaron toda la velada preguntándose si sería una amiga sin más o quizá una amante. Costaba saberlo. Todos se habían sentido un poco incómodos mientras Jenna y su amiga se agarraban de la cintura, pero nunca llegaron a tenerlo claro. Catherine mira a Ted con una mueca y escucha.

—Jake Brenner —responde una voz de hombre con tono grave y seguro.

—Bienvenido a nuestra casa —contesta su madre, con excesiva cortesía y cierta frialdad.

En ese momento, Catherine oye el andar pesado de su padre bajando por la ornamentada escalera principal. Se pone de pie, da un largo trago a su champán y hace una señal a Ted con el mentón para que se levante. Él obedece con desgana y se pasa la copa de champán a la mano izquierda. Juntos se dirigen al vestíbulo.

Catherine va a saludar primero a su padre. Cuando él llega al último escalón, se acerca a darle un abrazo.

—Hola, papá. Feliz Pascua.

Su padre responde con un breve abrazo y, cuando ella se aparta, saluda, extiende la mano y aprieta con firmeza la de Ted. No hay calidez alguna en el gesto; es bastante formal. Dan y Lisa siguen en la sala de estar y Catherine dirige su atención a la pareja que aguarda en la puerta de la casa. Ve el llamativo delineado negro alrededor de los ojos de Jenna y las mechas púrpuras de su pelo. Aun así, sigue siendo de una belleza despampanante. Alta y esbelta con sus habituales vaqueros negros ajustados, sus botas de tacón y su chaqueta de motero de cuero negro, parece salida del agitado ambiente musical neoyorquino y Catherine siente la habitual punzada de enfado..., o quizá sean celos. Catherine jamás podría ponerse algo así. Entonces, se recuerda a sí misma que tampoco querría. Ella tiene su propio estilo, de buen gusto, clásico y caro, y le encanta. Refleja quién es.

Jenna es escultora. Y de las buenas. Pero no lo suficientemente seria como para tener éxito. Es más bien una aficionada con talento, una chica fiestera que siempre está buscando cualquier excusa para salir por Nueva York. Sabe que a sus padres les da miedo que el ambiente artístico neoyorquino la eche a perder. En la casa de sus padres no hay a la vista ninguna de las obras de Jenna; les parecen demasiado obscenas. Catherine sabe que sus padres se encuentran en una situación incómoda: quieren sentirse orgullosos del talento de su hija, quieren que le vaya bien, pero se avergüenzan de lo que sale de ese talento tan evidente.

Jake tiene el aspecto de los que le suelen gustar a Jenna. Moreno, atractivo y necesitado de un afeitado. Lleva vaqueros, camiseta y una desgastada chaqueta de cuero marrón. Catherine nota desde los pies de la escalera el olor a marihuana que desprenden los dos. Su padre los mira con frialdad.

—Hola, papá —dice Jenna con despreocupación—. Jake, este es mi padre.

Jake, colocado, se limita a saludar con un escueto movimiento de cabeza sin siquiera dar un paso adelante ni ofrecer la mano para estrechársela. Es alto y delgado, como Jenna, y se muestra demasiado relajado dada la situación, piensa Catherine. No tiene modales.

—Venid conmigo. Hay champán —ofrece Sheila entrando en el comedor.

Fred Merton mira a Catherine como diciendo: «¿Quién narices es ese y qué hace en mi casa?». A continuación, saluda a Dan y a su mujer.

Poco después, Dan está en la sala de estar, dando un sorbo a su champán y fingiendo interés por el jardín al otro lado de la ventana. Todas las mujeres están en la cocina, sirviendo la cena para llevarla a la mesa. Se les ha unido Irena, la antigua niñera y ahora mujer de la limpieza, a la que han invitado a cenar. Para que lo limpie todo después. Ted se atreve a entablar conversación con el desastrado Jake en el sofá que está enfrente de la ventana de la sala, mientras Fred, de pie junto a Dan, les escucha. Ya han sido informados de que Jake es un «artista visual serio» con varios trabajillos sin identificar que le impiden realizar su verdadero trabajo. Dan no sabe bien si habla en serio o si es un farsante, un simple aspirante. Conociendo a su hermana, bien puede tratarse del próximo Jackson Pollock o de cualquier fracasado que haya conocido la noche anterior en una fiesta y al que de forma espontánea ha invitado a cenar con su familia al día siguiente.

Dan se acerca a su padre y le dice en voz baja:

—Papá, me gustaría hablar contigo después de la cena, en tu despacho. —Mira a su padre a los ojos pero, a continuación, aparta la mirada. Su padre le intimida. Al ser el único hijo varón, siempre ha sentido la enorme presión que ha pesado sobre él. Se suponía que debía asumir el liderazgo de la familia, encargarse algún día de sus negocios. Ha hecho lo que ha podido para estar a la altura. Se ha esforzado. Pero su padre, que se hizo millonario en el sector de la robótica, ha vendido la empresa hace poco —y de forma repentina— en lugar de dejar que Dan asumiera el control. Cumplió con todo lo que le pidieron. Ocupó distintos puestos desde que estaba en el instituto con la esperanza de que algún día fuera suya. Hizo un Máster en Administración de Empresas. Se dejó la piel. Pero a su padre no le gustaba su modo de hacer las cosas y se mostró controlador y terco con él, siempre poniéndole la miel en los labios y alejándola después. La venta de Merton Robotics ha dejado hecho polvo a Dan, sin trabajo y a la deriva, y ha hecho añicos su confianza en sí mismo. Aún no sabe qué va a hacer. Ocurrió hace seis meses y, desde entonces, ha estado dando trompicones y con problemas económicos. Hasta ahora, su búsqueda de empleo ha resultado infructuosa y está empezando a desesperarse.

Jamás ha estado tan enfadado con su padre como ahora, en este mismo momento. Es por culpa de su padre que se encuentre en un estado tan lamentable y no se lo merece. Dan se pregunta incluso si su padre tenía la intención de vender el negocio desde el principio.

«Antes que nada, soy empresario —le había dicho a Dan el día que le contó la sorprendente noticia de que iba a vender Merton Robotics—. Y condenadamente bueno. Esta es una operación muy ventajosa para mí, una oferta que no puedo rechazar».

Ni siquiera había tenido en cuenta lo que eso podría suponer para su hijo.

—¿De qué quieres hablar? —le responde ahora su padre con un tono más alto del necesario.

Dan siente un rubor repentino que le va subiendo por el cuello. Se acabó la discreción. Es consciente de que la conversación entre Ted y Jake se ha interrumpido. Su padre siempre le ha humillado cada vez que ha tenido oportunidad. Por puro placer. Dan nota cómo el calor se va extendiendo por su cara.

—Da igual. —No va a hablar hoy con su padre. Ya no le apetece.

—No, no me vengas con esas —replica su padre—. No empieces algo para luego dejarlo a medias. ¿De qué querías hablar conmigo? —Cuando ve que no recibe respuesta, va directo al grano—: Deja que adivine. Necesitas dinero.

Una sensación de rabia e impotencia invade a Dan y siente deseos de dar un puñetazo a su padre en la cara. No sabe qué es lo que se lo impide, pero siempre se controla.

—Ya. Pues va a ser que no —continúa su padre con crueldad.

Justo en ese momento se oye la voz de su madre.

—La cena está servida. Venid a sentaros, por favor.

Dan deja a su padre con un gesto de desprecio y el rostro encendido y se dirige al comedor. Ha perdido el apetito.

4

Irena hace casi todo el trabajo, llevando con eficiencia y en silencio la cena al comedor —las verduras, las patatas, las guarniciones y las salsas— mientras Sheila acarrea el pavo asado en una ornamentada fuente para dejarla con cuidado junto a Fred. Irena se pregunta si alguna vez tendrá que dejar de hacerlo. Es evidente que el pavo pesa demasiado y Sheila ya no es ninguna jovencita. Teme el día en el que Sheila se tuerza un tobillo con esos tacones y termine echándose encima el pavo. Fred siempre se encarga de trincharlo. Es una tarea que se toma en serio, como hombre de la casa. Se pone de pie mientras los demás siguen sentados, esperando. Blande el cuchillo de la carne mientras cuenta alguna anécdota entre pausas para darle más emoción. No le importa que la comida se enfríe.

Fred está presidiendo la mesa, con Sheila en el lado opuesto. Catherine, Ted y Lisa están a la derecha de Fred mientras que Jenna, Jake y Dan están a su izquierda. Irena ocupa el asiento más cercano a la cocina, apretada en diagonal entre Dan y Sheila.

Según Sheila, supone demasiado trabajo extender el ala abatible de la mesa, aunque sería Irena quien lo hiciera. Si hubiese venido Audrey, la hermana de Fred, lo habrían hecho. Pero Audrey no está esta noche. Tiene gripe.

Mientras Fred trincha el pavo, Irena observa a los demás en la mesa sin que nadie se dé cuenta. Resulta bastante sencillo si eres la asistenta que ha estado con la familia desde que los niños llevaban pañales. Nadie le presta mucha atención y los conoce a todos muy bien. Sheila oculta algo. Es evidente que hay alguna cosa que le preocupa. Irena sabe lo de las nuevas pastillas para la ansiedad que hay en el botiquín del baño. Es difícil ocultarle un secreto así a la asistenta. Se pregunta por qué habrá empezado Sheila a tomarlas. Dan tiene el rostro de un color rojo oscuro, como si hubiese sufrido otra reprimenda, y es el único que no mira a Fred trinchar el pavo. Jenna ha traído otro juguete con ella —un hombre esta vez—. Y Catherine..., en fin, Catherine está deleitándose entre la porcelana, la cristalería y los destellos de la cubertería de plata. Es la única que parece disfrutar. Ted se está comportando; Irena puede notar su contención.

Siente que se le encoge el corazón al verlos a todos. Les tiene cariño a los niños y se preocupa por ellos, especialmente por Dan, aunque ya sean mayores y no vivan en la casa. Ya no la necesitan.

La cena está servida y empiezan a comer. Todos hincan el diente: carne oscura, relleno blanco y patatas gratinadas, fiambre de jamón, panecillos con mantequilla, ensaladas y salsas. Y hablan, como cualquier otra familia. Fred hace comentarios sobre el nuevo yate de un amigo. Irena se da cuenta de que está bebiendo mucho vino —el mejor chardonnay de la bodega— y con rapidez, lo cual no es nunca una buena señal.

Jenna ha terminado de cenar. Deja el cuchillo y el tenedor en diagonal sobre su plato de borde dorado y lanza una mirada alrededor de la mesa. Dan ha estado silencioso; se da cuenta de que no ha pronunciado palabra. Su mujer, Lisa, sentada frente a él, no ha dejado de mirarle con gesto de preocupación. Jenna sospecha que Dan y su padre han tenido antes una bronca: hay en el ambiente una tensión que le es familiar. Su madre parece estar parloteando más animadamente de lo habitual, un claro síntoma de que algo va mal. Nota que la mano derecha de Jake va subiendo por su muslo por debajo del mantel. Catherine parece la de siempre: una princesa, con sus perlas y su convencional y atractivo marido masticando educadamente a su lado. Su padre no ha dejado de beber vino y parece como si tuviera algo en mente. Conoce esa mirada.

Entonces, él golpetea la copa con su tenedor para llamar la atención de todos. Es su gesto habitual cuando tiene algún anuncio que hacer, y es un hombre al que le gusta hacer anuncios. Tiene un ego gigantesco. Disfruta lanzando bombas para ver la reacción que provoca en la cara de todos. Es así como, al parecer, ha dirigido su negocio y es así como ha dirigido a su familia. Ahora, todos los ojos le miran inquietos. Incluso Dan. Jenna sabe que Dan lo ha estado pasando fatal. Seguramente ya no hay nada más que pueda hacerle a Dan. Así que quizá le toque a ella. O a Catherine. Nota cómo se pone en tensión.

—Hay algo que deberíais saber —dice su padre mientras mira a cada uno alrededor de la mesa.

Jenna ve que Catherine la está mirando como si estuviese pensando lo mismo: «Te toca a ti o a mí». Su padre se toma su tiempo, desatando la inquietud de todos.

—Vuestra madre y yo hemos decidido vender la casa —añade a continuación.

Le tocó a Catherine. Jenna la mira rápidamente. Parece como si le hubiesen dado un puñetazo en el estómago sin esperárselo. Es evidente que no tenía ni idea de que esto iba a pasar y se ha quedado pasmada. Los músculos de la cara se le han destensado y en su gesto no hay expresión. Todos sabían que Catherine quería quedarse con esta casa algún día. Pues parece que no va a poder ser.

Mira a su madre al otro lado de la mesa, pero Sheila mantiene la mirada baja y evita cruzarla con la de su hija. Así que a esto se debía lo de tanto parloteo, piensa Jenna. Sabía que esto iba a pasar. Jenna siente una oleada de rabia. ¿Por qué es tan condenadamente malvado? ¿Por qué su madre se lo permite?

Catherine trata de recomponerse, pero no puede engañar a nadie.

—¿Por qué la vendéis? Yo creía que os encantaba esta casa.

—Es demasiado grande para los dos solos —responde Fred Merton—. Queremos hacer recortes, comprar algo más pequeño. Esta casa requiere demasiado mantenimiento.

—¿A qué te refieres? —pregunta Catherine elevando la voz, empezando a mostrar su rabia—. Tú ni siquiera tienes que ocuparte de ese mantenimiento. Tienes una empresa de jardinería, un servicio de retirada de la nieve, Irena se ocupa de toda la limpieza. ¿Qué mantenimiento?

Su padre la mira como si acabara de darse cuenta de su aflicción.

—¿Qué pasa? ¿Es que la querías para ti?

Jenna ve cómo un tono rosáceo se va extendiendo por la piel pálida de Catherine.

—Es solo que... nos hemos criado en esta casa —contesta—. Es la casa familiar.

—Nunca me imaginé que fueses tan sentimental, Catherine —replica su padre con tono despreocupado a la vez que vuelve a llenarse la copa de vino.

La cara de Catherine se vuelve entonces roja de rabia.

—¿Y qué pasa con Irena? —pregunta mirando a su antigua niñera que está al otro lado de la mesa y, a continuación, de nuevo a su padre.

—¿Qué pasa con ella? —Habla como si no estuviese en la mesa, como si no se encontrara en la misma habitación.

—¿Vas a dejar que se vaya sin más?

Su padre posa la copa de vino en la mesa con un golpe sordo.

—Imagino que la seguiremos manteniendo, con reducción de jornada. Pero, Catherine, ahora mismo solo está viniendo dos días a la semana. Esto no va a acabar con ella.

—¡Forma parte de la familia!

Jenna mira con disimulo a Irena. Está completamente inmóvil, sin apartar la vista de su padre, pero hay un destello en sus ojos. Catherine tiene razón, piensa Jenna. Sin duda están en deuda con ella. Prácticamente, los ha criado a todos.

—Siento que esto afecte a tus expectativas —dice su padre sin parecer lamentarlo en absoluto—. Pero la decisión ya está tomada.

—No tenía ninguna —responde Catherine con aspereza.

—Bien. Porque deja que te diga una cosa sobre las expectativas. Es mejor no tenerlas porque vas a sufrir una decepción. Igual que yo esperaba que nuestro Dan se ocupara algún día del negocio familiar, pero preferí venderlo antes de ver cómo lo llevaba a la ruina.

Lisa contiene el aliento de forma audible. Dan mira a su padre con la cara pálida y la boca apretada con gesto sombrío. Su madre niega con la cabeza, casi de forma imperceptible, como diciéndole a su marido que no vaya por ahí. Él no le hace caso, como siempre. Sheila es demasiado débil para él, siempre lo ha sido, piensa Jenna. Ha habido ocasiones en que todos la han odiado por ello. Por no salir en su defensa, por no protegerlos. Incluso ahora, es como si su madre ni siquiera estuviera presente. Él ha tomado esta decisión sin ella, aunque diga lo contrario. Jenna puede sentir a Jake a su lado, viéndolo todo abochornado. Ha apartado la mano de su pierna.

Pero su padre no ha hecho más que empezar. Feliz Pascua a todos. Esta será digna de recordar.

—Y nuestra Jenna... —dice dirigiendo su intensa mirada hacia ella.

Se pone en guardia. Jenna ya ha sido antes el objeto de su ira. No piensa encogerse delante de él. No es más que un matón. Un matón despreciable, y todos lo saben.

—Teníamos muchas esperanzas puestas en ti también —continúa Fred a la vez que se inclina hacia ella por encima de la mesa fulminándola con la mirada—. Todo ese supuesto talento. Menudo desperdicio. ¿Cuánto tiempo más esperas que te siga manteniendo?

—El arte requiere tiempo —espeta ella.

—Has sido una verdadera decepción —insiste él con tono de desprecio.

Ella finge no hacerle caso, aunque le duela oír lo que le dice.

—Como padres vuestros también teníamos expectativas. Es un arma de doble filo. Esperábamos más de nuestros hijos. Queríamos sentirnos orgullosos de vosotros.

—Deberíais estarlo —le interrumpe Catherine—. Hay montones de cosas de las que sentirse orgullosos. Solo que no las veis. Nunca las habéis visto.

—Es verdad. Estamos orgullosos de ti, Catherine —responde él con condescendencia—. Al menos, tú eres médica. Pero ¿dónde están mis nietos?

Hay un breve silencio de estupefacción.

—Esto es increíble —interviene Ted, para sorpresa de todos. Se pone de pie con brusquedad—. Nos vamos. —Agarra a Catherine del codo y ella se pone también de pie, incapaz de cruzar la mirada con nadie. Juntos, se alejan de la mesa, pasan por detrás de Fred y se dirigen a la entrada.

—Sí, salid huyendo. Cuánta madurez.

Sheila aparta su silla y corre detrás de Catherine y Ted. Los demás se quedan en la mesa, todavía pasmados.

En ese momento, Dan se levanta y, tras lanzar su servilleta como si fuese un guante, se aleja también de la mesa y Lisa se apresura detrás de él.

—Nosotros también nos vamos —dice Jenna. Se pone de pie y Jake la sigue, obediente. Todos se van a perder el postre. Desde la entrada, Jenna se gira hacia el comedor. Irena ha desaparecido por la cocina, pero su padre sigue sentado solo presidiendo la mesa, dando un fuerte trago a su vino. Siente desprecio por él.

Le da la espalda. Catherine se está poniendo el abrigo mientras su madre trata de retenerla hasta que le haya podido preparar un trozo de tarta para que se la lleve a casa.

—No, no te preocupes, mamá. No queremos tarta —dice Catherine.

—Gracias por la cena, Sheila —añade Ted. A continuación, los dos salen por la puerta con toda la rapidez de la que son capaces.

Dan da un apresurado beso a su madre en la mejilla y se va con Lisa igual de rápido. La puerta se cierra tras ellos.

Entonces, Irena emerge inesperadamente al recibidor desde la cocina, se pone el abrigo y se marcha sin decir una palabra mientras Sheila la mira sorprendida y en silencio.

Y ya solo quedan ella y Jake, solos en la casa con sus padres. Jenna cambia de opinión. Se gira para mirar a su padre.

5

De algún modo Catherine consigue llegar al coche de Ted, que está en el camino de entrada, sin venirse abajo, pero nada más subir al asiento delantero y abrocharse el cinturón las lágrimas empiezan a brotar.

Ted la mira con preocupación. Se inclina hacia ella y la abraza para consolarla. Por un momento, ella aprieta la cara contra su pecho. Esa pregunta —¿dónde están mis nietos?— le ha dolido en el alma. Llevan ya casi dos años tratando de tener un bebé. Es un tema delicado. Su padre no lo sabe, pero podría habérselo imaginado. Es tan cruel, piensa, tan experto en dar donde más duele. Y la casa. Le pone furiosa que la vayan a vender. No es por el mantenimiento. La vende para que ella no pueda quedársela. Igual que vendió la empresa para que Dan no pudiera tenerla.

Se aparta de Ted para dejarle conducir. Él se abrocha el cinturón, enciende rápidamente el motor y da marcha atrás. Da la vuelta al coche y sale a toda velocidad por el camino de entrada, con el motor revolucionado. Por una vez, ella está tan deseosa de marcharse como él. Respira hondo antes de hablar.

—Tienes razón. No sé cómo lo aguanto. Aunque esto ha sido mucho peor de lo habitual.

—Tu padre es un capullo integral. Siempre lo ha sido.

—Lo sé.

—Y tu madre... Por el amor de Dios, ¿qué le pasa? ¿Es que no tiene sangre en las venas?

Los dos saben la respuesta.

—Siento lo de la casa —dice él mientras se calma y reduce la velocidad del coche—. Sé lo mucho que la querías.

Ella mira con tristeza por el parabrisas hacia la calle. No puede creer que nunca vaya a ser suya.

—¿Es eso lo que tu madre quería contarte? —le pregunta Ted.

—¿Qué?

—Nada más llegar, tu madre dijo que quería hablar contigo sobre una cosa.

—Quién sabe.

—Tu familia es una jodida telenovela. ¿Qué otra cosa podría ser? —pregunta Ted.

—A lo mejor está enferma —responde ella—. A lo mejor es por eso por lo que venden la casa.

Lisa ni siquiera se atreve a preguntar. Teme cuál puede ser la respuesta. Pero durante el trayecto a su casa encuentra el valor para hacerlo.

—¿En algún momento tuviste oportunidad de hablar con tu padre antes de...?

—No —contesta él con brusquedad. Después, la mira y suaviza el tono—: Lo intenté, pero él no quería. De haber sabido lo que iba a pasar, no me habría molestado siquiera.

Ella mira por la ventanilla mientras su marido conduce.

—Es un mierda —dice con desprecio, consciente de que su marido está pensando lo mismo.

Lo siente por Catherine. Fred ha sido muy desagradable con ella. Pero, por mucho que lo lamente, hay una parte de ella que se alegra —o quizá es que se siente aliviada— de que, por una vez, la haya tomado con alguna de sus otras dos hijas. Es reconfortante. Hace que parezca que Dan sea menos culpable de que su padre haya vendido la empresa familiar. Ella ha intentado mantener las esperanzas, pero últimamente ha resultado difícil. Viendo cómo su marido se hundía, sin trabajo, sin dirección. Ha cometido una imprudencia con sus inversiones. ¿Es Dan un buen empresario o no? La verdad es que ya no lo sabe. Pero tiene dudas.

Cuando se casaron hace cuatro años, él ocupaba un buen puesto en la empresa de Fred, con un salario generoso, bonificaciones y un futuro brillante. Nunca estuvo contento ahí. Su padre le hacía la vida imposible en el trabajo, pero creían que Fred se jubilaría algún día y Dan dirigiría la empresa. Se iban a comer el mundo. Cuando Fred la vendió hace unos meses sin contar con ellos fue como..., fue como si alguien se hubiese muerto. Y Dan aún no se ha repuesto de la pérdida. Ella se ha esforzado todo lo que ha podido por consolarle y estar a su lado, por apoyarle y ayudarle a encontrar otro camino. Pero él siempre ha sufrido depresión y, desde que la empresa se vendió, está mucho peor. Hay días en que le cuesta reconocerle.

—Lo de los nietos ha sido un golpe bajo —dice ella ahora.

—Sí.

—¿Crees que sabe que están teniendo problemas para concebir?

—Lo dudo. Ella no se lo habrá contado. Puede que se lo haya dicho a mamá, pero le habrá hecho jurar que guarde el secreto.

—Catherine me lo contó en confianza. Me comentó que no se lo iba a decir a tu madre, pero no sé si al final lo ha hecho.

Dan la mira.

—Te lo contó a ti porque eres buena. A ellos no se lo habría contado. Probablemente lo haya adivinado por casualidad.

Ella se queda en silencio un momento.

—Catherine quería la casa, ¿verdad?

Dan asiente.

—Siempre la ha querido. A mí no me importa lo que hagan. Por lo que a mí respecta, como si se derrumba en un incendio. —Su voz se vuelve más lúgubre—. No es que tenga muchos recuerdos felices en ella.

Lisa le mira con más atención.

—¿Estás bien?

Un coche viene en dirección contraria. Pasa por su lado y la carretera se vuelve a quedar vacía ante ellos.

—Estoy bien —responde Dan apretando el volante.

—Vale. —Ella le mira inquieta.

¿Qué van a hacer? Contaban con que el padre de Dan les prestaría dinero para sacarlos del apuro hasta que Dan se rehiciera. Pero eso no va a pasar.

6

Cuando Dan y Lisa llegan a casa charlan un rato y, después, Lisa se retira al estudio para leer. Dan no la acompaña. No puede quedarse quieto, le cuesta concentrarse. Últimamente no ha sido capaz de mantener la atención fija en nada, aparte de sus problemas. Piensa constantemente en ellos, de forma obsesiva, pero sin sacar nada en claro. Ahora, después de lo que ha pasado en casa de sus padres, siente el deseo de hacer algo drástico, algo definitivo. Lo que sea con tal de encontrar un propósito.

Dan no dice lo que está pensando.

Se sirve un whisky en la sala de estar y camina de un lado a otro sin parar. No se molesta en encender las luces y la habitación se va quedando poco a poco a oscuras.

No encuentra el modo de poder empezar de nuevo. Sigue sintiéndose como si le hubiesen noqueado, como si no se hubiese recuperado del dolor que le provocó su padre al contarle que iba a vender la empresa. Al principio, había esperado que los nuevos propietarios le mantuvieran en nómina, al menos durante un año o dos. Albergó durante un tiempo la secreta esperanza de poder ascender en la empresa que su padre había vendido y llevarla hasta nuevas cotas. Pero le dijeron que ya no iban a necesitar sus servicios y aquello supuso un segundo golpe. «¿Qué te esperabas?», se había burlado su padre.

Lisa no se lo había tomado a bien, aunque se había esforzado por fingir lo contrario. Siempre ha sido su gran apoyo.

Si no encuentra pronto un trabajo bien remunerado, tendrán serios problemas. Cuenta con un Máster en Administración de Empresas y mucha experiencia. Necesita un puesto de ejecutivo y no es fácil de conseguir. No puede ponerse a trabajar en un lavadero de coches.

El otoño pasado cometió la imprudencia de sacar una gran cantidad de dinero de su cartera de valores —a pesar de las objeciones de su asesor financiero— e invertirlo en un seguro hipotecario privado que le garantizaba beneficios mucho mayores. Pero entonces su padre vendió la empresa y él se quedó sin trabajo. Y, al contrario que en sus anteriores inversiones, con cláusulas flexibles para el rescate, no va a poder recuperar el dinero hasta que se cumpla el plazo de la hipoteca. Y ahora su padre le ha vuelto a joder la vida. Ni siquiera va a hacerle un préstamo a corto plazo.

Solo hay una cosa que le hace seguir adelante, que le da esperanzas para el futuro. Puede contar con su herencia. Pero ¿cuánto tiempo va a tardar en conseguirla? Necesita el dinero ahora. Sus padres tienen una fortuna. En sus testamentos repartirán el dinero por igual entre sus tres hijos. Al menos, eso es lo que les han hecho creer, a pesar de que siempre han tenido sus preferidos. Claramente, Catherine ha sido la favorita. Dan ocupa el último puesto, y lo sabe. Siempre están montando escándalos con Jenna, pero sabe que ella es la segunda. Su preciosa y «talentosa» hija, a pesar de que en ocasiones demuestre un terrible comportamiento.

Si su padre fuese normal y no un verdadero cabrón, podría pedirle un adelanto de su herencia ahora y él se lo daría. Eso es lo que haría cualquier padre de verdad. Quizá hasta podría poner en marcha su propia empresa. Pero ni siquiera puede pedirle un maldito préstamo. Su padre le ha destrozado y ha disfrutado haciéndolo.

Dan se deja caer en un sillón y se queda sentado a oscuras durante un buen rato, rumiando sobre su situación de mierda. Por fin, se levanta y asoma la cabeza por la puerta del estudio.

—Voy a dar una vuelta con el coche —le dice a Lisa. Hace esto a menudo por las noches. Le relaja. Hay gente que sale a correr, él a conducir. Le tranquiliza. Satisface una especie de necesidad.

Ella aparta la mirada del libro.

—¿Por qué no vas a pasear mejor? —le sugiere—. Puedo acompañarte.

—No —insiste Dan negando con la cabeza—. Quédate leyendo. No me esperes despierta. Solo quiero despejarme.

Una vez dentro del coche, lo pone en marcha y apaga el móvil.

Lisa oye cerrarse la puerta de la calle y dirige de nuevo su atención a la novela, pero enseguida vuelve a dejarla. No puede concentrarse. Ojalá Dan no saliera con el coche por las noches, sobre todo después de haber bebido. ¿Por qué lo hará? ¿Por qué prefiere salir a dar largos paseos con el coche en lugar de quedarse con ella? Sabe que es una costumbre, que le ayuda a desconectar, pero desearía que su marido encontrara otro modo de enfrentarse al estrés. Salir a caminar o a correr sería mejor que salir con el coche. Tienen una estupenda bicicleta estática en el sótano.

No obstante, entiende su ansiedad. Ella también está estresada. Si Fred no les presta dinero pronto van a tener verdaderos problemas. Ojalá Dan hubiese encontrado otro trabajo, así no estarían en esta situación. Ella fue a la universidad, podría buscar un trabajo, pero, cuando lo sugirió, él pareció ofenderse. A Dan no le gustaba la imagen que eso podría dar. Tiene su orgullo. Aunque de poco les sirve ahora mismo.

Cuando a Lisa se le desatan las preocupaciones, no puede evitar caer en un pozo sin fondo. No sabe cómo va su búsqueda de trabajo porque él no le cuenta nada y no le da muchos detalles cuando le pregunta. Sabe que se ha inscrito en una agencia de selección de puestos ejecutivos —una empresa cazatalentos— y que le ha conseguido ya un par de entrevistas, pero últimamente no ha habido mucha oferta. Dan ha pasado varias semanas haciendo cambios en su currículum en su despacho de arriba, pero puede contar con los dedos de una mano las veces que se ha puesto un traje para ir a una entrevista. Han sido entrevistas «de exploración» para evaluar su idoneidad. No sabe si después ha tenido alguna entrevista posterior. ¿Por qué no recibe más llamadas de la agencia? ¿De verdad va todo tan lento como dice?

Se aparta la confortable manta, se pone de pie y sale del estudio. Sube a la planta de arriba y se dirige al despacho de él, que está al final del pasillo. Es su espacio privado. Ella nunca ha hecho esto antes, nunca ha fisgoneado. Sabe que está traspasando un límite, pero no puede evitarlo. Enciende la lámpara del escritorio en lugar de la del techo, por si él volviera de repente.

El ordenador portátil está cerrado. Lo abre, pero no tiene ni idea de cuál es la contraseña. Enseguida se rinde y cierra la tapa. Ve su agenda sobre el escritorio y se la acerca. Mira la fecha de hoy. Domingo, 21 de abril. Las páginas de esta pasada semana están en blanco. Pasa la página: tampoco hay nada para la semana que viene. Pasa otras más. No hay ninguna cita aparte de la del dentista dentro de tres semanas. A continuación, va hacia atrás desde la fecha de hoy. Esas hojas están también en blanco. Pero sabe que su marido tuvo entrevistas. Dos, por lo menos, en marzo. Recuerda muy bien que se vistió con su traje gris plata, tan elegante, y se fue. Recuerda otro día que salió con su traje azul marino. Las dos veces el mes pasado, pero no hay registro de ninguna de esas citas en la agenda. Puede que no apunte esas cosas en su diario. Quizá esté todo en su teléfono. Pero sí hay una cita con el dentista en la agenda. Y la del médico de hace un par de semanas. Mira en meses anteriores. Hay solo dos citas anotadas, las dos con su agencia de cazatalentos. Recuerda lo esperanzada que había estado esos días por que pudiera encontrar un buen trabajo y, lo mejor de todo, que no fuera con su padre. Vuelve a concentrarse en la agenda. No hay nada desde aquellas dos primeras reuniones con la agencia de hace casi seis meses.

Se le cae el alma a los pies. ¿La ha estado mintiendo? ¿Vistiéndose con un buen traje y una corbata y llevándose su caro y elegante maletín para ir a tomarse un café a solas en cualquier lugar durante un par de horas?

Al volver a casa tras la desagradable cena de Pascua, Catherine y Ted se han dado una maratón de Netflix para olvidarse de las preocupaciones. Ahora, mientras van pasando los títulos de crédito en la pantalla, Ted mira a su mujer y le pregunta si quiere ver algo más. Le parece que sigue demasiado nerviosa como para poder dormir.

—No estoy cansada —responde.

—Yo tampoco. ¿Quieres que te prepare una copa?

Ella niega con la cabeza con desdén.

—No. Pero tómate tú algo si te apetece.

—No si tú no vas a querer.

—Estaba pensando si al final sí que había algo de lo que mamá quería hablarme.

Ted nota el tono preocupado de su voz. Menuda Pascua de mierda, piensa.

—¿Por qué no vas a verla mañana? —le pregunta con paciencia—. Es lunes de Pascua y tienes el día libre. Así podrás saberlo. No tiene sentido seguir dándole vueltas esta noche.

Pero conoce a su mujer. Es como un perro con un hueso cuando tiene algo en la cabeza. No va a soltarlo. Se vuelve un poco obsesiva con algunas cosas. Como con el embarazo. Pero le han dicho que muchas mujeres se ponen así cuando no pueden concebir. Es una fijación con un cronómetro en marcha en su interior.

Piensa en cómo han sido los últimos meses para ella. El control del ciclo, corriendo a la clínica de fertilidad a primera hora de la mañana, antes de ir a trabajar. Las extracciones de sangre, los análisis de los folículos ováricos... El papel de él no ha sido tan pesado, aparte de la incomodidad de tener que presentar muestras de semen para examinarlas. Los tres primeros meses de control del ciclo, bien informados sobre cuáles eran los momentos oportunos, lo habían hecho a la antigua usanza —en casa y en la cama—. Pero el mes pasado dieron un paso más. Fue la primera vez que probaron con la inseminación artificial. Acudió en el momento adecuado para dar otra muestra pero, aparte de eso, él no tuvo que hacer mucho más. Espera que funcione, que acaben pronto estas intervenciones y que no se vuelvan más intrusivas aún. Como poco, está siendo un fastidio para su vida sexual.

—Creo que la voy a llamar y ya está —dice Catherine, interrumpiendo sus pensamientos.

—Ya es tarde, Catherine. Son más de las once.

—Lo sé, pero no se habrá acostado todavía. Siempre se queda leyendo por la noche.

Él ve cómo coge su teléfono móvil de la mesa baja y llama a su madre. Espera que sea una llamada corta y tranquilizadora y que, después, se puedan ir a la cama. Pero Sheila había subrayado que era importante. Se dice a sí mismo que probablemente se refería a lo de vender la casa y que no hay nada más.

—No responde al móvil —comenta Catherine mirándolo con preocupación.

—Puede que se haya acostado y se lo haya dejado abajo. Prueba con el teléfono fijo.

Catherine niega con la cabeza.

—No. No quiero arriesgarme a tener que hablar con mi padre. —Parece estar sopesando alguna idea—. Quizá debería acercarme hasta allí.

—Catherine, cariño —protesta Ted—. No hay necesidad de eso. Lo más probable es que se haya dejado el teléfono en algún sitio. Ya sabes cómo es. —Pero Catherine parece preocupada—. Quizá quería hablarte de lo de la casa. Puedes esperar a mañana.

—Creo que voy a ir.

—¿De verdad?

Se acerca a él.

—No tardaré mucho. Solo quiero hablar con mamá, saber qué era lo que quería contarme. Si no, no voy a poder dormir.

Ted suelta un suspiro.

—¿Quieres que vaya contigo? —le propone.

Ella niega con la cabeza y le da un beso.

—No. ¿Por qué no te acuestas? Pareces cansado.

La ve marcharse. Una vez que el coche ha desaparecido por la calle, se aparta de la puerta y, al pasar para dirigirse a las escaleras, ve que se ha dejado el teléfono móvil en la mesa de la entrada.

7

El inspector Reyes de la policía de Aylesford está en el camino de entrada examinando la mansión que tiene delante de él. Es el martes posterior al fin de semana de Pascua, pasadas las once de la mañana, y han recibido el aviso de lo que han descrito como una carnicería.

La inspectora Barr, su compañera, está a su lado, mirando en la misma dirección.

—A veces, tener mucho dinero puede resultar un inconveniente —dice.

El lugar está lleno de gente. La ambulancia, la división de patrulla y el equipo de la policía científica han llegado hace pocos minutos. Han delimitado el lugar de los hechos con cinta amarilla. La prensa ha empezado a congregarse al fondo del camino de entrada y no cabe duda de que los vecinos van a aparecer pronto.

Un agente uniformado de la división de patrulla se acerca.

—Buenos días, inspectores —saluda. Reyes le responde con un movimiento de cabeza—. El lugar está seguro.

—Cuénteme —dice Reyes.

—Las víctimas son una pareja mayor, Fred y Sheila Merton. Uno en la sala de estar y otro en la cocina. Vivían solos. —Mira a la inspectora Barr, fijándose claramente en su piel joven y sus ojos azules y aún luminosos.

Reyes sonríe muy levemente. Sabe que el estómago de Barr es más fuerte que el de la mayoría. Le despiertan especial curiosidad los escenarios de crímenes, casi rozando lo macabro. Eso les vendrá bien. Pero se pregunta qué pasará si alguna vez es madre (solo tiene treinta años). ¿Seguirá pegando fotografías de cadáveres y escenarios de crímenes en la pared de la cocina? Espera que no. Reyes tiene mujer y dos hijos aguardándole en casa y, si hiciera algo parecido, su sensata esposa le pediría el divorcio. Intenta mantener un equilibrio, no llevarse el trabajo a casa. No siempre lo consigue.

—Los ha encontrado la asistenta —continúa el agente—. Ha llamado a emergencias a las diez y treinta y nueve de esta mañana. Está en el coche patrulla, por si quieren hablar con ella. —Señala hacia el coche con el mentón y, a continuación, vuelve a mirar a Reyes—. Parece que llevaban muertos bastante tiempo.

—De acuerdo, gracias. —Reyes y Barr dejan por ahora a la asistenta y se dirigen a la casa. Hay otro agente apostado junto a la puerta de entrada, controlando quién entra y sale. Les dice que tengan cuidado con las pisadas de sangre. Reyes y Barr se ponen calzas desechables sobre los zapatos y unos guantes y acceden al vestíbulo. Nada más entrar con toda cautela, Reyes nota el olor a sangre.

Mira a su alrededor despacio, ubicándose. Hay unas huellas recientes con sangre que salen desde la cocina que puede ver en la parte posterior de la casa y que avanzan por el pasillo, hacia ellos, atenuándose a medida que se acercan a la puerta de entrada. Otras huellas menos evidentes con sangre parecen salir desde la cocina y subir por la moqueta de la escalera.

Mira a su izquierda, al interior de la sala de estar, y ve una lámpara rota en el suelo. Detrás, hay un técnico arrodillado junto al cadáver de una mujer. Sin pisar las huellas de sangre, Reyes se acerca con Barr siguiéndole detrás y se agacha junto al técnico. La víctima lleva un camisón y una bata ligera. Ve las marcas que hay alrededor del cuello de la mujer, las delatoras magulladuras, los ojos inyectados en sangre.

—Estrangulamiento de ligadura —dice Reyes. El técnico asiente—. ¿Alguna pista de con qué la han estrangulado?

—Aún no —contesta el otro hombre—. Acabamos de empezar.

Reyes nota que tiene los dedos anulares desnudos, ve un teléfono móvil caído bajo una mesita auxiliar y se pone de pie. Espera a que Barr haga un análisis más detallado y trata de imaginar qué es lo que ha pasado en esta habitación. Ella abre la puerta, piensa Reyes, se da cuenta de su error, corre a la sala de estar. Hay un forcejeo. ¿Por qué no oyó nada su marido? Quizá estuviese dormido arriba y el sonido de la lámpara al caer y romperse quedara amortiguado por la gruesa alfombra. Barr se pone de pie tras estudiar el cadáver y los dos regresan a la entrada. Desde ahí, Reyes mira al interior del comedor, ve los cajones del aparador abiertos y colgando. Al fondo del largo pasillo que va directo hacia la parte posterior de la casa desde la entrada, ve gente vestida con trajes blancos moviéndose por la cocina. Se acerca silencioso con sus zapatos enfundados, junto a la pared para no pisar las huellas de sangre. Barr va justo detrás de él.

Sí que es una carnicería. El espectáculo y el olor le abruman brevemente. Por un momento, contiene la respiración.

Mira a su compañera, que con sus ojos avispados está observándolo todo. A continuación, Reyes se concentra en la escena que tiene ante sí.

Fred Merton está boca abajo sobre el suelo de la cocina, con la cabeza girada a un lado, vestido con un pijama empapado en sangre. Tiene múltiples cuchilladas en la espalda y parece que le han hecho un corte en la garganta. Cuenta las heridas de arma blanca hasta donde puede a la vez que se inclina sobre el cadáver. Hay once, por lo menos. Un crimen frenético y violento. ¿Quizá más un crimen pasional que un robo? A menos que se tratara de un ladrón con algún trastorno de ira sin resolver. «Dios mío», murmura. Aquí nadie ha podido oír los gritos. Levanta los ojos y reconoce a May Bannerjee, la jefa del equipo de la policía científica, una investigadora muy competente.

—¿Alguna idea de cuánto tiempo llevan en el suelo? —le pregunta Reyes.

—Yo diría que un día, por lo menos —le contesta Bannerjee—. Sabremos más después de las autopsias, pero apuesto a que los asesinaron entre el domingo por la noche y la primera hora del lunes.

—¿Alguna pista del arma del crimen en este caso? —pregunta el inspector a la vez que echa un vistazo por la cocina. No ve ningún cuchillo ensangrentado por ninguna parte.

—Aún no.

Trata de descifrar qué ha podido ocurrir. Barr está haciendo su particular y silencioso análisis del lugar. Hay una enorme cantidad de salpicaduras de sangre en las paredes, el techo y la isla. Reyes baja la mirada al suelo encharcado y las huellas de sangre que salen de la cocina.

—¿A usted qué le parece? —pregunta a Bannerjee.

—Supongo... que el asesino llevaba calcetines gruesos, quizá más de un par, y sin zapatos. Posiblemente con unas calzas. Así que no podemos obtener ninguna huella útil ni tampoco hacernos una idea aproximada del tamaño de los pies. —Reyes asiente—. Puede verse que se acercó al armario que hay debajo del fregadero. Hay sangre por todos lados. Desde aquí fue al comedor. —Apunta hacia la entrada de la cocina que va directamente al interior del comedor, separado del salón principal—. También fue al despacho que está al otro lado de la cocina. —Señala con la cabeza hacia la zona opuesta de la casa—. Y luego atravesó el pasillo y subió por las escaleras. Parece que lo destrozó todo después de los asesinatos mientras buscaba dinero y objetos de valor y, luego, salió por la parte de atrás. Pueden verse huellas de pies y hay sangre en el pomo de la puerta de atrás y en el patio. Hay una mancha de sangre en el jardín de atrás, donde probablemente se cambió de ropa. A partir de ahí, nada más.

—¿Cómo entró en la casa? ¿Algún indicio de haber forzado la puerta?

—Aún estamos examinando el perímetro, pero todavía no hay nada claro. La asistenta ha dicho que la puerta de la calle no estaba cerrada con llave cuando llegó, así que puede ser que la mujer asesinada abriera la puerta. —Se acerca al fregadero de la cocina que está debajo de la ventana—. Hay unas huellas de pies bastante claras desde el cadáver hasta el fregadero y, después, saliendo hacia la puerta principal. Serán de la asistenta.

Las víctimas estaban en pijama, posiblemente ya acostadas, piensa Reyes. Sheila Merton pudo haberse puesto la bata y bajar para abrir la puerta al asesino. Es evidente que fue la primera asesinada, pues después de matar al marido el asesino debía de estar empapado en sangre y habría dejado en ella algún rastro. Tienen que averiguar exactamente qué es lo que se han llevado. Es posible que la asistenta les pueda ayudar en eso.

—¿Qué opinas tú? —pregunta Reyes girándose hacia Barr.

—Parece de una crueldad innecesaria para tratarse de un robo. Es decir, ¿tenían que apuñalarle tantas veces? —responde Barr con los ojos puestos en el cadáver destrozado que está en el suelo de la cocina—. Quizá se supone que debía parecer un robo, pero no lo es en absoluto. —Reyes asiente. Barr continúa—: Y se han empleado a fondo con él, en comparación con ella. Con ensañamiento, diría yo.

—Lo cual es señal de que la rabia iba dirigida a él, no a ella.

—Puede ser. Y ella simplemente apareció ahí, en medio.

—Aunque el estrangulamiento es también algo bastante personal —apunta Reyes—. Vamos a hablar con la asistenta. —Cuando salen de la casa y se dirigen al camino de entrada, Reyes alza la vista y observa las formas oscuras que dan vueltas sobre ellos. Cinco o seis aves de gran tamaño que planean con las corrientes de aire por el cielo.

—¿Qué son? —pregunta Barr protegiéndose los ojos y levantándolos hacia las aves que sobrevuelan la casa.

—Buitres pavo —responde Reyes—. Probablemente hayan olido la sangre.

8

Irena está sentada sola en el asiento trasero de un coche patrulla, encogida dentro de su chaqueta de entretiempo, tratando de calentarse. El día es soleado, pero todavía es abril y sigue haciendo fresco. O puede que sea por el impacto. Está temblando y también siente náuseas. No puede dejar de pensar en Fred y Sheila. Toda esa sangre, el hedor. La expresión en el rostro de Sheila, mirándola, como si quisiera comunicarle algo. Probablemente Sheila sabía quién era su asesino, pero ya no va a poder decirlo.

Irena espera temblorosa. Se da cuenta de que tiene sangre en los zapatos.

Uno de los agentes abre la puerta del coche y asoma la cabeza.

—Los inspectores quieren hablar con usted ahora, si le parece bien —dice.

Irena asiente y sale del coche. Dos personas se acercan a ella: un hombre alto de pelo oscuro, probablemente de unos cuarenta años, y una mujer más bajita y más joven. Los dos van vestidos de paisano. Irena traga saliva, nerviosa.

—Hola —la saluda el hombre—. Soy el inspector Reyes y esta es la inspectora Barr, de la policía de Aylesford. Tengo entendido que usted ha encontrado a las víctimas. —Ella asiente—. ¿Le importa que le hagamos unas preguntas?

Vuelve a asentir y, entonces, se da cuenta de que puede resultar poco clara y contesta: «No me importa». Pero está temblando como un flan.

Reyes mira a Barr.

—Hay una manta en el maletero, ¿la puedes coger?

Barr se aparta con grandes zancadas, regresa con una manta de lana color azul marino y envuelve con ella los hombros temblorosos de Irena.

—Es por la conmoción —le explica Reyes. Levanta los ojos hacia el jardín—: ¿Por qué no vamos a sentarnos en el cenador? Allí podremos hablar.

Atraviesan el césped en dirección a la bonita construcción donde ella se sienta en un banco, abrazándose a la manta que la envuelve, y mira a los dos inspectores. Solía jugar aquí con los niños, hace mucho tiempo.

—¿Nos puede decir su nombre, por favor? —le pregunta Barr.

—Irena Dabrowski. —Lo deletrea y ve cómo la inspectora va tomando nota. Puede que Irena tenga apellido polaco, pero su inglés es perfecto y sin acento extranjero. Sus padres llegaron aquí cuando era un bebé.

—Tengo entendido que es usted la asistenta de los Merton —dice Reyes. Ella asiente—. ¿Cuánto tiempo lleva trabajando para ellos?

—Mucho —responde Irena—. Empecé cuando nació su primera hija. Viví aquí como niñera interna durante muchos años, hasta que la última hija entró en el colegio. Después, continué como criada y luego encargada de la limpieza. Ahora vengo dos veces por semana.

—Entonces, conoce bien a la familia.

—Muy bien. Son como mi propia familia. —Se da cuenta de que quizá debería estar llorando, pero está como entumecida. Inhala aire fresco en un intento de disipar el olor a sangre.

—No pasa nada. Tómese su tiempo —le dice Barr con tono dulce.

—Es que no me lo puedo creer —contesta ella por fin.

—¿Cuándo fue la última vez que vio a los Merton con vida? —pregunta Reyes.

—Fue el domingo, en la cena de Pascua. Pasé aquí todo el sábado, limpiando. Iban a recibir a la familia al completo para la Pascua y Sheila quería que la casa estuviese impoluta. Tuve que aplicarme más de lo normal. Y luego volví el domingo para cenar con ellos.

—¿Quién vino a la cena?

—Estuvieron todos los hijos. Catherine, la mayor, con su marido, Ted. Dan, el mediano, con su mujer, Lisa. Y Jenna, la pequeña. Trajo a un novio. Siempre vienen a casa para las celebraciones, como es de esperar. Normalmente, viene también Audrey, la hermana de Fred, pero no estuvo este domingo. —Levanta los ojos hacia ellos—. ¿Lo saben ya los hijos? —pregunta a los inspectores—. ¿Se lo han dicho?

—Todavía no —contesta Reyes.

—Van a quedarse completamente destrozados.

—¿Seguro? —pregunta Barr, mirando desde el cenador hacia la casa, que tiene un valor de varios millones de dólares.

Qué poquísimo tacto, piensa Irena. Mira a Reyes como si le estuviese transmitiendo su pensamiento. Barr se da cuenta, pero no parece importarle.

—Imagino que están a punto de heredar bastante dinero —comenta.

—Supongo que sí —conviene Irena con frialdad.

—Entonces, usted llegó esta mañana. ¿Venía para limpiar la casa?

Ella desvía la mirada y la dirige hacia la mansión.

—Sí. Normalmente vengo los lunes y jueves, pero el lunes era festivo, así que no he venido hasta hoy.

—Cuéntenos qué ocurrió cuando llegó. Paso a paso.

Irena toma aire y lo suelta.

—Llegué en el coche poco después de las diez y media. Había mucho silencio y en el camino de entrada no estaba ninguno de los coches. Llamé a la puerta, como siempre suelo hacer, pero no salió nadie a abrir. Así que entré, pues no estaba echada la llave y supuse que se encontraban en casa.

—Continúe.

—Nada más entrar, noté el olor y vi la sangre del pasillo. Me asusté. Vi la lámpara en el suelo y, después, a Sheila.

—¿Se acercó al cadáver?

Asiente mientras recuerda. Se da cuenta de que las manos le siguen temblando en el regazo.

—Pero no la toqué. Luego fui a la cocina y... le vi a él. —Traga saliva obligándose a contener la bilis.

—¿Entró en la cocina? —pregunta Reyes.

De repente, ella siente un mareo.

—No estoy segura.

—Es que tiene sangre en las suelas de los zapatos —señala Barr.

Irena la mira, sobresaltada.

—Debí de entrar... Era todo muy estremecedor, pero sí, ahora lo recuerdo. Me acerqué a Fred y le miré. —Vuelve a tragar saliva.

—¿Le tocó a él o cualquier otra cosa de la cocina? —pregunta Reyes.

Ella se mira las manos en el regazo, las gira, como si buscara rastros de sangre. Están limpias.

—Creo que no.

—¿No se acercó al fregadero? —insiste Reyes.

Ahora se siente confundida.

—Sí... Temí ponerme a vomitar. Y lo hice, en el fregadero. Después lo limpié.

Sabe que no está siendo muy clara, pero ¿qué esperan? Nunca antes se ha visto en esta situación. La ha dejado completamente perturbada.

—No pasa nada —dice Reyes—. ¿Sabe si los Merton tenían algún enemigo? ¿Alguien que piense que podría haber hecho esto?

Niega con la cabeza.

—No, no creo que tuvieran ninguno. —Hace una pausa y añade—: Pero la verdad es que nunca se sabe, ¿no? —Los mira—. Es decir, yo ahora solo vengo a limpiar. Ya no vivo aquí.

—¿Y la seguridad? —pregunta Reyes—. ¿Hay algún vigilante?

—No. Hay algunas cámaras de seguridad instaladas alrededor de la casa pero, por lo que yo sé, nunca han funcionado. Solo están de adorno.

—¿Tenían objetos de valor en la casa? —interviene Barr.

Irena la mira mientras piensa que esta joven inspectora debe de ser un poco idiota.

—La casa está llena de cosas valiosas. Los cuadros son de mucho valor, y la plata, las joyas de ella y cosas así.

—¿Y dinero en efectivo? —quiere saber Reyes.

—Hay una caja fuerte en el despacho de la planta baja, en la parte trasera de la casa. No sé qué guardarán ahí.

—Nos gustaría que recorriera la casa con nosotros para echar un vistazo por si falta algo. ¿Cree que podrá hacerlo?

—No quiero volver a entrar en la cocina —susurra ella.

—Creo que, por ahora, nos la podemos saltar —contesta Reyes—. ¿Hay alguien más que trabaje en la casa? ¿Algún jardinero, quizá?

Ella niega con la cabeza.

—Tienen un servicio de jardinería.

—Por casualidad, no tendrá los contactos de los tres hijos, ¿no? —pregunta Barr.

Irena coge su teléfono.

—Sí, claro.

9

Reyes observa cómo Irena se queda mirando el cadáver de Sheila Merton, tapándose la boca con la mano.

—Siempre llevaba dos diamantes grandes, su anillo de compromiso y otro en la mano derecha —dice por fin. Levanta la vista hacia él—: No están.

Un rápido recorrido por la casa en compañía de la asistenta les proporciona una visión más completa. Falta la plata de la sala de estar, pero no han tocado ninguno de los cuadros, ni siquiera los más valiosos. Han registrado el despacho de Fred, pero la caja fuerte, que está oculta detrás de un cuadro de un paisaje, parece haber pasado inadvertida al intruso. Aun así, tendrán que abrirla.

Reyes y Barr suben por la escalera hasta la planta de arriba, con cuidado de no pisar el rastro de sangre. Una lámpara de araña cuelga en el centro y, cuando Reyes llega a su altura, nota la ausencia de polvo. Entran en el dormitorio principal, que está en la parte delantera de la casa, con ventanales hasta el techo que dan al césped y al jardín. Es una habitación grande, con una cama enorme y cómodas de nogal a juego. Han abierto los cajones con brusquedad y han dejado la ropa desparramada. Han vaciado un bolso sin ningún cuidado sobre la cama sin hacer y hay algunas manchas de sangre sobre su superficie de piel clara. Han cogido el dinero en efectivo y las tarjetas de crédito de las carteras de Fred y Sheila y las han lanzado al suelo.

El joyero de la cómoda de Sheila está abierto y volcado, como si alguien lo hubiese toqueteado con prisas. Las manchas de sangre lo confirman. Reyes se coloca junto a Irena y juntos miran el interior de terciopelo vacío.

—Tenía sortijas de diamantes, pendientes y pulseras de mucho valor, perlas..., pero quizá los tenga guardados en la caja fuerte de abajo —les dice—. La compañía de seguros tendrá una lista.

Los inspectores dan las gracias a Irena y vuelven a salir. «Los cazaremos cuando intenten usar las tarjetas de crédito o vender las joyas», piensa Reyes mientras se dirigen al coche. «Quienquiera que sea se ha llevado solo cosas fáciles de transportar y de cambiar por dinero».

Pero ha sido un crimen demasiado violento. Quizá el móvil principal no fuese el robo.

Los inspectores detienen el coche en la puerta de la consulta médica de Catherine Merton en el centro de la ciudad. Reyes ha enviado a un par de policías de uniforme a las casas de los otros dos hermanos para hacer la temida visita e informarles del asesinato de sus padres antes de que se enteren por las noticias. Ni Dan ni Jenna Merton tienen un lugar de trabajo en este momento, según Irena.

Es una clínica concurrida, con varios médicos que comparten espacio. Los agentes encuentran la recepción en la tercera planta, se identifican y preguntan por la doctora Catherine Merton. La recepcionista los mira con ojos de sorpresa al ver sus placas.

—Voy a buscarla —dice antes de levantarse de la mesa.

Cuando vuelve, les informa:

—Si no les importa esperar en la Sala C, que está al fondo del pasillo, ella irá en un par de minutos.

Reyes y Barr se dirigen a la sala de reconocimiento. No tienen que esperar mucho.

Alguien llama suavemente a la puerta y, a continuación, una mujer de poco más de treinta años vestida con una bata blanca entra en la habitación. Reyes la observa con atención. Es de aspecto agradable, con rasgos normales. Lleva su pelo moreno a la altura del hombro y con la raya a un lado y unas perlas alrededor del cuello. Los mira con curiosidad.

—Soy la doctora Merton —se presenta—. Mi recepcionista me ha dicho que quieren verme.

Reyes se encarga de hacer la presentación de los dos antes de informarle.

—Me temo que traemos malas noticias. —Ella parece tambalearse—. Quizá debería sentarse —le sugiere, y Catherine se deja caer en una silla de plástico mientras que él y Barr permanecen de pie.

Ella los mira y traga saliva.

—¿Qué pasa?

—Me temo que se trata de sus padres. Los han encontrado muertos en su casa. —Se queda en silencio para que asimile lo que ha dicho.

Ella los observa con incredulidad.

—¿Qué? —exclama ahogando un grito.

—Los han asesinado —continúa Reyes con toda la suavidad que le es posible.

Ella parece realmente impactada. Esperan a que asimile la noticia.

—¿Qué ha pasado? —les pregunta, por fin, horrorizada.

—La primera impresión es que ha sido un robo que se les ha ido de las manos —le explica Reyes—. Se han llevado dinero, tarjetas de crédito, joyas...

—No me lo puedo creer. —Levanta los ojos hacia él y le pregunta temerosa—: ¿Cómo han muerto?

No hay una forma fácil de contarlo y enseguida lo va a saber.

—A su madre la han estrangulado; a su padre le han apuñalado y le han cortado el cuello —responde Reyes en voz baja.

—No... —susurra Catherine Merton a la vez que niega con la cabeza con expresión de tristeza y la mano apretada contra la boca, como si tuviese arcadas. Cuando se ve capaz, pregunta con voz entrecortada—: ¿Cuándo..., cuándo ha ocurrido?

—Aún no lo sabemos —contesta Reyes—. La señora Dabrowski los ha encontrado sobre las once de esta mañana. Ha mencionado que hubo una cena familiar el domingo de Pascua.

Catherine asiente.

—Sí. Estuvimos todos allí el domingo.

—¿Y fue todo bien?

—¿A qué se refiere?

—¿Vio algún indicio de que algo iba mal? ¿Sus padres parecían distintos, nerviosos, como si algo los inquietara?

—No. Todo fue como siempre.

—¿A qué hora se fue de su casa? —pregunta Reyes.

—Sobre las siete —responde con tono distraído.

—¿Ha tenido algún contacto con sus padres después de eso?

Niega con la cabeza.

—No. —Ahora se mira las manos sobre el regazo.

—Creemos que los mataron en algún momento entre la noche del domingo y la primera hora del lunes —le explica Reyes.

—¿Cuánto dinero cree que valían sus padres? —pregunta Barr sin rodeos.

Catherine la mira, desconcertada.

—Eran ricos. No sé cuánto exactamente.

—¿Un cálculo aproximado? —insiste Barr.

—No sé. Tendrá que preguntárselo a su abogado —responde—. Walter Temple, de Temple Black. —Se levanta de la silla—. Yo... tengo que hablar con mis hermanos.

Reyes asiente.

—Les están informando también ahora —dice—. La acompañamos en el sentimiento. —Le entrega su tarjeta—. Nos pondremos en contacto en breve, claro, por la investigación. No hace falta que nos acompañe a la salida.

10

Catherine los ve marcharse y, a continuación, cierra la puerta de la sala de reconocimiento y se deja caer sobre la silla. Apenas puede respirar. Se siente mareada, con náuseas, incapaz de pensar. Tiene pacientes esperándola y Cindy, la recepcionista, querrá saber qué le ha pasado. Debe tranquilizarse.

Resulta muy difícil. Se pregunta qué habrán pensado de ella los inspectores. Les ha mentido. ¿Lo habrán notado?

Debe hablar con Dan y Jenna. Le dirá a Cindy que cambie las citas de sus pacientes. Lo entenderán cuando sepan el motivo. Nadie va a esperar que continúe trabajando después de lo que ha sucedido. Oye un ligero toque en la puerta.

—¿Sí? —pregunta.

Cindy abre la puerta con indecisión.

—¿Estás bien? —pregunta con evidente preocupación—. ¿Qué ha pasado?

Catherine le contesta con voz apagada.

—Han asesinado a mis padres. —Cindy la mira con expresión de horror e incredulidad. No puede hablar. Catherine continúa con brusquedad—: ¿Puedes cambiar todas mis citas? Voy a necesitar unos días libres. Tengo que irme.

Catherine pasa rápidamente junto a Cindy en dirección a su despacho para colgar la bata blanca, ponerse la gabardina y coger el bolso. Camina con grandes zancadas por delante de los pacientes de la sala de espera sin saludarles y abandona la consulta para meterse en el ascensor y salir directa hacia su coche, que está en el aparcamiento. Una vez sentada en el interior del vehículo, saca el teléfono móvil del bolso. Le tiemblan las manos. Respira hondo y llama a Ted.

Por suerte, no está con un paciente y responde.

—¿Sí?

Ella trata de reprimir un sollozo, pero se le escapa.

—Catherine..., ¿qué pasa? —le pregunta él rápidamente.

—Acaba de estar aquí la policía, en mi consulta. —Está empezando a entrar en pánico. Tiene la respiración acelerada y entrecortada—. Mis padres han muerto. Los han asesinado. En su casa.

Durante un momento, hay un silencio absoluto al otro lado del teléfono. Es evidente que Ted está estupefacto.

—Eso es..., es... Ay, Catherine, qué horror. ¿Qué ha pasado?

—Creen que ha sido un robo —contesta. Su propia voz le suena forzada.

—Quédate ahí —le ordena él—. Voy a por ti.

—No. No vengas. Tengo que... Voy a casa de Dan y Lisa. Ya deben de haberse enterado. ¿Nos vemos allí? Y voy a llamar a Jenna para decirle que venga.

—Vale —contesta él con voz tensa—. Esto es..., es increíble. Es decir..., los viste el domingo por la noche.

Ella vacila antes de responder.

—En cuanto a eso...

—¿Qué?

—Tenemos que hablar.

—¿Qué quieres decir?

—Es solo que... No le cuentes a nadie que fui después aquella noche, ¿de acuerdo? Yo... no se lo he contado a la policía. Luego te lo explico.

Jenna se despierta amodorrada al oír que el teléfono está sonando. Abre un ojo, ve el espacio vacío donde debería estar Jake —es la cama de él, en su apartamento, con su sensual olor en las sábanas— y, a continuación, extiende la mano para coger el teléfono que está en el suelo. Dios mío, qué tarde es. Jake debe de haberse ido a trabajar y la ha dejado dormir. Es su hermana, Catherine. Contesta a la llamada.

—¿Qué? —dice.

—Jenna..., ¿ha hablado ya contigo la policía?

—¿Qué? No. ¿Por qué?

—¿Dónde estás?

Nota la angustia en la voz de su hermana.

—Estoy en casa de Jake, en Nueva York. ¿Por qué?

—Tengo una mala noticia.

Jenna se incorpora en la cama y se aparta el pelo de la frente.

—¿Qué?

—Mamá y papá han muerto. Los han asesinado.

—Joder —responde Jenna—. ¿En serio? —De repente, el corazón se le ha acelerado.

Hablan brevemente mientras Catherine le dice que vaya a reunirse con ellos en casa de Dan y, a continuación, Jenna se levanta de la cama, se pone algo de ropa y entra en la cocina para dejarle una nota a Jake. Pero él ya ha dejado otra para ella.

Hola, preciosa:
Quédate todo lo que quieras. O baja al estudio cuando te despiertes. Bs.

Decide no dejarle ninguna nota. Mejor contárselo por teléfono.

A través de la ventana de la cocina, Lisa ve que el coche de Catherine se detiene en su camino de entrada. Dan ha estado dando vueltas inquieto, esperándola. Lisa se gira y mira a su marido. Ha estado muy nervioso desde que les han dado la noticia y, ahora que Catherine ha llegado, parece que se le va a salir el corazón por la boca.

Va hacia la puerta de la casa, pero Dan la aparta y se le adelanta, la abre y sale al encuentro de Catherine en el camino de entrada.

—Vamos dentro —oye Lisa que dice Catherine.

Catherine parece pálida y angustiada. Es evidente que ha estado llorando, piensa Lisa. Oye el sonido de otro coche y todos miran hacia la calle. Lisa reconoce a Ted en su deportivo, con la capota bajada en este agradable día de abril. Catherine no espera a su marido y entra directamente en la casa. Dan la sigue. Lisa espera a Ted y, sin decir nada, los dos entran. Ted también parece alterado.

La angustia que desprende Catherine perturba a Lisa, que absorbe el estrés de los demás como si fuese una esponja. Se acerca a Catherine, a quien considera como una hermana, y le da un cálido abrazo mientras nota que los ojos se le inundan de lágrimas. Todos pasan a la sala de estar.

—Jenna está de camino —explica Catherine—. La he llamado para que venga, pero está en Nueva York. Tenía que contárselo. —Se derrumba en un sillón y deja el bolso a sus pies.

Lisa mira a Dan mientras se sienta en el sofá. Él está dando vueltas por la sala, con movimientos de angustia. Ted se queda de pie al lado de Catherine y coloca una mano protectora sobre su hombro.

Catherine habla sin rodeos:

—Probablemente los asesinaron el domingo por la noche. —Mira a Dan mientras lo dice. Hay algo en el modo en que le mira que a Lisa no le gusta.

—¡No puedo creerlo! —exclama Dan.

Lisa le mira fijamente y le preocupa lo nervioso que está.

—Lo sé —contesta Catherine—. Yo tampoco. Pero acaban de venir dos inspectores a mi consulta. —Su voz suena un poco estridente—. Van a abrir una investigación.

—Dios mío..., es... surrealista —dice Dan antes de detenerse de forma repentina.

Lisa le hace una señal para que se siente a su lado y él obedece, dejándose caer pesadamente en el sofá.

Catherine se queda mirándolos.

—¿Os han dicho que ha sido Irena la que los ha encontrado?

Dan asiente nervioso en el sofá. Agarra la mano de Lisa y la aprieta.

Lisa empieza por fin a asumirlo. Los dos están muertos, piensa. Tampoco se lo puede creer. No puede creer la buena suerte que tienen. Esto lo cambia todo. Mira a su marido. Puede que al final no todo esté tan mal. Puede que sean ricos.

—¿Qué ha dicho la policía? —pregunta Dan.

—Parece que creen que se trata de un robo que ha terminado con violencia. —Hay una nota de histeria en la voz de Catherine—. A mamá la han estrangulado. A papá..., a papá le han cortado el cuello y le han apuñalado.

—Dios mío —dice Dan antes de volver a ponerse de pie de repente y pasarse una mano por su pelo negro—. Es terrible. A nosotros no nos han contado eso.

Lisa mira de nuevo a Catherine con espanto. Los agentes que han venido a su casa no les han dado esos detalles, solo que habían asesinado a Fred y a Sheila, pero no el modo. Ahora siente que se está mareando.

Dan vacila y, a continuación, mira a Catherine.

—Pero... sabes lo que esto significa —dice.

Lisa observa a su marido mientras trata de contener la bilis apretándose la boca con una mano.

—¿Qué? —pregunta Catherine, como si no le entendiera.

—Que somos libres. Todos. Nos hemos librado de él.

El rostro de Catherine se destensa. Parece atónita.

—Voy a hacer como que no has dicho eso —replica conteniéndose—. Y yo que tú me guardaría esos pensamientos.

Lisa ve con inquietud que la sensación de náuseas en el fondo de su estómago va creciendo. Ojalá Dan supiese tener el dominio de Catherine. Lisa está muy segura de que ese mismo pensamiento ha sido una de las primeras cosas que ha cruzado por la mente de Catherine al enterarse de la noticia, pero ha tenido la sensatez de no admitirlo.

11

Pobre Irena —les dice Dan a Catherine y Ted mientras Lisa va a la cocina para preparar café.

—Ha debido de ser espantoso encontrarlos —asiente Catherine con la mirada perdida. A continuación, levanta los ojos hacia Ted, y Dan ve que este aprieta la mano sobre su hombro para tranquilizarla.

—¿Qué va a pasar ahora? —pregunta Dan.

—No lo sé —responde Catherine.

Su inseguridad hace que Dan se altere por un momento. Si Catherine no sabe qué hacer, ¿cómo se las van a arreglar?

Pero entonces ella parece recomponerse.

—Tenemos que preparar el funeral.

—Es verdad —asiente Dan. No se le había ocurrido.

—Y la policía querrá hablar con todos nosotros —continúa Catherine.

—Hablar con nosotros —repite Dan—. ¿Por qué? —¿Por qué le está mirando así su hermana?—. Yo no he sido —protesta. Le miran sorprendidos. ¿Por qué ha dicho eso?

Tiene que controlarse. Catherine le observa con atención y Ted le mira inquieto.

Agotado de repente, Dan se derrumba en el sofá y echa la cabeza hacia atrás. Cae en una especie de ensoñación. Sus padres están muertos. Se acabaron las cenas familiares. Se acabó lo de pedir dinero y que te digan que no. Se acabaron las humillantes pullas de su padre delante de otras personas. Y, una vez que el funeral haya acabado y todo se resuelva, habrá que ocuparse del patrimonio. Se pregunta quién será el albacea. Probablemente Catherine. O puede que el abogado de su padre, Walter. Una cosa está clara: no va a ser él.

Todo ese maravilloso dinero será para ellos. Puede sentir que el pecho se le inunda de felicidad. Catherine puede fingir todo lo que quiera, pero está seguro de que está tan contenta por esto como él. Ahora podrá tener la casa; puede quedársela como parte de lo que le corresponde. Él quiere la suya en dinero en efectivo. Lisa se sentirá aliviada de que puedan librarse por fin del aplastante peso de su padre, de todo este estrés económico tan enervante. Podrán volver a ser felices. Y Ted..., a Dan no le cabe ninguna duda de que Ted está tan encantado como los demás, a pesar de su fingida expresión de preocupación. No soportaba a su padre. Y Ted sabe apreciar las cosas buenas. A Dan siempre le ha dado bastante envidia el deportivo de Ted, un BMW Z3 descapotable. Pero siempre se contentaba diciéndose que eso es lo que los dentistas hacen: comprarse coches deportivos para compensar lo aburrido y desagradable que resulta su trabajo. Ahora Ted podrá jubilarse si quiere. Y Jenna... ni siquiera fingirá lamentar que hayan muerto.

Lo cierto es que todos están mucho mejor ahora que sus padres han sido asesinados. Ya no habrá que esperar largos años —décadas quizá— para recibir su herencia. Se acabó lo de bailar al son de su padre, las deprimentes y obligatorias visitas a residencias de ancianos. Se han librado de todo eso. Ahora podrán empezar a vivir de verdad. Si no resultara tan indecoroso, lo cierto es que deberían estar de celebración. Le entran ganas de meter una botella de champán en el frigorífico.

Ted deja de observar a Dan cuando Lisa vuelve con una bandeja con tazas de café, leche y azúcar. Hay una extraña atmósfera en la habitación y eso le incomoda. Además, ha estado pensando en lo que Catherine le ha dicho por teléfono. ¿Por qué no quiere que nadie sepa que volvió allí esa misma noche? No hay duda de que está haciendo una tontería con eso. Por supuesto que debe contárselo a la policía. Eso los ayudará a tener más clara la cronología de los hechos. Va a tener que hablar con ella en cuanto lleguen a casa.

Intenta estudiar la expresión de Lisa mientras deja la bandeja en la mesa de centro, pero la tiene oculta bajo su espesa melena castaña, que le cae hacia delante. Dan está un poco raro. Parece demasiado excitado. Y a Ted le gustaría saber si es el único que lo ha notado. Pasa la mirada desde Dan hasta Catherine y se pregunta si de verdad los consigue entender. Los tres compartieron una infancia poco habitual, Catherine, Dan y Jenna. Una infancia privilegiada y dolorosa. Con sus padres negándoles su amor y jugando a tener sus favoritos. Por lo que Catherine le ha contado, eso provocó desavenencias y rivalidades entre ellos, pero también los unió, por extraño que parezca. Ted no tiene hermanos, no sabe cómo es. Catherine ha intentado explicarle su relación con Dan y Jenna, pero, como él es hijo único, le cuesta entenderlo. Aquí están pasando cosas que simplemente no alcanza a comprender. Catherine coge un café y cada uno se entretiene durante un momento con su taza.

—Deberíamos llamar a Irena —propone Dan—. Pedirle que venga. —Coge su café. La taza le tiembla un poco al llevársela a la boca—. Al fin y al cabo, forma parte de la familia y debería estar presente en un momento como este. —Entonces, parece ponerse nervioso y dice—: Es raro que no nos haya llamado, ¿no creéis?

—La voy a llamar —se ofrece Catherine a la vez que busca el móvil en el bolso que tiene a sus pies.

Esa es otra cosa que Ted nunca ha llegado a entender del todo: la relación de los ricos con sus asistentas. Dicen que Irena es como de la familia. Pero, por lo que él ha visto, Fred y Sheila la trataban como una trabajadora doméstica y poco más. Irena se había ido a la vez que ellos cuando la cena de Pascua saltó por los aires. Había tomado partido por los hijos. Ellos, al menos, parecían tenerle cariño. Catherine le había contado que Irena prácticamente los había criado a todos. Había estado más presente que su propia madre. Ted se pregunta si también Irena estará en el fondo encantada por este giro de los acontecimientos, una vez que se recupere del impacto. Se habrá quedado sin un cliente, pero puede que haya algo para ella en los testamentos.

Los testamentos. En eso es en lo que están pensando todos. Aunque aún no lo haya mencionado nadie. Se pregunta quién será el que por fin lo haga. Jenna, probablemente.

Sentirse feliz por la muerte de alguien no es algo que se reconozca en voz alta, pero Ted sabe que uno se puede alegrar cuando alguien muere. Cuando su padre falleció de cirrosis en el hígado Ted tenía doce años, y, en gran parte, supuso un alivio. Su madre se comportó como la perfecta viuda afligida pero, cuando se quedaron solos en casa esa noche y él estaba en su dormitorio, la oyó tararear por la casa. Parecía feliz por primera vez en varios años. Él sabe mejor que nadie que el mundo es mejor sin ciertas personas habitándolo.

Catherine suelta el teléfono.

—Irena dice que viene ahora mismo. —Y añade—: Y cuando llegue Jenna podremos empezar a preparar el funeral.

Dan asiente.

—Como ha sido Irena la que los ha encontrado, puede que nos pueda contar qué está pasando allí. Qué dice la policía. —Vuelve a mirarlos a todos, que guardan silencio—. ¿Qué? ¿No sentís curiosidad?

Ted sí que siente curiosidad. De repente, siente deseos de saber quién ha matado a Fred y a Sheila, si al final ha sido un robo. Quiere saber lo que Irena les pueda contar. Está seguro de que todos querrán saberlo. Se descubre a sí mismo observando a Dan y haciéndose preguntas. Recuerda la conversación entre Dan y su padre el domingo de Pascua en la sala de estar, el sonrojo de rabia e impotencia que fue subiendo por el cuello del hijo. Ted está enterado de sus problemas económicos. Catherine se lo ha contado. Lisa ha estado desahogándose con ella por lo cortos que andan de dinero. Y sabe que Catherine ha estado preocupada últimamente por su hermano.

Se pregunta cuándo exactamente mataron a Fred y Sheila. Piensa en ese domingo por la noche, después de la desagradable cena familiar. Catherine había vuelto a la casa y él se había acostado. Lo que no sabe es cuándo volvió. Estaba dormido. Se despertó un poco cuando ella se metió en la cama a su lado.

«Vuelve a dormirte», susurró ella.

«¿Todo bien?», murmuró él.

«Sí, todo bien». Le besó y se giró al otro lado.

A la mañana siguiente le contó en el desayuno que su madre y ella habían hablado la noche anterior. Le dijo que su madre se había dejado el móvil abajo y que por eso no había respondido a su llamada.

«¿De qué quería hablarte?», preguntó él.

«Quiere que hable con papá sobre Jenna. Quiere dejarla sin asignación y me ha pedido que interceda. Mi madre no quiere que Jenna vuelva a mudarse a casa».

Ahora, Ted mira a su mujer y siente cierto pellizco en el estómago. Se le acaba de pasar por la mente que quizá se libró de estar presente en los asesinatos por cuestión de un instante. ¿Y si hubiese llegado allí en medio de todo?

Estaría también muerta.

12

Audrey se siente mucho mejor, ya casi recuperada del todo de su molesta gripe. El único rastro que queda de ella es la rojez alrededor de la nariz. Está en el coche de camino al supermercado para comprar leche y pan. Lleva la radio encendida y va tarareando al compás cuando empiezan las noticias. La primera es sobre una acaudalada pareja de Brecken Hill a la que han asesinado. Sube el volumen. Eso es demasiado cerca de casa, piensa.

No dicen los nombres ni la dirección de las víctimas. Aparca en una plaza y llama a Fred para ver qué sabe. Al no responder en el teléfono fijo, prueba con el móvil, que pasa directamente al buzón de voz. Aun así, no se preocupa demasiado. No vive lejos, aunque su casa está en un barrio mucho menos rico, y la curiosidad hace que decida ir a Brecken Hill.

Conduce por el barrio sinuoso de casas pudientes que tan bien conoce. Hasta que está cerca de la casa de Fred y Sheila no ve toda la actividad. Hay coches de policía aparcados al fondo del camino de entrada y, cuando intenta entrar, ahora con el corazón acelerado, le hacen dar la vuelta. Consigue entrever una ambulancia y otros vehículos más cerca de la casa, cinta amarilla y grupos de personas y, de repente, lo comprende.

Tiene que detener el coche en el arcén un rato para asimilarlo, con las manos temblándole sobre el volante. Fred y Sheila son la pareja a la que han asesinado. Le parece imposible. Fred asesinado. Es la víctima de asesinato menos probable que podía imaginarse. Siempre ha sido tan poderoso, tan intimidante. Debe de estar furioso, piensa.

Esto lo cambia todo. Su dinero caído del cielo va a llegar un poco antes de lo que esperaba.

Coge el móvil y llama a casa de Catherine. No tiene su número de móvil. No responden, pero Audrey se da cuenta de que debe de estar en el trabajo. Se olvida de la compra. Decide ir primero a casa de Dan al no obtener respuesta en la de Catherine. Si no hay nadie allí, probará en la de Catherine. Sabe que la familia se reunirá en casa de uno de los dos y que ninguno va a llamarla.

Tras salir de la consulta de Catherine Merton, Reyes y Barr vuelven al escenario del crimen. Los buitres siguen volando en círculo en el cielo, con sus formas oscuras en medio del cielo azul claro. Reyes sorprende a Barr mirando con inquietud a las aves. Ve al forense, Jim Alvarez, y se acerca con Barr para hablar con él.

—Menudo lío —dice el médico forense, y Reyes se muestra de acuerdo con un gesto de la cabeza—. Nos vamos a llevar los cadáveres en un rato para hacerles la autopsia esta tarde. Probablemente empezaremos con la mujer —añade—. ¿Por qué no vienen mañana por la mañana? Para entonces ya tendremos algo.

Dentro de la casa, en la cocina, Reyes se acerca a May Bannerjee. Fred Merton sigue en el suelo de la cocina.

—¿Algo interesante? —le pregunta con Barr a su lado.

—Creo que hemos encontrado el arma con que le mataron a él —responde Bannerjee—. Aquí, échenle un vistazo. —Los lleva hasta el fregadero y les enseña un cuchillo dentro de una bolsa transparente precintada sobre la encimera de al lado—. Es el cuchillo para trinchar de ese taco de cuchillos de ahí —dice señalándolo con la mano—. Estaba limpio y lo habían vuelto a meter en el taco.

Reyes mira el cuchillo y, después, el taco.

—Está de broma.

—No.

—¿Alguna huella?

—No. Lo han limpiado y secado a conciencia. Pero hay algunos restos microscópicos de sangre. Son difíciles de quitar. Pronto estaremos seguros.

Reyes mira a Barr, que está tan sorprendida como él. Eso no encaja con el escenario que se han encontrado. Lo lógico habría sido que el asesino se hubiese llevado el cuchillo y lo hubiese tirado en cualquier sitio donde nunca lo pudieran encontrar. En el río Hudson, por ejemplo. ¿Por qué limpiar y volver a dejar el cuchillo en su sitio?

—¿Alguna pista de qué es lo que se ha usado para estrangular a la esposa?

—No, pero seguimos buscando. De todos modos, no he terminado con el cuchillo —le explica Bannerjee—. Mire esto —dice antes de agacharse y señalar unas marcas en la sangre del suelo—. El cuchillo estuvo en el suelo junto al cadáver durante un tiempo. Puede verse su contorno donde la sangre se ha secado. Estuvo ahí quizá un día o más antes de que lo cogieran, lo limpiaran y lo volvieran a poner en el taco.

—¿Qué? —exclama Barr.

—Entonces... no ha sido el asesino —dice Reyes.

Bannerjee niega con la cabeza.

—No, a menos que haya vuelto. Y no hay pruebas de ello.

—La asistenta —apunta Barr—. Sus huellas con sangre van directas al fregadero.

Reyes asiente, pensativo.

—Puede que haya sido ella. Y solo hay una razón para que lo hiciera.

Barr termina de dar voz a lo que él está pensando.

—Proteger a alguien.

Reyes se muerde el labio inferior.

—¿Y el resto de la casa? —pregunta.

—Tenemos que descartar varios tipos de huellas, probablemente de la familia que vino a cenar el domingo de Pascua y de la asistenta. —Y añade—: Tampoco podremos sacar ninguna huella de coche de ese camino de entrada pavimentado.

—De acuerdo, gracias —le dice Reyes—. Vamos a echar otro vistazo —le propone a Barr. Se dirigen a la planta de arriba. Hay dos técnicos en la habitación principal, buscando huellas dactilares. Uno de ellos levanta los ojos cuando entran los inspectores.

—Manchas de sangre, pero ninguna huella en las carteras, bolso, cajones ni joyero. Quienquiera que fuera llevaba guantes.

Reyes asiente; no le sorprende. Entra con Barr en el baño de la habitación. Reyes abre el botiquín con la mano enguantada y mira las medicinas que ve en el estante. Hay de todo tipo, las que cabría encontrar en el botiquín de una pareja mayor. Hay una receta de fuertes analgésicos para Fred. Coge otro bote con el nombre de Sheila Merton. Mira la fecha. Se lo recetaron hace menos de dos semanas. «Alprazolam». Mira a Barr.

—¿Tienes idea de qué es el Alprazolam?

Ella mira el bote que él tiene en la mano y asiente.

—Xanax. Es un ansiolítico fuerte.

—Mira la fecha —dice Reyes—. ¿Por qué tenía Sheila tanta ansiedad últimamente? —Vuelve a dejarlo dentro del armario y Barr apunta en su cuaderno el nombre del medicamento y del médico que lo recetó.

Juntos, recorren diligentes el resto de la casa pero, aparte de la planta de abajo y el dormitorio principal, parece que el intruso no tocó nada. En la misma planta del dormitorio principal hay otro para invitados, otro baño, y otra habitación grande con una sala de estar anexa y baño que era la que ocupaba Irena cuando vivía en la casa. Lo saben por la anterior recorrido que hicieron con ella. Reyes entra en el antiguo dormitorio de Irena, con su mente centrada ahora en la asistenta.

Dejó de vivir en la casa hace tiempo. Los cajones de la cómoda están vacíos y también el armario. No hay libros ni recuerdos en las estanterías, ni tampoco en el baño ni en la salita de al lado. Esas habitaciones llevan años sin habitar. Se pregunta cómo se sentiría Irena cuando vivía ahí. Es una suite lujosa, pero ella no dejaba de ser una asistenta. Dispuesta a levantarse por las noches si alguno de los niños gritaba en medio de una pesadilla y necesitaba que le tranquilizaran. Despertándose temprano para preparar los desayunos y los almuerzos para el colegio. Luego, limpiar y obedecer órdenes. Se pregunta hasta qué punto estaba Irena unida a la familia. Quizá más con unos que con otros. ¿Cómo era la relación entre ellos? ¿Alguno de los hijos ya adultos la tenía como confidente? Piensa en el cuchillo de trinchar, vuelto a su sitio.

Sale de la habitación y sube a la otra planta. Son los antiguos dormitorios de los hijos. Hay tres habitaciones espaciosas aquí, un antiguo cuarto de juegos y dos baños. No queda nada en ellos de las infancias de los Merton. Los han reconvertido en bonitas habitaciones de invitados, redecoradas para que parezcan como si nunca hubiese vivido en ellas ni un solo niño. Reyes piensa en su propia casa abarrotada de cosas y se pregunta dónde estarán las de ellos: sus fotografías, sus equipaciones deportivas, sus libros y trabajos escolares, sus construcciones Lego, sus muñecas y animales de peluche. ¿Estará todo en cajas en algún lugar del sótano?

—No era gente especialmente sentimental, ¿verdad? —comenta Barr.

13

Jenna ha tenido todo el trayecto desde Nueva York para pensar. Sus padres están muertos y esto cambia las cosas por completo. Para cada uno de ellos.

Piensa primero en cómo le va a afectar a ella. Recibirá un tercio del patrimonio de sus padres. Eso es mucho dinero. No sabe cuánto exactamente ni el tiempo que se tarda en resolver y que le hagan el desembolso. Sabe que tardará un tiempo, pero ¿cuánto? Se supone que la asignación que está recibiendo ahora seguirá hasta que le den su parte. Va a ser rica. Puede comprarse una casa en Nueva York, un estudio quizá, en el Lower East Side.

A continuación, piensa en Dan. De los tres, es el más débil. En el plano emocional, en el mental. Ella siempre se ha preguntado si se debe a la forma en que los han educado o si es que simplemente nació así. Son todos muy distintos, a pesar de que se criaran en la misma familia de mierda. Pero no los trataron igual, eso sí. Quizá las cicatrices de Dan sean más profundas. Pero su padre ya no puede seguir haciéndole daño. Va a ser rico. No tendrá que trabajar si no quiere.

Resulta curioso cómo ha terminado todo. Catherine, la mayor, es la más convencional. Trabajadora, conservadora, sin intención de causar problemas. Claro que se hizo médica. Claro que quiere la casa. Quiere convertirse en su madre. Vale, quizá eso sea pasarse un poco.

La gente cree que Catherine es inofensiva, pero Jenna sabe bien que no es así.

La gente cree también que a Dan le dieron todas las oportunidades para que le fuera bien, pero Jenna sabe que eso no es verdad. Más bien fue saboteado por su padre cada vez que tuvo ocasión. Su madre no mostró mucho interés por ellos. Podía ser cariñosa a veces, y divertida en alguna ocasión, pero también se limitaba a desaparecer cada vez que las cosas exigían un esfuerzo o se ponían difíciles o tensas. No es que se fuese a ningún sitio, simplemente desaparecía dentro de sí misma. Podía desconectar de cualquier situación. ¡Chas! Y ya no estaba. Nunca se enfrentó a su marido. No los protegió y eso hizo que todos sintieran resentimiento hacia ella. Lo cierto es que resultaba lamentable lo mucho que todos anhelaban su atención, piensa Jenna, cómo seguían acudiendo a ella sabiendo que les iba a fallar. Todos odiaban a su padre. Se alegra de que esté muerto. Está segura de que los demás sienten lo mismo.

Es espantosa la forma en que han muerto. Pero, en realidad, va a ser lo mejor. Es mucho dinero y ahora es de ellos. Si no hubiesen asesinado a sus padres, probablemente habrían seguido vivos mucho tiempo.

Mientras conduce en dirección norte por la autopista hacia Aylesford, dejando atrás la ciudad, empieza a pensar en Jake. Ni ella ni Jake se habían marchado de la casa justo después que los demás lo hicieran el domingo. Se habían quedado más tiempo y había habido una discusión. Llamó a Jake cuando salía de su apartamento en dirección a su coche. Lloró, lamentando que sus últimas palabras con sus padres hubiesen sido tan duras y arrepintiéndose de ello. A continuación, le dijo que lo mejor sería que nadie supiera lo de la discusión y que, si alguien preguntaba, lo mejor era decir que se habían ido inmediatamente después que los demás y que él había pasado toda la noche con ella. Así sería más fácil.

Jake se mostró comprensivo. Le dijo que no se preocupara. Tenía un lado masculino y protector y a ella parecía gustarle.

Recuerda la noche en que se conocieron, como unas tres semanas atrás, en una ruidosa y vibrante discoteca clandestina. Había ido a Nueva York para salir de fiesta con sus amigos. Iba puesta de éxtasis y había bebido mucho, pero tenía un aspecto estupendo en la abarrotada pista y ella lo sabía. Le gusta pasarlo bien. Confiesa que es un poco hedonista. Vio que él la estaba mirando desde el borde de la pista. Fue tambaleándose hasta la barra. Él la invitó a una copa. Por su olor a pintura y aguarrás, supuso que era pintor y se sintió atraída por él de inmediato. Era atractivo y siniestro, no hablaba mucho y quería llevársela con él a su casa. Ella estaba más que dispuesta, pero no estaba lista para marcharse todavía. Le dijo que la esperara y volvió a la pista con sus amigos, donde se quitó la ajustada camiseta y empezó a bailar a pecho descubierto. Le gusta traspasar las normas, provocar una reacción. Al fin y al cabo, es artista. Se supone que debe desafiar los convencionalismos. Sabía que él la estaba mirando. Todos la miraban. Cuando un gorila fue a echarle la bronca, Jake se acercó, le puso su chaqueta de cuero —la camiseta se había perdido por algún sitio y estaría pisoteada en el suelo— y la llevó a su casa.

Está tan sumida en sus pensamientos que llega al barrio residencial de Aylesford donde vive Dan sin darse cuenta. Y quizá haya pisado demasiado el acelerador en su ansia por llegar. Ve el coche de Catherine en el camino de entrada de la casa de Dan y el de Ted en la calle. Deben de haber llegado por separado. Reconoce otro coche aparcado en la calle: la vieja tartana de Irena. Pero entonces ve otro coche que también reconoce y siente una punzada de fastidio. Es el de su tía Audrey, la pesadísima hermana de su padre. ¿Qué coño está haciendo aquí? No la quieren ahí. Todavía no.

Aparca su coche en la calle y recorre andando el camino de entrada. Puede verlos a todos reunidos en la sala de estar a través del gran ventanal. No se molesta en llamar a la puerta y entra directamente. La están esperando.

En cuanto accede a la habitación, queda claro que ha interrumpido algo. Catherine está sentada en un sillón, con gesto tenso; Ted se encuentra a su lado, en una silla de comedor que ha puesto al lado de ella. Lisa y Dan comparten el sofá, ambos con expresión de angustia, e Irena está sentada en otro sillón, inexpresiva. Audrey, en otra silla de comedor que ha acercado a los demás, parece justo haber terminado de decir algo.

—¡Jenna! —exclama Catherine poniéndose de pie. Se acerca para dar a su hermana un breve abrazo—. Has llegado rápido.

Irena se levanta y da otro abrazo a Jenna. Audrey se cruza de brazos. Parece que le molesta ver a Jenna pero, aun así, tiene un gesto... de triunfo. ¿Qué está pasando aquí?

Lisa acerca otra silla del comedor para que Jenna se siente.

Un tenso silencio ha inundado la habitación.

—Audrey nos estaba contando que papá cambió su testamento antes de morir —explica Catherine.

Audrey Stancik mira por la sala a estos niños mimados, tan presumidos, tan engreídos, tan seguros de que van a conseguir lo que creen que es suyo. Pero ahora le ha tocado a ella. Audrey es la que va a recibir lo que le pertenece. A pesar de las circunstancias, no puede ocultar su sonrisa.

Jenna la mira ahora con clara hostilidad. Ninguno se alegra de verla, aunque al principio han hecho un pobre intento de fingir lo contrario. Pero Fred era su único hermano. La única familia que le quedaba, aparte de su propia hija. Al resto no los considera miembros de su familia.

—¿Qué coño estás diciendo? —pregunta ahora Jenna con tono frío.

Audrey la mira con desagrado. Nunca se ha llevado bien con Jenna, que hace lo que le viene en gana sin tener en cuenta las consecuencias para los demás. Ahora está disfrutando de poder cortarle las alas. No se molesta en ocultar su regocijo.

—En concreto, lo hizo la semana pasada.

Ve cómo Jenna mira parpadeante a Catherine y, después, a Dan. Ya les había soltado esta pequeña bomba a los demás y había recibido de ellos la misma reacción de inquietud.

—¿Qué cojones es esto? —insiste Jenna mirando a Catherine.

Jenna ni siquiera tiene la decencia de dirigirle a ella la pregunta, piensa Audrey con enfado. Bueno, siempre ha sido así, ¿no? Siempre la han tratado como la intrusa que no es bienvenida, la parásita, la pariente pobre que no pertenece a su pequeño club. Eso la enfurece. No tienen ni idea de todo lo que han sufrido su hermano y ella, lo que Audrey ha hecho por él. Nunca han tenido que madurar. No tienen ni la más remota idea.

—Audrey, dile lo que nos has contado —le pide Catherine.

Audrey apoya la espalda en el respaldo de su silla y cruza una pierna sobre la otra. Va a contárselo de nuevo a todos, esta vez para que Jenna se entere. Aunque lo que les ha pasado a Fred y a Sheila es impactante y desagradable, no puede evitar sonreír un poco. Al fin y al cabo, este es su momento.

—Visité a vuestro padre hace poco más de una semana —empieza—. El lunes. Me llamó y me pidió que fuera a la casa. Tuvimos una larga conversación. Me contó que iba a cambiar su testamento, que iba a ver a Walter esa misma semana para hacerlo. Sheila ya tenía una cantidad de dinero considerable para vivir hasta que muriera y legarlo como quisiera pero, en lo referente al patrimonio de él, la mitad iría para mí y el resto se dividiría entre vosotros.

—¡No me lo creo! —exclama Dan con vehemencia desde el sofá—. ¿Por qué iba a hacer eso?

—Es lo que él quería —responde Audrey con firmeza mirando a Dan—. Sigue habiendo bastante para repartir. —Pero sabe que son avariciosos y que desean quedarse con el máximo posible. Y no quieren que ella reciba nada.

—Yo tampoco me lo creo —dice Jenna—. ¡Te lo estás inventando! Siempre has querido el dinero de papá.

Audrey siente deseos de responderle con un bufido: «Mira quién habla, zorra codiciosa», pero, en lugar de eso, respira hondo y deja que su sonrisa se agrande antes de hablar:

—Tu madre también se hallaba presente. No le gustó, pero estaba atada de pies y manos. Ella ya había firmado un acuerdo posnupcial por lo que recibió hace años. Él podía hacer lo que quisiera.

—¡Es increíble, joder! —exclama Dan con rabia a la vez que se pone de pie, de repente. Audrey da un respingo en su silla.

—Vamos a calmarnos todos, por favor —interviene Catherine—. Dan, siéntate. —Él se vuelve a hundir en el sofá. Catherine continúa—: Por lo que yo sé, soy la albacea del patrimonio de nuestros padres. Llamaré a Walter para averiguar lo que dicen los testamentos. Estoy segura de que no va a haber ninguna sorpresa —afirma con tono elocuente a la vez que mira a Audrey—. Pero no voy a hacerlo ahora. Acaban de asesinar a nuestros padres. ¿Qué imagen íbamos a dar?

Así es Catherine, siempre preocupada por las apariencias, el extremo opuesto a su hermana, piensa Audrey. Pero tiene razón. No resultaría apropiado llamar al abogado un par de horas después de que hayan encontrado los cadáveres. Los mira a todos con desagrado. De niños siempre fueron unos maleducados y no han cambiado al hacerse adultos.

Fred podía ser cruel; eso lo sabe ella tan bien como cualquier otro. Audrey, su hermana pequeña, es probablemente la única persona viva que de verdad le entendía, que sabía cómo era. Mira alrededor de la habitación, a cada uno de ellos, a Catherine, a Dan y a Jenna. La noticia en la radio daba a entender que había sido un robo con violencia, pero ¿y si no era así? ¿Y si había sido alguno de ellos?

Los mira ahora con otros ojos. La verdad es que nunca se había parado a pensarlo. Pero en este momento se acuerda de la mácula de su familia, del rasgo de psicopatía que siempre ha existido en la familia Merton. Se pregunta si permanece oculto en alguno de ellos.

Quizá debería andarse con más cuidado, piensa con inquietud.

14

A primera hora de la tarde, Rose Cutter sale de su bufete en una planta baja de Water Street para ir a por un café. Aunque dispone de una cafetera en el despacho, tiene los nervios a flor de piel y necesita salir a dar un rápido paseo. Entra en su cafetería preferida. Se ha formado una pequeña cola de personas delante de ella y espera con impaciencia. Hay una televisión detrás de la barra de la cafetería, con el volumen apagado, y mientras aguarda su café con leche ve las imágenes de una mansión llena de policías y lee el texto que va pasando por debajo de ellas. «Encuentran a Fred y Sheila Merton asesinados en su casa».

Mientras coge su café y vuelve al despacho, le tiembla la mano sin que pueda hacer que pare.

Tras terminar con la casa, Reyes y Barr supervisan los alrededores en busca de alguien que pueda haber visto algo a la hora de los asesinatos. Se acercan a la vivienda al este de la de los Merton y que también está situada al final de un largo camino. Reyes sale del coche y comprueba que, desde ahí, no puede verse la casa de los Merton. Las parcelas son enormes, las construcciones están demasiado separadas y hay tupidas filas de árboles entre ellas.

Reyes llama al timbre mientras Barr supervisa la finca.

Abre la puerta una mujer. Tiene unos sesenta y tantos años y parece preocupada cuando los ve. Le muestran sus placas y se presentan.

—Lo he visto en las noticias —dice.

—Quizá sea mejor que nos sentemos —sugiere Reyes.

Ella asiente y los lleva al interior de una gran sala de estar. A continuación, se saca un móvil del bolsillo de su jersey y le envía un mensaje a alguien. Levanta la vista hacia ellos.

—Acabo de pedirle a mi marido que venga a reunirse con nosotros. —Enseguida, un hombre baja las escaleras y entra en la sala de estar. Los dos se presentan como Edgar y June Sachs.

—¿Vieron u oyeron algo fuera de lo normal la noche del domingo de Pascua o a primera hora del lunes? —pregunta Reyes.

La señora Sachs mira a su marido y niega con un gesto.

—No podemos ver ni oír a los vecinos desde aquí.

Su marido asiente.

—Esto es muy silencioso, muy discreto. No vi nada.

La señora Sachs inclina la cabeza un momento, como si acabara de recordar algo.

—Sí que vi pasar una camioneta que no reconocí. Pasó por aquí, desde la casa de los Merton.

—¿Sobre qué hora fue eso? —pregunta Reyes.

—No sé. Nos habíamos acostado. Pero me desperté porque me dolían las piernas y me levanté a tomar un ibuprofeno. Miré por casualidad por la ventana del dormitorio y vi la camioneta. No tengo ni idea de qué hora era. Lo siento.

—¿A qué hora se acostaron?

—Alrededor de las diez. Así que fue después de esa hora. Me despierto a menudo por la noche y tengo que tomar algo para las piernas.

—¿Cómo era la camioneta? —quiere saber Reyes.

—Era bastante curiosa. No del tipo de vehículos que vemos por aquí. Sé qué coche tiene toda la gente de la zona y nadie lleva una camioneta así. Además, todos tenemos el mismo servicio de jardinería, con camiones blancos, y no era de ellos. Era oscura..., negra, quizá, y con llamas amarillas y naranjas por el lateral, como esos viejos coches de carreras de juguete.

Reyes les agradece el tiempo que les han dedicado y se va con Barr a hablar con los demás vecinos. Solo hay una casa al otro lado de la de los Merton y es ahí donde termina la calle. Esa noche no habían tenido ninguna visita ni tampoco habían visto ninguna camioneta. Tampoco en las demás casas de la zona. Reyes se pregunta por un momento si la camioneta no habrá sido producto de la imaginación de la señora Sachs. Un vecino dijo que había reconocido el Mini Cooper de Jenna Merton pasar por delante de su casa cuando salía a pasear a su perro la noche de Pascua, justo después de las ocho. Barr toma nota. Reyes y Barr se dirigen de vuelta a la comisaría. Es media tarde y los dos están hambrientos. Se detienen de camino en su tienda preferida para comprar unos sándwiches y café: de jamón y queso para él y de ensalada de pollo para ella.

Catherine mira por el gran ventanal de la fachada de la casa de Dan y Lisa mientras Audrey sube a su coche y se aleja. Respira hondo y, a continuación, se gira para observar a los demás.

Todos se sienten aliviados después de que Audrey se haya ido, pero es un alivio teñido de preocupación. Se contemplan unos a otros con inquietud. Catherine apoya la espalda en su silla y cierra los ojos un momento, agotada.

—No la creeréis de verdad, ¿no? —comenta Jenna—. Solo lo dice para intentar que nos sintamos culpables y le demos dinero.

—No sé —responde Catherine levantando la cabeza y abriendo los ojos—. Ya sabes cómo estaba papá la última vez que le vimos. Fue terrible con todos. Dijo que iba a vender la casa. —Y añade—: Quizá sí cambió su testamento en favor de Audrey. Dios, espero que no.

—Es el tipo de cosas que él hacía —señala Dan con rabia—. Darle la mitad de su dinero a alguien que ni siquiera nos cae bien solo para que nos quede menos a nosotros. —Y continúa con tono mezquino—: Y eso que a él tampoco le caía bien.

—Pues yo no me lo creo —insiste Jenna—. Se lo está inventando. Si hubiese cambiado el testamento para beneficiarla a ella nos lo habría contado en la cena de Pascua... y le habría encantado.

—Tiene sentido —asiente Catherine. Siempre les habían hecho creer, de manera extraoficial, que el patrimonio se dividiría a partes iguales entre los tres hijos, pero ¿y si todo hubiese cambiado? Catherine se da cuenta de que no tiene ninguna certeza de lo que contienen los testamentos. Observa a los demás—. Míranos —dice un momento después—. Cómo estamos hablando, como si lo único que nos importase fuera el dinero. —No percibe ninguna reacción. Se inclina hacia delante—. Tenemos que estar unidos. —Mira a Irena, que casi ha enmudecido desde la llegada de Audrey; antes de eso, les había dado su versión de lo que había pasado esa mañana en el escenario del crimen—. Has dicho que la policía cree que ha sido un robo que acabó en violencia pero que, aun así, es probable que nos interroguen a todos. —Los contempla de uno en uno e incluso lanza una mirada de advertencia a su marido—. Sugiero que nos guardemos para nosotros lo que sentimos por nuestro padre. Que tratemos de aparentar que somos una familia funcional. Y vamos a intentar no parecer demasiado contentos con el dinero. —Y añade—: Y que ninguno hable con la prensa, ¿entendido? —Todos asienten—. Ahora tenemos que preparar un funeral. Y hay que hacerlo bien.

Pasan la siguiente hora diseñando un plan para el funeral. Les gustaría que se celebrara en St. Brigid, la iglesia a la que asistían sus padres. Esperan que acuda mucha gente. Sus padres descansarán en el cementerio que hay al lado, el que usan los ricos, el que está lleno de mausoleos.

Catherine pronunciará unas palabras en el funeral por ser la hija mayor. Hablan de dónde invitar a la gente después. El lugar más adecuado sería la casa de la familia, la única lo suficientemente grande para algo así, pero es el escenario de un crimen que está siendo investigado, así que queda descartado. Se deciden por el club de golf al que sus padres pertenecían. Se pueden encargar también de la comida. Catherine llamará allí y a la iglesia a primera hora del día siguiente.

Por fin, se levanta dispuesta a marcharse, sintiéndose completamente exhausta. Resulta difícil creer que solo sean las cuatro de la tarde. Está convencida de que va a recordar el día en que encontraron muertos a sus padres como uno de los más largos de su vida. Pero todavía debe hablar con Ted cuando lleguen a casa, donde nadie más pueda oír lo que digan.

15

Audrey había dejado la desagradable escena en casa de Dan y había ido en el coche directa hasta la casa de su mejor amiga, Ellen Cutter. Se conocen desde hace décadas, desde cuando las dos trabajaban para su hermano en Merton Robotics en los comienzos de la compañía. Ellen había tratado bastante a Fred al ser su asistente personal durante varios años, pero ha pasado ya mucho tiempo de aquello.

A su llegada, Ellen la estaba esperando. Ya había oído por la radio lo de los asesinatos. Hablaron de la impactante noticia mientras tomaban café en la soleada cocina de Ellen. Desconocían cómo habían matado a Fred y a Sheila, pues aún no habían dado esa información. La familia le había dicho que aún no lo sabían. A Audrey le desconcertaba estar haciendo algo tan habitual para ella —tomar café en casa de Ellen— mientras hablaban de algo tan completamente fuera de lo normal. Ellen estaba claramente impactada por la noticia de los asesinatos. Ya sabía que Audrey iba a recibir algún día la mitad del patrimonio de su hermano porque se lo había contado en confianza. Al contrario que los hijos de Fred,

Ellen se alegraba mucho por ella. Pero ninguna esperaba que fuera a ocurrir tan pronto. Es posible que Audrey hubiese hablado de más sobre cómo iba a cambiar eso su vida. Pero, aun en medio de una tragedia así, no podía evitar sentir su regocijo al comentarlo.

Hablaron de hacer un viaje juntas, quizá un crucero por Italia. Invitación de Audrey.

Lisa está en la puerta de su casa viendo cómo se marchan los demás. Ve que Irena se detiene junto al coche de Catherine mientras Ted va hacia el suyo, que está más apartado. Se apoya sobre él y se enciende un cigarro. Jenna va junto a él y se enciende otro. Los dos únicos fumadores de la familia. Lisa dirige de nuevo su atención a Catherine e Irena. Están hablando en voz baja. ¿Qué estarán diciendo que no podían comentar dentro? Nota a Dan detrás de él, puede sentir su aliento caliente en la nuca.

Catherine se vuelve a mirar hacia la casa, donde Lisa y Dan las observan desde la puerta y, de repente, deja de hablar con Irena y se mete en su coche. Después, todos se marchan. Catherine la primera en su Volvo, Ted detrás con su deportivo, Irena en su viejo Toyota y Jenna se queda la última, en su coche, fumándose otro cigarro mientras consulta su teléfono móvil.

Lisa se gira de pronto y ve una extraña expresión en el rostro de su marido antes de que desaparezca rápidamente. ¿Qué ha sido eso? Pero ahora él la está mirando con su habitual gesto triste y ya no puede estar segura.

Dan se da la vuelta y se pasa una mano por el pelo.

Ella le sigue al interior de la cocina, se sirve otra taza de café de la jarra. Se gira, dándole la espalda a la encimera, mientras observa a su marido con atención.

—¿Estás bien? —le pregunta.

Él se sienta en una de las sillas de la cocina, con los codos sobre la mesa y las manos entrelazadas con fuerza.

—No estoy seguro.

Lisa busca la forma de decirlo:

—Sé que tenías problemas con tu padre. Pero también sé lo mucho que querías a tu madre. No me puedo imaginar lo difícil que debe de ser esto.

Ella no ha perdido aún a ninguno de sus progenitores y, cuando llegue el momento, está segura de que lo va a pasar mal. Tiene una buena relación con los dos. La de Dan con sus padres era complicada. Él le ha contado algunos episodios de su infancia y ella le ha observado lo suficiente desde que se casó con él como para no lamentar especialmente que Fred Morton haya desaparecido de sus vidas. Pero se siente triste por Sheila. Su suegra le caía bastante bien, aunque Dan no podía contar nunca con ella. El amor de su madre fue siempre algo condicional. ¿No se daba cuenta del dolor que eso provocaba en su hijo?

Últimamente sus vidas han estado llenas de incertidumbre, pero esto lo cambia todo. Y quizá Dan sea por fin capaz de enterrar a sus padres y todo lo que le hicieron.

Se muerde el labio inferior mientras le sigue mirando. Se pregunta si terminará derrumbándose y echándose a llorar; si lo hace, se acercará a él y le abrazará.

Pero él se queda con la mirada perdida. Parece... vacío. Nunca antes le ha visto así. Eso la inquieta.

Se acerca y se sienta a su lado en la mesa.

—Dan —dice a la vez que le coloca una mano en el brazo, algo temblorosa. Él se sobresalta y centra la mirada en ella.

—No dejo de verlos —contesta. Por un momento, su rostro se retuerce.

—¿Qué quieres decir? —Ella se aparta con un gesto instintivo.

—No dejo de imaginármelos. Mamá estrangulada y papá con el cuello rebanado y lleno de cuchilladas, como ha contado Irena. —Hay un temblor en su voz. Se gira y la mira con ojos vidriosos—. Imagina cuánto debe de doler eso.

Ella le aprieta la mano con fuerza sobre la mesa. Se siente algo mareada.

—Intenta no pensar en ello —le anima—. No puedes pensar en eso. Ya ha terminado. Ya no sienten ningún dolor. Tenemos que mirar hacia delante. Las cosas van a ir mejor ahora, para nosotros. —No tenía planeado decirlo. La verdad es que no es lo más apropiado, pero simplemente se le escapa—: Una vez que recibas tu herencia, no tendremos que preocuparnos más del dinero. Piensa que todo va a ir mucho mejor. —Él asiente en silencio. Animada, Lisa se inclina un poco hacia delante y continúa en voz baja—: Quizá podríamos irnos de viaje, como siempre hemos querido. Sé que antes nos era imposible, cuando trabajabas para tu padre. Pero esto podría suponer un nuevo comienzo para nosotros.

Dan coloca su otra mano sobre la de ella.

—Sí, un nuevo comienzo. —La besa. Es un momento dulce, pero interrumpe el beso y se apoya en el respaldo de su silla—. Pero...

—Pero ¿qué?

—¿Y si papá cambió el testamento? —pregunta ahora con expresión de preocupación—. Siempre hemos creído que los tres íbamos a quedárnoslo todo a partes iguales. ¿Y si Audrey se queda con la mitad, como ha dicho? ¿Y si yo no recibo nada? ¿Después de todo lo que he hecho, después de lo que he tenido que soportar todos estos años?

—Fred no haría eso —le tranquiliza Lisa. Pero está asustada. «¿Lo haría?». Piensa en la espantosa cena de Pascua.

—Y va a haber una investigación —dice Dan—. La policía vendrá aquí, nos hará preguntas, indagará en nuestra familia. Va a ser espantoso.

Parece muy alterado, piensa Lisa.

—Solo tienes que superarlo. Todos lo vais a superar. Y yo voy a estar a tu lado.

Pero él sigue con expresión de inquietud.

—Voy a llamar a Walter —dice—. Me da igual lo que pueda parecer. —Se pone de pie y sale de la cocina.

Un pensamiento se cuela en la mente de Lisa, como una rata que se esconde en un rincón sin que nadie la vea. Es algo que hasta ahora no se le había ocurrido. La noche de los asesinatos. Él había vuelto a salir, más tarde, a dar una vuelta en el coche. Y estuvo fuera bastante tiempo. Ella había estado en la cama despierta esperándole, pero, al final, se quedó dormida. ¿Y si la policía les pregunta sobre eso?

El sonido de la puerta de la calle abriéndose la sobresalta. Sale de la cocina y ve a Jenna en la entrada. Al final, no se ha ido con los demás.

—Dan está llamando a Walter para preguntarle por la herencia —dice Lisa. A continuación, se da la vuelta y sube rápidamente las escaleras hacia el despacho de Dan, con Jenna siguiéndola a toda prisa.

16

Ted va detrás de Catherine en su coche. Agradece ese rato a solas. Tiene que darle vueltas a muchas cosas. Fred y Sheila muertos. La investigación de un asesinato. Su mujer mintiendo a la policía. ¿Por qué querrá ocultar que volvió allí esa noche? ¿Por qué no lo dice sin más? Es evidente que sus padres estaban bien cuando se marchó.

Entonces, ¿por qué no quiere que nadie lo sepa?

Aparca en el camino de entrada y pasa al interior de la casa. Catherine le está esperando en la sala de estar, sentada en el sofá, con la mirada en el suelo.

Él se queda inmóvil en la puerta de la habitación.

—Catherine, ¿qué es? ¿Qué está pasando?

—Toma asiento —dice ella.

Él se acerca y se sienta en el sofá a su lado, mirándola con preocupación.

—Yo... creo que he cometido un error —empieza. Tiene las manos apretadas con fuerza; el aplomo que ha mostrado en casa de Dan parece haberla abandonado—. La policía me ha preguntado si tuve algún contacto con mis padres después de la cena del domingo por la noche y les he dicho que no.

—¿Por qué has hecho eso? —No lo entiende.

—No lo sé. —Niega con la cabeza como si ella misma tampoco lo entendiera—. Ha sido un acto reflejo. Simplemente, he dicho que no. Supongo..., supongo que no quería que me vieran como sospechosa.

Él se pone de pie, consternado, y la mira.

—Catherine, eso es absurdo. ¿Por qué iban a sospechar de ti? Ha sido un robo. —Ella levanta los ojos hacia él y parece más alterada de lo que la ha visto nunca.

—Tú no estabas allí cuando me lo han dicho —contesta elevando la voz—. La forma en que me estaban mirando, como si sospecharan. —Empieza a hablar más rápido, soltando sus palabras como una ráfaga—. Van a pensar que ha sido alguien de la familia. Antes o después, van a sospechar de todos nosotros, por el dinero. Yo no quería que supieran que volví allí esa noche. Resultaría... raro.

Él niega con la cabeza.

—No resultaría raro. Querías hablar con tu madre. Tienes que contárselo a la policía.

—No voy a hacerlo. —Le lanza una mirada algo airada—. No puedo contárselo ahora. ¡No después de haberles mentido!

—¿Y si al final lo averiguan? —protesta él, claramente preocupado—. Eso sí que resultaría raro.

—¿Y qué hago? ¿Les digo que se me había olvidado de que fui allí esa noche? ¿Que se me había borrado de la mente? ¿Que todo estaba bien, que hablé con mi madre y me fui? ¿Y si no me creen?

—¡Catherine! ¿Por qué no te iban a creer? ¡Piensa en lo que estás diciendo! ¡No puedes pensar de verdad que vayan a sospechar que has asesinado a tus propios padres!

Ella se levanta en ese momento y camina nerviosa alrededor de la sala. Por fin, le mira y dice:

—Irena me ha contado una cosa, en el coche, cuando nos íbamos. Quería hacerme una advertencia.

—¿Qué? ¿Qué te ha contado?

—Dice que los inspectores parecen creer que podría tratarse de alguien a quien mis padres conocían.

—¿Por qué iban a creer eso? —pregunta él, inquieto.

—Les oyó decir que pensaban que parecía algo personal.

—Nos ha contado que creían que era un robo que salió mal.

Catherine se detiene.

—Dice que parecen estar muy interesados en la herencia.

La mente de Ted, de repente y de forma automática, se dirige hacia Dan. Seguro que...

Ella clava sus ojos en los de él y le mira con total seriedad.

—No quiero que esos inspectores sepan que estuve allí esa noche. Y Dan y Jenna... no pueden saber que fui, que se lo he ocultado a la policía.

—¿Por qué no?

—No me fío de ellos —responde apartando la vista.

Después de que Audrey se haya ido, Ellen se queda sentada en la cocina un largo rato, con la mirada fija en su taza de café, pensando en los asesinatos. A continuación, se levanta y va a dejar el café frío en el fregadero. Es tan espantoso que hayan asesinado a los Merton que le cuesta creerlo. Nunca antes ha conocido a nadie a quien hayan asesinado. Son cosas que les pasan a desconocidos en las noticias.

Se alegra por Audrey, claro, porque va a ser rica. Pero no tenía por qué haber estado hablando tanto del tema.

La mente de Ellen se desvía ahora hacia Catherine Merton, que es una de las mejores amigas de su hija. Qué golpe ha debido de suponer esto para ella y sus hermanos. Ahora todos van a ser ricos, aunque no tanto como se esperaban.

Ellen se pregunta si Rose se habrá enterado de la noticia. Coge el teléfono para llamarla.

En la comisaría de Aylesford, Reyes y Barr forman un equipo que se encargue de los homicidios de los Merton. Los dos inspectores van a contar con la ayuda de la división de patrulla, pero la investigación les corresponderá casi por completo a ellos dos. No es un departamento grande. Reyes designa un pequeño equipo para que registren la zona que rodea la casa de los Merton en busca de algún indicio de ropa manchada de sangre que el asesino haya podido dejar o de la ligadura usada con Sheila Merton. Poco a poco irán ampliando la zona para incluir el río Hudson, las arboledas y los basureros que quedan cerca. Harán un comunicado desde la comisaría sobre la camioneta que están tratando de localizar.

Revisan toda la información sobre la familia que pueden encontrar, pero no hay gran cosa. Fred Merton fue un empresario de enorme éxito y él y su empresa han aparecido muchísimo en los medios de comunicación. Sin embargo, encuentran poca cobertura sobre la familia. Parecen haber sido muy discretos. Reyes se pregunta qué secretos podrán guardar.

17

Los dos inspectores suben al coche de Reyes y se dirigen a una de las zonas más bonitas de Aylesford, un barrio residencial habitado por médicos, abogados y ejecutivos con casas grandes e independientes en calles llenas de árboles. Es lujoso, pero no tanto como Brecken Hill.

—Gente rica —comenta Barr—. Nunca creen tener suficiente. Siempre quieren más.

—¿Conoces a muchos ricos? —pregunta Reyes con una sonrisa.

—No. La verdad es que no —confiesa ella.

Él detiene el coche delante de la casa de Dan y Lisa Merton. Es una casa acomodada de dos plantas y ladrillo amarillo, bien cuidada, como todas las demás de ese barrio. Un jardín de arbustos y flores recorre la fachada de la casa bajo un gran ventanal que da a la sala de estar.

Reyes y Barr se acercan a la puerta y llaman. Abre la puerta una mujer menuda y atractiva con pelo castaño y ojos marrones.

—¿Lisa Merton? —pregunta Reyes.

Ella asiente con expresión de preocupación. Reyes saca su placa.

—Soy el inspector Reyes y esta es la inspectora Barr. ¿Podemos pasar? —Oye una televisión encendida en algún lugar.

—Sí, claro —responde ella a la vez que se aparta para dejarles entrar. Gira la cabeza y llama—: ¡Dan!

Dan Merton aparece en la entrada. Es de estatura y complexión medianas, con pelo moreno y escaso. Una apariencia muy corriente. Justo detrás de él hay una mujer, probablemente de veintitantos años, alta y delgada y toda vestida de negro. Es bastante impresionante.

Reyes vuelve a mostrar su placa y repite las presentaciones.

—¿Es usted Dan Merton? —Dan asiente.

—Yo soy Jenna Merton —interviene la otra mujer.

Reyes piensa que no se parece en nada a su hermana mayor, cuyo aspecto es bastante conservador. Recuerda las perlas alrededor de su cuello, que asomaban por debajo de la bata blanca de médica. Jenna tiene un mechón púrpura en su pelo negro y un llamativo delineado de ojos. No hay indicios de que el maquillaje se le haya corrido por un llanto reciente.

—¿Podemos sentarnos? —sugiere Reyes.

—Por supuesto —responde Lisa. Los conduce a todos a la sala de estar, donde cada uno toma asiento. Reyes y su compañera en los sillones y los otros tres compartiendo el sofá.

—Lamento mucho su pérdida —empieza Reyes. Dedica un momento a mirarlos con atención. Dan Merton parece tenso. Su hermana algo menos, pero le observa con el mismo detenimiento que él a ella—. Estamos investigando el asesinato de sus padres.

—Deseamos que atrapen cuanto antes a quienquiera que haya hecho algo tan terrible —se apresura a decir Dan—. Todavía no me lo puedo creer... Estamos todos destrozados.

Reyes nota un curioso eco. Es lo mismo que había dicho la asistenta.

—Solo queremos hacerles unas preguntas —continúa Reyes—. Por ahora. Seguramente sabrán que ya hemos mantenido una breve charla con su hermana Catherine.

—Claro. —Dan espera, preparado para responder, como si estuviese en un concurso de preguntas y respuestas.

—¿Saben si sus padres tenían algún enemigo? —pregunta Reyes, pasando la mirada de Dan a Jenna y, de nuevo, a él.

—¿Enemigo? —repite Dan, nervioso—. No.

—Por favor, piensen bien la respuesta —insiste Reyes—. Su padre era un hombre acaudalado, un empresario de éxito, por lo que sé. ¿Quizá había hecho enfadar a alguien?

Dan niega con la cabeza.

—El negocio de mi padre era completamente legítimo, inspector. Yo lo habría sabido. Trabajé con él. Prácticamente fui su mano derecha. Además, se había jubilado; vendió la empresa hace unos meses.

—Entiendo —dice Reyes—. ¿Sabe si últimamente había algo que inquietara a sus padres? ¿Parecían preocupados por algún motivo?

Dan niega con la cabeza, con la boca fruncida.

—No, que yo sepa. —Mira a su hermana.

—¿Y yo qué voy a saber? —pregunta ella encogiéndose de hombros—. No los veía muy a menudo.

—Es que su madre había empezado recientemente a tomar medicación para la ansiedad —les explica Reyes. Ellos le vuelven a mirar con evidente sorpresa—. ¿No tienen ni idea de por qué podría ser? —Dan y Jenna niegan con la cabeza—. La última vez que los vieron fue en la cena de Pascua del domingo, ¿es así?

—Sí —asiente Dan—. Estuvimos todos allí. Lisa y yo, Catherine y su marido, Irena y Jenna y... ¿cómo se llamaba?

—Jake —contesta Jenna.

—¿A qué hora se marcharon esa noche? —pregunta Reyes.

—Catherine y Ted fueron los primeros en irse, sobre las siete. Lisa y yo nos fuimos justo después. Y vi que Irena salía detrás de nosotros.

—¿Y usted? —inquiere Reyes mirando a Jenna.

—Nos marchamos un par de minutos después —responde ella.

Reyes toma nota de que está mintiendo. Sabe que no se fueron hasta después de las ocho. Lo deja pasar, por ahora.

—¿Alguno de ustedes los vio o habló con ellos después de eso? —Niegan con la cabeza—. ¿Y no hubo nada que les llamara la atención o que se saliera de lo normal durante la velada? Es probable que fuesen asesinados poco tiempo después esa misma noche. —No dicen nada, pero Reyes percibe que algo ha cambiado en el ambiente de la sala. Apostaría lo que fuera a que pasó algo en esa reunión.

—¿No ocurrió nada durante la cena de Pascua? —insiste Barr.

Debe de haberlo notado también, piensa Reyes.

—No —responde Dan, frunciendo el ceño y negando con la cabeza—. Fue la típica cena de Pascua. Pavo y tarta.

—Igual que siempre —asiente Jenna.

Reyes mira a Lisa. Parece haberse quedado congelada, con la mirada fija en algún lugar entre él y Barr.

Reyes deja que el silencio se alargue hasta que todos, excepto él y su compañera, se sienten incómodos.

—Bueno, en las noticias han dicho que ha sido un robo que ha terminado de forma violenta, que les robaron dinero y joyas. ¿No ha sido así? —pregunta Dan.

—Esa es una posibilidad —contesta Reyes.

A continuación, les pregunta por el dinero.

Irena está sentada en su sillón favorito en su pequeña casa mientras cae la noche, con su gato gordo y atigrado en el regazo y una novela de segunda mano de Anthony Trollope abierta boca abajo y olvidada en el brazo del sillón. No puede concentrarse en el libro. No puede pensar en nada que no sea Fred y Sheila, en la carnicería humana sobre el suelo de la cocina, pringoso por la sangre de Fred. Había fregado ese suelo muchísimas veces a lo largo de los años. Los niños solían jugar en esas baldosas mientras ella horneaba unas galletas.

Menos mal que no podemos ver el futuro.

Le resulta imposible dejar de pensar en ellos; esos chicos a los que ella crio mientras a Fred y Sheila no se les podía molestar. ¿Qué va a pasar ahora con ellos? Claro que van a sospechar de los hijos. Hay mucho dinero en juego. Siempre que mantengan la boca cerrada y no empiecen a enfrentarse entre sí, todo puede salir bien. Es importante que la policía no averigüe lo que pasaba de verdad en la familia Merton.

Siempre fue un hogar disfuncional, pero ella se quedó porque los niños la necesitaban. Había estado con ellos, vigilándolos, protegiéndolos. Guiándolos y tratando de ayudarlos a ser mejores personas.

Y ahora resulta que ha alterado el escenario de un crimen.

Después de acompañar a los inspectores a la puerta, Jenna, Dan y Lisa se quedan mirándose un momento, sin hablar, como si nadie quisiera ser el primero en expresar su opinión. Tienen que analizar qué es lo que acaba de ocurrir. Vuelven a la sala de estar.

—Dios mío —dice Dan mientras recorre la habitación—. Necesito una copa. —Se sirve un vaso de whisky en el aparador que hace las veces de bar. Vuelve la cabeza para preguntar—: ¿Alguien quiere?

Tanto Jenna como Lisa responden que no. Vuelve al sofá, se deja caer sobre él y Lisa se sienta a su lado.

Jenna se lanza sobre un sillón —el que hace un rato ha dejado vacío el inspector Reyes— y mira a su hermano.

—Tienen que hacer su trabajo, ya lo sabes —le dice—. Tienen que hacer preguntas.

—¡Joder! —exclama Dan.

—¿Qué pasa, Dan? —pregunta Jenna.

—Es evidente que piensan que hemos sido uno de nosotros. Todo eso de cuánto dinero tenía papá y quién lo hereda. —Cuando coge su vaso, la mano le tiembla ligeramente.

Jenna mira a Lisa, que también lo ha notado.

—Probablemente creerán que he sido yo —continúa Dan—. ¡No les importará que sea completamente inocente! Todos saben que papá vendió la empresa sin contar conmigo y que me destrozó la vida. Pronto lo averiguarán. Y también que... —De repente, se queda callado.

—¿Qué van a averiguar, Dan? —pregunta Jenna. Lanza otra mirada a Lisa, que tiene la cara pálida.

Dan vacila.

—Que no tenemos nada de dinero —confiesa por fin.

Jenna se sorprende al oír esto. Se queda mirándolo un momento antes de decir nada.

—Bueno, no estás trabajando. Claro que ahora estás pasando por un momento difícil. Cualquiera lo entendería. Pero no puedes estar arruinado del todo. Tendrás ahorros. No van a creer que seas un asesino.

Él niega con la cabeza. Ahora está alterado.

—Es peor de lo que crees. Antes de que papá vendiera la empresa y yo me quedara sin trabajo, hice una inversión. La mayoría de nuestros ahorros están inmovilizados en ella y no puedo sacar el dinero hasta dentro de seis meses. Ya lo he intentado. Y el resto lo hemos gastado en sobrevivir. —Y añade—: Hemos estado viviendo de las tarjetas de crédito. —A continuación, da otro trago, se acaba la copa y la deja caer de golpe sobre la mesita.

Lisa parece encogerse aún más en el sofá y Jenna se da cuenta de que no tiene buen aspecto.

Dan mira a su mujer con tristeza.

—Lo siento. Soy un mierda.

Y, después, esconde la cabeza entre las manos.

18

A las nueve de la mañana del miércoles, la policía de Aylesford celebra una rueda de prensa para informar sobre los asesinatos de los Merton. Es un día soleado de primavera y lo hacen en la calle, delante de la comisaría. Hay mucha expectación. No solo están presentes las agencias de noticias, sino también muchas personas que viven en la zona y que han ido para oír de primera mano lo que vayan a decir. Reyes sospecha que esperan la noticia de un arresto inminente. Se van a llevar una decepción.

Sube al podio y aguarda a que cesen las fotografías y la muchedumbre se calme.

—Gracias por venir —empieza—. Soy el inspector Eric Reyes, de la policía de Aylesford. Estamos realizando una investigación sobre los asesinatos de Fred y Sheila Merton en su casa de Brecken Hill, donde ayer encontraron sus cadáveres. En este momento, solicitamos a la población que proporcione cualquier información que pueda conducir al arresto y condena de la persona o personas responsables de los asesinatos de Fred y Sheila Merton. En particular, nos interesa hablar con cualquiera que tenga conocimiento de una camioneta oscura con llamas naranjas y amarillas en los laterales que fue vista alejándose de la casa de los Merton la noche del domingo, 21 de abril. —A continuación, toma aire y continúa—: Hacemos un llamamiento a la población para que se ponga en contacto con el teléfono de colaboración ciudadana. —Pronuncia el número despacio y lo repite—. No descansaremos hasta que los autores de este espantoso crimen sean llevados ante la justicia. Gracias.

Reyes se aleja del podio. Los reporteros empiezan a gritar sus preguntas, pero Reyes les da la espalda y vuelve al interior de la comisaría.

Audrey Stancik ve por televisión la rueda de prensa. Han dicho bastante poco. Había más información en el *Aylesford Record* de esa mañana. Algún sagaz reportero había averiguado que los cadáveres los encontró Irena y que Sheila había sido estrangulada y Fred había recibido varias cuchilladas y le habían rebanado el cuello. Así que ya lo sabe. Al leerlo, Audrey se ha quedado alterada. Habían saqueado la casa y faltaban algunos enseres de valor. No daban más detalles. Cuando Audrey había estado en casa de Dan el día anterior, nadie le había contado que Irena los había encontrado ni cómo los habían matado. Y eso que Irena estaba allí mismo. Ha tenido que enterarse por el periódico.

Audrey sube a su coche y va al centro a ver al abogado de su hermano, Walter Temple. No ha concertado una cita, pero está segura de que la va a recibir dadas las circunstancias. Sencillamente, no puede esperar más.

Walter la recibe de inmediato. Se conocen desde hace muchos años. Se saludan con solemnidad. Él le dice lo mucho que siente lo de Fred y Sheila. Pero el abogado parece visiblemente incómodo y eso pone nerviosa a Audrey.

Reúne el valor para empezar a hablar.

—Fred vino a verte la semana pasada para hablar de su testamento, ¿verdad?

Espera una rápida confirmación, pero Walter desvía la mirada y empieza a enderezar los bordes de los papeles que hay sobre la mesa. Ahora sí que está realmente preocupada. Él se aclara la garganta antes de responder.

—Tuve que salir de improviso toda la semana. No le vi.

Ella siente que la sangre se le congela en la parte superior del cuerpo. El rostro de Walter oscila ante sus ojos.

—¿Qué?

—Al parecer quería verme, pero, como yo no estaba disponible, concertó una cita para esta semana. Se supone que tenía que verme hoy a las diez. Sin embargo, ha muerto antes de... —Su voz va desvaneciéndose poco a poco.

Audrey se hunde en su silla mientras todas sus esperanzas se van al garete.

—Pero eso no puede ser —protesta—. Me prometió que iba a venir la semana pasada.

—Sí, lo intentó, pero yo tuve un viaje de trabajo. Lo siento.

—¿Quizá fue a ver a otro abogado?

—No. Según parece, no.

—Iba a cambiar su testamento —insiste ella elevando la voz al tiempo que ve cómo todos sus planes se rompen en mil pedazos a su alrededor—. Me lo prometió. Iba a cambiarlo para que yo me quedara con una mitad y sus hijos se repartieran la otra. Y, si yo me moría antes que él, mi parte sería para mi hija.

Walter la mira con evidente malestar, pero no es nada comparado con lo que ella siente.

—Lo lamento de verdad, Audrey. Pero ha muerto antes de poder hacer ningún cambio en su testamento. No podía imaginarse lo que le iba a pasar...

Ella se queda sentada, estupefacta, inmóvil, y su incredulidad se va convirtiendo en rabia. Aquella iba a ser su única oportunidad de poder tener algo para ella y para su hija. Y ahora se ha esfumado, sin más. Igual que Fred. Y todo el dinero que él ganó con tanto esfuerzo va a ir a parar a sus tres consentidos hijos que no se lo merecen.

—¡Ella lo sabía! —exclama.

—¿Qué? —pregunta el abogado, sorprendido.

—Sheila lo sabía. Sabía que Fred iba a cambiar su testamento para dejarme la mitad. Estaba allí... y no le gustó. Yo nunca le gusté. —Él está visiblemente incómodo. No quiere formar parte de esto—. Sabes qué es lo que ha debido de pasar, ¿verdad? —dice ella. Él la mira a los ojos con recelo—. Ella les contó a sus hijos lo que su padre iba a hacer. Y uno de ellos los ha asesinado a los dos antes de que pudiera hacerlo. —Y añade con resentimiento—: Y no lo vieron venir.

—Eso es ridículo, Audrey —contesta Walter con la cara pálida.

Ella se pone de pie de repente y sale del despacho sin decir nada más. Mientras baja por el ascensor, furiosa, está segura. Sheila debió de contárselo a alguno. ¿A cuál? O puede que se lo contara a todos. Y uno de ellos asesinó a Fred y a Sheila sin ningún miramiento.

Va a averiguar quién fue aunque sea lo último que haga en su vida. Y lo van a pagar.

Reyes y Barr van en el coche a la oficina del forense, que no queda lejos de la comisaría. Dejan el coche en el aparcamiento y entran en el edificio bajo de ladrillos.

Los dos inspectores se dirigen a la sala de autopsias. La visión de las resplandecientes encimeras de metal bajo la hilera de ventanas altas, los cadáveres tumbados en las mesas también metálicas, el espantoso olor... Reyes no va a conseguir acostumbrarse nunca. Se mete un caramelo para la tos en la boca. Mira a Barr, pero ella no parece molesta. A veces, se pregunta si su compañera tendrá sentido del olfato o si padece alguna discapacidad.

Una de las patólogas forenses, Sandy Fisher, está de pie junto a un cadáver, cubierta por completo con el equipo de protección.

—Buenos días, inspectores —los saluda.

Reyes se da cuenta de que han llegado en plena faena con el cuerpo de Fred Merton. La cavidad del cadáver sigue abierta y hay un estómago sobre una báscula. Se gira para centrar la mirada en el cadáver cubierto que hay al otro lado de la sala, detrás de la patóloga. Debe de ser Sheila Merton.

—Ya he terminado con ella —les informa Sandy señalando con la cabeza por encima de su hombro—. Pero aún me queda mucho trabajo con este.

Se aparta del cadáver abierto y les hace una señal para que se acerquen al otro cuerpo. El ayudante de la patóloga aparta la sábana que cubre el cadáver de Sheila Merton para mostrar la parte superior de su cuerpo.

—Bastante claro —empieza a informarles Sandy mientras ellos miran a la desafortunada mujer—. Estrangulación con ligadura, lo más probable es que fuera con algo muy liso, como un cable eléctrico.

—Y no hay indicios de él por ningún lado ni de que lo hayan extraído de algún sitio del interior de la casa —comenta Reyes, pensativo—. Así que es posible que quienquiera que la matara lo llevara consigo. No hay señales de que entrara por la fuerza. Debía de saber que probablemente sería Sheila quien fuera a abrir. —Hace una pequeña pausa y se queda mirando el rostro muerto de la mujer—. Alguien apareció en aquella puerta equipado con unos guantes, unos calcetines gruesos y sin zapatos, sosteniendo algo en las manos con lo que estrangularla. Después, cuando hubo acabado con ella, cogió el cuchillo de la cocina y esperó a Fred.

Barr asiente, pensativa.

—Es posible que se tratara de alguien que los conocía, que conocía la casa.

—¿Hora del fallecimiento? —pregunta Reyes.

—Bueno, ya saben que siempre se trata de una estimación aproximada —contesta Sandy—. Pero calculo que fue en algún momento entre las diez de la noche del domingo y las seis de la mañana del lunes. —Y añade—: Sabré más cuando haya terminado con él. Pero sí puedo confirmar que el cuchillo del taco de la cocina fue el arma homicida.

19

De vuelta en la comisaría, informan a Reyes y Barr de que ninguna de las cámaras de seguridad de la casa de los Merton estaba en funcionamiento. La asistenta tenía razón. Han abierto la caja fuerte y no parece que la hayan tocado. No había ninguna joya en su interior. El informe forense preliminar les ofrece escasos datos novedosos que les puedan servir de ayuda. Reyes lo ojea rápidamente. Hay muchos tipos de huellas en la casa, sobre todo en la cocina, cosa que sería de esperar tras la cena. Tomarán las huellas de cada uno de los miembros de la familia y de Irena hoy mismo para ir descartando. Quizá haya alguna huella desconocida que no puedan identificar, pero Reyes no cuenta con ello. Es evidente que el asesino ha sido muy cauteloso. Tendrán que rastrear también a Jake.

Reyes coge su chaqueta del respaldo de una silla.

—Vamos. Tenemos que hablar con el abogado de Fred y Sheila Merton.

Recorren la poca distancia hasta el centro. No les sorprende que Fred Merton utilizara los servicios de uno de los bufetes más importantes de Aylesford. Walter Temple está ocupado cuando llegan, pero la simple aparición de sus placas obra el milagro.

—Los verá ahora —dice la recepcionista apenas un par de minutos después y los conduce hasta su despacho.

Walter Temple extiende la mano a cada uno de ellos mientras se presentan y les ofrece un asiento antes de sentarse él detrás de su mesa.

—Imagino que han venido por lo de Fred y Sheila —les dice.

Reyes asiente.

—Sí. Estamos investigando sus asesinatos.

—La noticia me tiene abatido —comenta el abogado, claramente consternado—. Fred era amigo mío, además de cliente desde hace tiempo.

—¿Qué nos puede decir de él? —pregunta Reyes.

—Fred Merton era un empresario de enorme éxito. Hizo una fortuna en el sector de la robótica y, después, el año pasado vendió su empresa, Merton Robotics, por otra fortuna. Su patrimonio neto, en el momento de su fallecimiento, después de impuestos, rozaba los veintiséis millones de dólares.

—Eso es muchísimo dinero —observa Reyes.

—Lo es —asiente el abogado—. Sheila deja también unos seis millones.

—¿Tenía Fred Merton o su mujer, Sheila, algún enemigo que usted supiera?

El abogado se apoya en el respaldo de la silla y desvía la mirada hacia el protector de su escritorio.

—No lo creo. Eran personas que caían bien, respetadas. Fred podía ser muy encantador. —Levanta la vista y añade—: Eran buenas personas. Mi mujer y yo cenábamos con ellos con regularidad.

—¿Notó usted recientemente algo distinto en alguno de ellos? ¿Parecían preocupados por algo? ¿Mencionaron algo fuera de lo normal?

El abogado niega con la cabeza y frunce el ceño.

—No que yo viera. Pero deberían preguntar a mi mujer. Es mucho más perspicaz que yo, aunque nunca me ha dicho nada. Ella y Sheila eran íntimas. Mi mujer, Caroline, está en casa, por si quieren hablar con ella. —Escribe su dirección y se la pasa a Reyes.

—¿Quién va a heredar la fortuna de los Merton?

—Supongo que eso sí puedo decírselo —responde el abogado—. La fortuna de Sheila se reparte a partes iguales entre los tres hijos. En el testamento de Fred, hay un par de legados específicos, pero la mayor parte del patrimonio se va a dividir por igual entre sus hijos.

—¿Cuáles son esos legados específicos?

—Un millón para la hermana de Fred, Audrey Stancik. Un millón para la asistenta de toda la vida, Irena Dabrowski. —El abogado se aclara la garganta—. Hay una cosa más que deberían saber. En el testamento de Fred hay cuatro hijos, no tres. Fred incluyó a una hija que había tenido fuera del matrimonio como uno de sus herederos en condiciones de igualdad. Una mujer llamada Rose Cutter —añade—. Esto va a suponer una sorpresa bastante desagradable para los hijos legítimos. Pero probablemente una sorpresa agradable para ella. No creo que tenga ni idea. —Y pregunta—: ¿Podrían esperar y no hablar con ella hasta que yo pueda dar la noticia a los demás hijos? Seguramente será a principios de la semana que viene, después del funeral.

—No creo que haya inconveniente —responde Reyes, empezando a levantarse de su asiento.

—Hay otro extraño detalle más —dice el abogado y Reyes vuelve a sentarse—. Dan Merton me llamó ayer por la tarde. Parece ser que Audrey, la hermana de Fred, estuvo ayer en casa de Dan con toda la familia después de que les dieran la noticia. Les dijo que Fred había cambiado su testamento para dejarle a ella la mitad. —Se muerde el labio y continúa—: Ella acaba de estar aquí y me ha contado lo mismo. Ha insistido mucho en que él tenía la intención de hacerlo la semana pasada.

Reyes le mira con las cejas levantadas, escéptico.

—Ya sé. Parece poco probable, pero tuve que salir repentinamente y estuve fuera toda la semana y, cuando regresé, vi que él había tratado de verme. Como yo no estaba disponible, mi secretaria le concertó una cita para que viniera esta semana. La cita era para esta mañana, a las diez. Supongo que nunca podremos saberlo con seguridad.

Después de que los inspectores se marchen, Walter se queda en su mesa, pensando con inquietud en la situación. Está bastante alterado por lo que Audrey le ha dicho antes. Y por la visita de la policía. En fin, él es abogado especializado en derecho mercantil e inmobiliario, no está acostumbrado a tratar con inspectores que están investigando un asesinato.

No se ha mostrado especialmente comunicativo con la policía, pues no quería hablar mal de los fallecidos. No ha dicho nada que no fuese cierto. Fred podía ser muy encantador y, que él sepa, nunca ha tenido enemigos, pero sí que tenía sus manías. Fred no siempre era un tipo agradable.

Tampoco les ha contado a los inspectores todo lo que Audrey le ha dicho, lo de que había acusado a los hijos de Fred. Le parecía demasiado desagradable mencionarlo. Demasiado desagradable de imaginar.

20

Caroline Temple, la esposa de Walter, está visiblemente afectada por la muerte violenta de los Merton. Insiste en servirles un té a los inspectores en unas elegantes tazas de porcelana, como si fingiera que todo es normal. Pero Reyes la entiende. Para una mujer como Caroline Temple no hay nada de normal en que te interroguen unos inspectores de homicidios en tu sala de estar.

—¿Conocía usted bien a Sheila y a Fred? —pregunta Reyes.

—Hemos sido amigos durante muchos años. Décadas, en realidad.

—Su marido nos ha dicho que Sheila y usted eran íntimas.

—¿Sí? Bueno, probablemente a él le pareciera así. Pero no estábamos especialmente unidas. No era de las que se abren mucho. Walter se llevaba bien con Fred pero, si le soy sincera, yo no le tenía ningún cariño.

—¿Por qué no le gustaba Fred? —interviene Barr.

Vacila un momento antes de responder.

—Ya sabe cómo son los hombres. —Mira a Reyes como disculpándose—. Solo hablan de trabajo y de golf. No entran en cuestiones personales. Pero Sheila me contó cosas que hicieron que le tomara aversión.

—¿Como cuáles? —quiere saber Reyes.

—No creo que resultara fácil vivir con ese hombre. Tenía un lado perverso. —Da un sorbo a su té—. Me refiero a... ¡Esa forma de vender la empresa sin tener en cuenta a su hijo! —Les habla de ello, de lo mucho que Dan había trabajado, de lo mucho que se había enfadado y de que no había encontrado un empleo posterior. De que Fred les dijo que lo había hecho para que Dan no llevara el negocio a la ruina—. Las personas no tratan así a sus hijos. Sheila no estaba contenta con ello, de eso estoy segura.

—¿Trató de hacer que él cambiara de opinión? —pregunta Reyes.

—Nadie podía hacer que Fred cambiara de opinión. Era terco. Dudo que lo intentara siquiera. Nunca se enfrentó a él.

—¿Parecía Sheila especialmente preocupada en los últimos tiempos? —inquiere Barr.

—Lo cierto es que sí —contesta Caroline—. Me dijo que había empezado a tomar medicación para la ansiedad.

—¿Le contó el motivo? —insiste Barr.

Sheila niega con la cabeza.

—No. Yo intenté que se sincerara, pero Sheila... contaba un poco y, después, se callaba. Siempre mantenía la compostura. En cambio, yo soy un mar de lágrimas cuando me enfado. —Hace una pausa, como si recordara algo—. La última vez que nos vimos sí que me contó que sus hijos no se iban a poner muy contentos con el testamento de su padre, que no iba a ser como se esperaban.

Reyes mira de reojo a Barr.

—¿Y eso por qué?

—No lo sé. No me contó más que eso. Como le he dicho, era muy reservada. —Hace una pausa para servirse más té y, a continuación, prosigue—: Sus hijos no se llevaban bien con su padre y parecía que la cosa iba a peor. Ninguno de ellos le tenía aprecio. Eso me dijo. Fred parecía disfrutar maltratándolos. Lo único que le importaba era él mismo. —Se inclina hacia delante, como si fuese a contar algo importante—. Entre nosotros, estoy bastante segura de que Fred Merton era un psicópata. Al parecer, muchos empresarios de gran éxito lo son.

Ted no ha ido a trabajar esta mañana a su clínica dental. Se ha quedado en casa para dar apoyo emocional y práctico a su mujer mientras ella prepara un funeral doble. Catherine está constantemente al teléfono y hay gente que se acerca a su casa a presentar sus condolencias y llevar comida. Son tantas las interrupciones que se queja de lo mucho que le cuesta poder hacer nada. Tiene el ordenador portátil abierto sobre la mesita para estar atenta a cualquier nueva información sobre los asesinatos.

Ted intenta ayudar en lo que puede mientras observa a su mujer, preocupado por lo que deben hacer. Está seguro de que la policía querrá interrogarla formalmente y es posible que también a él. ¿Qué narices va a decirles? Si no puede hacer que Catherine cambie de opinión, ¿tendrá que mentirles él también? ¿Decir que estuvo con él en casa toda la noche? No le gusta. Cree que su mujer debería sincerarse con los inspectores.

Pero ya les ha mentido. Ha cometido una estupidez. Y está enfadado con ella por eso. No entiende sus motivos.

Por lo que sabe, si la policía piensa que ha sido uno de los hijos, Dan será el sospechoso más claro. Ayer se estuvo comportando de una forma un tanto extraña. Pero se podría decir que Catherine también lo está haciendo.

Piensa en la llamada de teléfono. Llamó al móvil de su madre el domingo por la noche, desde su propio móvil. Habrá quedado registrada. ¿No le preguntarán por ello? Verán la hora de la llamada perdida y podrán pensar que sus padres ya estaban muertos cuando tanto Catherine como él saben que estaban vivos un rato después. Todo esto atraviesa su mente mientras está en la puerta de la casa aceptando un plato cubierto que les han traído unos amigos de la familia.

Ve que el coche de Jenna se detiene en la calle mientras él trata de responder amablemente a las condolencias. Están a punto de marcharse cuando Jenna llega a la puerta, así que tienen que darle también a ella un abrazo y volver a recitar el pésame.

—¿Cómo está? —le pregunta Jenna cuando por fin se han ido.

Se refiere a Catherine. Ted mira a Jenna con otros ojos, preguntándose por qué a su mujer le da miedo confiar en ella. ¿Qué les ha pasado?

—Bien, dadas las circunstancias —contesta Ted—. Me alegra que hayas venido. ¿Qué tal estás tú?

—Mejor que Dan. —Pasa por su lado y entra en la casa y Ted la sigue a la sala de estar.

—Deberíamos hablar —dice desviando la mirada de él a Catherine.

—¿Qué ocurre? —pregunta su hermana, temiéndose algún problema.

—La policía acudió a casa de Dan ayer después de que os fuerais, mientras yo seguía allí. Nos hicieron muchas preguntas. No fue mal, pero Dan pareció derrumbarse después de que se marcharan. —Se sienta en el sofá junto a Catherine y sigue hablando un momento después—: ¿Crees que podría haberlo hecho él?

Ted ve cómo Catherine evita mirarla a los ojos.

—No lo sé —responde.

Ted traga saliva y siente un ligero mareo.

—Yo tampoco —confiesa Jenna. Hay un largo y tenso silencio. Por fin, Jenna sigue hablando—: Creo que se le está yendo la cabeza. Parece convencido de que van a pensar que ha sido él. Por lo de que papá vendió la empresa. Y... ¿sabías que no tiene nada de dinero?

Catherine la mira ahora y asiente con gesto de cansancio.

—¿Lo sabías? Yo no. Dice que la policía va a ir a por él, que se van a empecinar y a convencerse de que lo ha hecho él y que no van a poder considerar otra posibilidad.

Ted se aclara la garganta.

—Quizá deberíamos contratar a un abogado —sugiere.

Catherine se vuelve hacia él y asiente.

—Quizá. Mientras tanto, no vamos a decir nada. —Se gira hacia Jenna y la mira a los ojos—. ¿De acuerdo?

Jenna asiente.

—De acuerdo.

—No les hablasteis de lo que pasó en la cena de Pascua, ¿verdad? —pregunta Catherine.

—Claro que no.

—Bien. —Parece tranquilizarse un poco. Después, sigue hablando con el ceño fruncido—. Dan no se equivoca al preocuparse. Ayer, cuando salíamos de su casa, Irena me contó que puede que la policía crea que no ha sido ningún robo. Puede que sospechen que hemos sido alguno de nosotros.

—¿Por qué no nos lo contó a todos? —pregunta Jenna.

—Probablemente porque no quería molestar a Dan.

Ted ve cómo Jenna asiente.

—Imagino que Dan te ha contado la buena noticia —dice Jenna.

—¿Qué buena noticia? —pregunta Catherine.

—Llamó ayer a Walter, después de que te fueras, antes de que llegara la policía.

—¿Qué? —exclama Catherine con brusquedad.

Por su tono, Ted está seguro de que a Catherine no le ha gustado nada eso.

—Papá no cambió su testamento a favor de Audrey. Había concertado una cita, pero aún no lo había hecho antes de que le mataran. Así que asunto resuelto. —Y añade con una sonrisa de satisfacción—: ¿Se habrá enterado ya Audrey?

21

Jenna se ha ofrecido a ir a la floristería, más que nada por salir de la casa. Quiere alejarse de Catherine. Hay algo en la forma en que su hermana se ocupa de todo que la enerva aunque, desde luego, Jenna no quiere encargarse de organizar el funeral.

Mientras va al centro de la ciudad en el coche para encargar las flores —al mismo florista que solía llevar los ramos recién cortados a casa de sus padres—, su mente vuelve a lo que Irena le había contado a Catherine. Así que la policía sospecha ya que ha sido uno de ellos. Por la herencia, obviamente. Pero ¿hay algo más? ¿Qué es lo que oyó Irena exactamente? Decide que después de hacer el recado en la floristería va a ir a visitar a Irena para preguntarle.

La campanilla de la puerta de la floristería tintinea cuando entra Jenna. Dentro, la asalta un derroche de color y el olor dulce y agradable de las plantas. Pasa un rato eligiendo varios arreglos para el frente de la iglesia: lirios y rosas. Sabe que a Catherine le van a encantar. Cuando termina, Jenna sale de la tienda y se sorprende al ver a Audrey al otro lado de la calle, mirándola. Se pregunta si la estará siguiendo, si sabrá ya que al final no va a ser rica.

Jenna sonríe a Audrey y le hace un ligero saludo con la mano y, a continuación, le da la espalda.

En la comisaría, Reyes y Barr están buscando información sobre los hijos de los Merton. Catherine y su marido, Ted, son bastante solventes, pero pasarán a otra liga muy superior con la herencia.

Sin embargo, la información sobre la situación económica de Dan Merton da muestras de desesperación. Lleva seis meses sin trabajar, desde que su padre vendió la empresa. Él y su mujer, que tampoco parece tener trabajo, deben de haber estado viviendo de los ahorros. Recientemente, han estado utilizando tarjetas de crédito nuevas para pagar los cargos de otras que están en números rojos. La muerte de sus padres no ha podido llegarles en mejor momento, piensa Reyes con cinismo.

La más joven, Jenna, parece vivir al día y dependiendo, sobre todo, de la generosa asignación que le dan sus padres, además de la venta ocasional de alguna de sus obras de arte por una cantidad modesta de dinero. No hay indicios de ningún problema reciente que haya podido tener con sus padres. Pero les ha mentido sobre la hora en que ella y su novio se marcharon de la casa el domingo de Pascua. ¿Por qué?

Quien le despierta mayor interés ahora mismo es Irena Dabrowski, la asistenta. Limpió el cuchillo para proteger a alguien. Fue una estupidez por su parte, pero quizá no estaba pensando con claridad. Es evidente que cree que los asesinatos los ha cometido alguien cercano a Fred y Sheila, alguien a quien ella tiene cariño. Probablemente alguno de los hijos.

Quiere saber por qué.

Irena deja el teléfono, nada contenta. Le han pedido que vaya a la comisaría para responder a unas preguntas. Siente una desagradable oleada de adrenalina que le recorre el cuerpo.

Ve que el coche de Jenna se acerca cuando cierra la puerta de su casa al salir.

—¡Irena! —grita Jenna saliendo del coche y dirigiéndose hacia ella—. ¿Tienes un momento?

—Iba a salir —responde cuando Jenna llega hasta ella y le da un breve abrazo.

—¿Adónde?

—Me acaba de llamar uno de esos inspectores. Quieren hacerme unas preguntas.

—¿Qué les vas a decir? —le pregunta Jenna sin rodeos.

—Nada —contesta—. No tengo nada que decirles. ¿Por qué iba a hacerlo?

—Bien. —Jenna se queda mirándola—. Esta mañana he ido a casa de Catherine. Me ha contado que crees que es posible que la policía sospeche de alguien de la familia. ¿Qué es lo que dijeron exactamente?

Irena aparta la mirada. No quiere hablar de eso ahora mismo.

—Es solo que... insistieron mucho en lo del dinero.

—Claro que van a insistir en el dinero —la tranquiliza Jenna—. Pero eso no significa nada. Probablemente fue un robo.

—Les oí decir que quizá Fred y Sheila conocían a su asesino. —Irena siente un mareo al decirle esto a Jenna.

Jenna la mira fijamente.

—¿Por qué piensan eso?

—Creen que Sheila debió de abrir la puerta al que fuera y que ya estaba muy entrada la noche.

—¿Y? Eso era típico de mamá, abría la puerta cuando fuera y a quien fuera, eso ya lo sabes.

Irena asiente.

—Pero hubo mucha violencia. —Se detiene. No quiere describirlo ni revivirlo—. Creen que ha podido ser... algo personal, alguien a quien conocían.

Jenna parece estar procesando esta información.

—Tengo que irme —señala Irena.

—Vuelve a casa de Catherine en cuanto hayas terminado y nos cuentas lo que te hayan dicho —le pide Jenna.

—De acuerdo.

—Irena —añade Jenna mientras ella se da la vuelta. Se gira—. Catherine y yo estamos preocupadas por Dan.

22

Dan está trasteando en el garaje. A pesar de su educación y sus ambiciones como ejecutivo, le encanta ensuciarse las manos, arreglar cosas. Le gusta mantenerse entretenido, con la mente ocupada. Ahora mismo, tiene el vehículo cortacésped sobre un elevador y está comprobando el estado de las cuchillas. Le encanta el reconfortante olor del garaje, del aceite sobre el suelo de cemento junto a su cabeza, incluso de las viejas briznas de hierba atascadas en las cuchillas del cortacésped, pero no es suficiente para alejar su mente de todo lo que ha ocurrido.

No puede dejar de pensar en los policías que estuvieron ayer a última hora de la tarde en su casa con sus preguntas y sus insinuaciones. Sabe lo que están pensando. Lo que más le preocupa ahora mismo es la opinión que se hayan formado de él. ¿Qué impresión les habrá dado? ¿Notaron lo nervioso que se sentía? ¿Parecía como si tuviese cargo de conciencia?

Lisa es la única con la que puede hablar de esto, la única en la que puede confiar por completo. Le da miedo preguntar a Jenna; teme lo que le pueda decir.

—Sé que esto es difícil —le susurró Lisa la noche anterior en la cama—. Pero no van a pensar que has sido tú.

—¿Y si lo piensan? —replicó él en voz baja. Podía sentir el pánico retorciéndole las tripas.

Ella le miró con sus ojos marrones bien abiertos. Las luces estaban apagadas, pero un leve resplandor de la luna se filtraba en el interior de la habitación.

—Dan, esa noche saliste de nuevo, después de que regresáramos de casa de tus padres. ¿Adónde fuiste?

Él trago saliva antes de responder.

—Solo fui a dar una vuelta con el coche. Como hago siempre.

—¿Adónde?

—No lo sé. No me acuerdo. Por ahí. Necesitaba aclararme las ideas. Ya sabes que me gusta conducir cuando tengo muchas cosas en la cabeza.

—¿Cuándo volviste?

—No miré la hora. ¿Por qué iba a hacerlo? Era tarde, tú estabas dormida. —Sabía que parecía estar a la defensiva. Debía de estar dormida, se dijo a sí mismo; si no, no lo habría preguntado.

—La policía va a interrogarnos. Debemos tener claro qué vamos a decir.

Se estaba ofreciendo —¿lo estaba haciendo?— a mentir por él.

—¿Qué?

—Lo que quiero decir..., creo que deberías contarles que estuviste en casa toda la noche, conmigo. Y yo te respaldaré.

Asintió, agradecido.

—De acuerdo. —Eso le había estado preocupando. Ella le había resuelto el problema y ni siquiera había tenido que pedírselo. Un pequeño alivio.

Lisa le acarició la cara con las dos manos.

—Tienes que tranquilizarte. Tú no los mataste. A pesar de lo que sintieras por tu padre, sabes que eres un buen hombre. —Le miró fijamente a los ojos—. Jamás podrías hacer algo así. —Le regaló una leve sonrisa y le besó brevemente en los labios—. Todo va a salir bien. Y, cuando todo haya terminado, recibirás tu herencia y podremos olvidarnos de este asunto.

Dan tiene ahora la mirada fija en la oscuridad de las cuchillas del cortacésped. Intenta pensar en el dinero. La libertad que podrá tener. Intenta imaginarse un futuro luminoso.

Audrey está furiosa en su coche, en el aparcamiento que hay delante de la comisaría, con las manos apretadas al volante. Piensa en la cara de Jenna sonriéndole en la puerta de la floristería. Ya deben de haberse enterado de que Fred no cambió el testamento. Siente deseos de liarse a patadas con algo, pero resulta complicado cuando estás sentada en el asiento del coche. Se le ocurre salir y patear sus neumáticos, pero no quiere llamar la atención. Tiene la respiración acelerada y entrecortada y está conteniendo las lágrimas. No se lo puede creer. Que te quiten de las manos y de esa forma algo con lo que ya contabas, y solo porque Walter estaba de viaje esa semana. Está completamente furiosa.

Pero no, no es así. No es que le hayan quitado una fortuna mucho mayor de lo que había imaginado en sus mayores fantasías porque Walter estuviera de viaje. Ha sido porque han asesinado a Fred, a sangre fría, antes de que pudiese ir a ver a Walter. Y no hay nada que ella pueda hacer al respecto, joder. Está casi segura de saber el porqué. Ahora solo quiere saber quién.

El dinero que le habían prometido ya no está. Va a ir a parar a esos malditos críos. Nota la hiel en su boca. Siempre ha querido ser rica. Eso es lo que pasa cuando una se cría siendo pobre. Fred lo consiguió, ella no. Esta era su última oportunidad.

Audrey quiere saber quién ha matado a Fred y a Sheila. Quiere saber exactamente quién le ha birlado varios millones de dólares.

La familia la ha dejado de lado, la ha excluido. No van a contarle lo que pasa. Nada más llegar ayer a casa de Dan, todos cerraron el pico.

Parece que la policía está centrada sobre todo en lo de esa camioneta. Espera que los investigadores no desperdicien mucho tiempo con eso. Por supuesto que se llevaron cosas de valor. El asesino simuló que fue un robo. No van a hacer que sea tan evidente. Pero los ladrones no le rajan el cuello a una persona ni le dan montones de cuchilladas. Quienquiera que mató a su hermano sentía un claro odio hacia él.

Ahora está sentada en la puerta de la comisaría, mirando por si alguien de la familia entra para responder a algunas preguntas. Seguramente les harán un interrogatorio formal. Y el día siguiente al hallazgo de los cadáveres no es demasiado pronto. Mantiene la mirada fija en la comisaría, preguntándose si se ha perdido algo ya.

Un rato después ve a una mujer que conoce subiendo los escalones de la entrada de la comisaría. Ha llegado Irena.

El inspector Reyes observa cómo Irena Dabrowski se acomoda en su asiento. Están en una de las salas de interrogatorios, sin más muebles que una mesa y unas sillas. Barr está al lado de él y le ofrece a Irena un vaso de agua que ella rechaza.

Irena tiene el rostro arrugado; su pelo castaño, recogido por detrás en una coleta, ha empezado a llenarse de canas. Sus manos son fuertes y parecen ásperas, sin anillos, con las uñas cortas y sin pintar. Las manos de una limpiadora.

Reyes se sienta y se toma su tiempo.

—Gracias por venir. Por supuesto, está aquí por voluntad propia. Puede irse cuando quiera.

Ella asiente en silencio y aprieta las manos en su regazo, debajo de la mesa, donde él no puede verlas.

—Bien. Usted trabajó como niñera interna en casa de los Merton hace muchos años.

—Sí, ya se lo dije.

—¿Cuántos años estuvo allí?

Parece pensárselo antes de responder.

—Empecé poco después de que naciera Catherine, así que hará unos treinta y dos años. Dan llegó dos años después. Y Jenna otros cuatro años después que él. Yo viví en la casa hasta que Jenna empezó a ir al colegio, por lo que, en total, probablemente fueron unos doce años.

—Entonces, los conoce a todos bastante bien —comenta Reyes con tono afable.

—Sí, ya se lo dije. Son como de mi familia.

—¿Y sigue manteniendo una relación estrecha con ellos?

—Sí, claro. Pero no los veo tanto como antes.

—¿Diría usted que estaba más unida a los hijos o a los padres?

Ella le mira como si esa pregunta la incomodara.

—A los hijos, supongo —responde.

Reyes espera por si dice algo más. El silencio es una herramienta muy útil. Ve cómo se queda pensando.

—Fred y Sheila eran mis jefes. Guardaban las distancias conmigo, en cierto modo. —Sonríe levemente—. Los niños no hacen esas cosas. Y eran todos unos niños buenos y cariñosos.

—¿Había problemas en la familia? —pregunta Reyes.

—¿Problemas? —repite ella.

Y, de inmediato, él comprende que sí los había y quiere saber de qué tipo eran.

—Sí, problemas.

Ella niega con la cabeza.

—La verdad es que no. Es decir, nada que se salga de lo normal.

—Sabemos que Fred Merton se había peleado con su hijo, Dan —apunta Reyes—. ¿Qué nos puede contar sobre eso?

—No es que se hubiesen peleado de verdad. Fred había recibido una oferta buenísima por su empresa y pensó que no podía rechazarla, así que la vendió. Siempre estaba obsesionado con tomar las mejores decisiones en su negocio. —Aprieta los labios—. Sé que Dan se sintió muy decepcionado.

—¿Cómo se llevaban las hijas con sus padres? —pregunta Reyes.

—Muy bien —responde Irena.

—¿Pasó algo fuera de lo normal en la cena de Pascua?

Niega con la cabeza.

—No, nada en absoluto.

—¿Por qué se fueron todos tan rápido?

—¿Perdón?

Reyes sabe que ella está tratando de ganar tiempo.

—Catherine y su marido, Dan y su mujer y usted se marcharon con pocos minutos de diferencia.

Ella se encoge de hombros.

—Era la hora de irse, eso es todo.

—¿Y no se quedó para limpiar? ¿No era lo que cabría esperar?

—Sheila me había dado el día de descanso —contesta, irritada—. Me invitaron a la cena de Pascua. No esperaban que me quedara a recoger.

Reyes se apoya en el respaldo de su silla y se queda mirándola fijamente durante un largo rato.

—Parece usted muy protectora con los hijos de los Merton —dice. Ella no responde—. Quizá deberíamos repasarlo todo de nuevo. ¿Qué pasó cuando encontró los cadáveres? —Escucha cómo Irena describe el hallazgo de los cuerpos la mañana anterior. Cuando termina, Reyes le señala—: Creo que se ha saltado usted algo.

—¿Cómo dice?

Él ve cómo se ruboriza ligeramente.

—La parte en la que recogió el arma homicida del suelo, la limpió en el fregadero de la cocina y la devolvió al taco de los cuchillos.

23

Irena se ha quedado casi inmóvil y él sabe que ha dado en el clavo.

—Yo no hice eso —responde, pero su intento es en vano.

En ese momento, él se inclina hacia delante para acercarse a ella, con los brazos sobre la mesa.

—Sabemos que lo hizo. Las pruebas forenses lo demuestran. La sangre se había secado en el suelo alrededor del cuchillo durante veinticuatro horas, al menos. Sus huellas van justo desde el cadáver hasta el fregadero. Frotó bien el cuchillo y lo dejó en el taco. Pero sabemos que fue el arma homicida. —Ella permanece sentada, completamente quieta, como un animal que está viendo a un depredador, con las manos sobre el regazo—. Y no puedo dejar de preguntarme: ¿por qué lo hizo?

Irena se pone nerviosa.

—No sé por qué. Estaba impactada. Vi el cuchillo de trinchar en el suelo. Lo reconocí. Lleva décadas en esa familia. Yo solo lo cogí, lo lavé y lo dejé en su sitio. Fue la costumbre, supongo.

Reyes la mira sonriendo.

—¿Y se supone que debemos creérnoslo?

—Yo no puedo hacer nada por que me crea o no —contesta.

—Le voy a decir lo que sí creo —dice Reyes, despacio—. Creo que usted llegó allí, encontró a Sheila muerta y a Fred empapado en sangre, vio el cuchillo de trinchar en el suelo, se puso los guantes de goma que hemos encontrado debajo del fregadero y lavó el cuchillo a conciencia por si el asesino había dejado sus huellas en él. Porque usted quería proteger a la persona que lo había hecho. Lo cual nos hace pensar que creyó que el asesino es uno de los hijos.

—No —protesta.

—Podemos presentar cargos contra usted, lo sabe.

Ella se queda en silencio, mirándole.

Él vuelve a apoyar la espalda en la silla para darle más espacio.

—¿Hay algo ahora que nos quiera contar?

—No.

—La cuestión es que quienquiera que fuera el asesino fue muy cauteloso o cautelosa y se puso guantes —dice Reyes—. No era necesario que usted interviniera de ninguna forma en el escenario del crimen. —Ella le devuelve la mirada con expresión rígida—. Pero gracias por darnos el soplo.

—Vamos a tomarle las huellas antes de que se vaya —señala Barr mientras Irena se levanta para marcharse—. Las necesitamos para ir descartando. Tenemos que tomar las de todos.

Irena sale de la comisaría y se dirige a su coche tan rápido como es capaz. Pero una vez dentro del vehículo se queda inmóvil durante un rato, ordenando sus pensamientos. Respira hondo varias veces y se echa sobre el reposacabezas. Cierra los ojos. «¿Qué es lo que ha hecho?».

Por fin, pone el coche en marcha con manos temblorosas y va hacia la casa de Catherine. Esto va a resultar complicado y empieza a asustarse.

Cuando llega, ve que los dos coches están en el camino de entrada y que el de Jenna está aparcado en la calle. No hay rastro del vehículo de Dan. Baja del coche y se acerca a la puerta de la casa.

Es Ted el que sale a abrirle, con gesto serio en su atractivo rostro.

—Pasa, Irena —le dice—. Jenna nos ha avisado de que ibas a venir.

Catherine se levanta cuando Irena entra en la sala de estar; Jenna está ya de pie, junto a la ventana. Los tres la miran con expectación. Es la primera a la que ha interrogado la policía en la comisaría. Quieren saber qué ha pasado. Saben que ellos serán los siguientes. La habitación está cargada de tensión.

Catherine le da un breve abrazo.

—Ven a sentarte y cuéntanoslo todo.

Nada más sentarse Irena en un asiento, estalla:

—Lo siento.

Todos la miran, alarmados.

Ella les cuenta lo que hizo con el cuchillo y que la policía lo sabe y se queda mirando sus caras llenas de confusión y, después, de incredulidad.

—¿Por qué? —pregunta Catherine—. ¿Por qué hiciste eso? —Parece tan asombrada como enfadada.

Al ver que Irena no sabe qué responder, Jenna lo hace por ella, directa, como siempre.

—Porque cree que ha sido uno de nosotros.

Irena no puede mirar a ninguno a los ojos. Se queda sentada en silencio, con la mirada en el suelo.

Por un momento, todos parecen olvidarse de respirar.

—Irena, no puede ser verdad que pienses eso —dice Catherine por fin.

Irena guarda silencio. No sabe qué contestar.

—Muy bien —la hostiga Jenna—. ¿Quién de nosotros crees que lo ha hecho?

Irena evita responder. Mira primero a una hermana, luego a la otra, deseando que la perdonen, consciente de que no lo van a hacer.

—No debería haberlo hecho. Ahora parece que la policía piensa que fuisteis alguno de vosotros. Lo siento.

Catherine, Jenna y Ted la miran consternados.

—Muchísimas gracias —dice Jenna.

Desde su puesto de vigilancia en el aparcamiento delante de la comisaría, Audrey ha visto cómo Irena se dirigía con paso rápido a su coche, con una expresión de malestar mayor que cuando llegó. Después, se había quedado allí sentada durante un largo rato, como si estuviese alterada e intentara recomponerse. Al final, se había ido y había dejado a Audrey desesperada por saber qué había pasado en el interior de la comisaría.

Ahora, Audrey necesita hacer pis con urgencia, pero no quiere dejar su puesto por si se pierde algo. Por suerte, no pasa mucho tiempo cuando ve que el coche de Dan entra en el aparcamiento. Se detiene cerca de la entrada. Sale del coche, solo. No mira hacia ella ni la ve en la parte de atrás del aparcamiento. En cuanto comprueba que sube los escalones y entra en la comisaría, Audrey sabe que cuenta con algo de tiempo. Mira el reloj, sale del coche y va a paso rápido a una tienda de dónuts que hay en la misma calle. Usa el baño, se compra un dónut de chocolate y un café y vuelve a su coche en menos de diez minutos.

Llevan a Dan Merton a la misma sala de interrogatorios en la que poco antes han estado con Irena. Va vestido con unos vaqueros limpios, una camisa con el cuello abierto y una chaqueta azul marino. Lleva un reloj de aspecto caro. Tiene la apariencia de un hombre de dinero, con esa típica despreocupación por las cosas caras, piensa Reyes, la seguridad de quien se ha criado con un buen fondo de armario. Va bien vestido pero, en todo lo demás, desprende incomodidad, inseguridad. Toma asiento y se aclara la garganta, nervioso, golpeteando la mesa con los dedos.

—Dan, solo queremos hacerle unas preguntas —dice Reyes—. Ha venido aquí por voluntad propia. Puede irse cuando quiera.

—Por supuesto —responde—. Encantado de ayudar. Quiero que averigüen quién ha hecho algo tan terrible. ¿Ha habido suerte ya con el conductor de la camioneta?

Reyes niega con la cabeza y se sienta en su silla. Como siempre, Barr está a su lado, mirándolo todo, analizándolo, un segundo par de ojos astutos.

—Ahora que ha dispuesto de algo de tiempo para pensar, ¿tiene idea de quién podría haber asesinado a sus padres? —le pregunta Reyes.

Dan frunce el ceño y niega con la cabeza.

—No. No me imagino quién ha podido hacerlo. —Añade, con torpeza—: O sea, aparte del evidente móvil del robo.

Reyes asiente.

—¿Cómo se sintió usted cuando su padre vendió Merton Robotics?

El rostro de Dan se enciende.

—¿Qué tiene eso que ver?

—Solo es una pregunta. —Reyes ve cómo las manos de Dan se mueven inquietas por la mesa.

—No me alegré, si le soy sincero —admite—. Trabajé duro en esa empresa durante varios años con la esperanza de que algún día sería mía. La vendió sin siquiera pararse a pensar en lo que eso supondría para mí. —De repente, se detiene, como si hubiese dicho demasiado.

Reyes asiente.

—A mí me parece una putada.

Dan le mira, como si estuviera considerando bajar un poco la guardia.

—Bueno, a veces podía tener muy mala leche. Pero yo no he tenido nada que ver con esto.

—No estoy diciendo que sea así —le tranquiliza Reyes—. Solo estamos tratando de hacernos una idea completa del contexto. —Hace una pausa y continúa—: Tengo entendido que, por culpa de la venta de la empresa, usted está ahora atravesando algunas dificultades económicas. ¿Quiere hablarnos de eso?

—No, no me apetece especialmente —contesta con brusquedad—. No veo que tenga ninguna relevancia.

—¿No? —se asombra Reyes—. Usted estaba resentido con su padre, está pasando por dificultades económicas y ahora va a heredar una gran fortuna.

Dan mira con nerviosismo primero a él y luego a Barr.

—¿Voy a necesitar llamar a un abogado?

—No lo sé. ¿Lo va a necesitar?

—Yo no he tenido nada que ver con esto —repite Dan con voz más estridente. Se levanta de la silla—. No voy a responder a más preguntas. Conozco mis derechos.

—Es libre de marcharse —asiente Reyes y, a continuación, mira a Barr—. Solo debemos tomarle antes las huellas.

24

¿Que te has ido? ¿Por qué? —pregunta Lisa, preocupada.

Mira a Dan con atención mientras él le cuenta lo del interrogatorio en la comisaría. Están en la cocina, sentados en la mesa. Él mueve la pierna con nerviosismo. Mientras le escucha, ella también siente cómo va creciendo su ansiedad. La expresión casi de pánico de su marido la enerva. Él le dice que debe llamar a un abogado.

Lisa traga saliva. Nota la boca seca. Piensa que probablemente tenga razón. Aunque le parece indignante. Dan no podría hacer daño a una mosca. Pero ¿y si sus temores son justificados y centran la atención en él por las circunstancias, no encuentran al tipo de la camioneta y tratan de hacer que Dan parezca culpable para así poder condenar a alguien? Cada dos por tres condenan a gente por error. ¿Cómo puede estar pasando esto?

Y ella va a tener que mentirle a la policía.

—¿Cómo vamos a pagar un abogado? —pregunta, preocupada.

Dan la mira aterrorizado.

—Catherine nos ayudará —dice—. Tiene que hacerlo. Se lo puede permitir. Y no va a querer que su valioso apellido se vea arrastrado por el barro. Querrá el mejor que haya.

Poco después, Dan recorre con el coche la corta distancia hasta la casa de Catherine, con la mente dándole vueltas a toda velocidad. Necesita hablar con Catherine y con Jenna. Mira a Lisa justo antes de salir del coche.

—No les digas que salí esa noche. Eso queda entre tú y yo. No tienen por qué saberlo. ¿Y si se lo sueltan a la policía?

Ella asiente con sus ojos castaños abiertos de par en par.

Ted sale a abrir y entran en la casa. Jenna está ahí, tal y como esperaban, pero se sorprenden al ver también a Irena en la sala de estar. Dan piensa que quizá esté ayudando con los preparativos del funeral.

—Me acaban de interrogar los inspectores esos —espeta—. En la comisaría. —Le miran con recelo. Dan se deja caer en un sillón—. Actuaban como si pensaran que los he matado yo.

Ve que empiezan a mirarse entre todos. ¿También lo piensan? Seguro que no. De repente, le invade el miedo.

—¿Qué? ¿Qué pasa?

—También han interrogado a Irena —responde Catherine.

Irena le cuenta lo que ha pasado en la comisaría. Dan lo escucha todo cada vez más consternado. Él y Lisa se quedan un momento inmóviles, asombrados y en silencio, con el único sonido del tictac del reloj que hay sobre la repisa de la chimenea.

—¿Por qué hiciste eso? —pregunta al cabo Dan mirando a Irena—. ¿Qué has hecho? —Mira a todos, destrozado—. Tengo que llamar a un abogado. Hoy. Pero... no me lo puedo permitir —se lamenta Dan, fijando la vista en Catherine.

—Nosotros podemos ayudarte —dice Catherine sin siquiera mirar a Ted para ver qué le parece—. Por favor, no te preocupes por eso. Yo lo pago. —En ese momento, suena el teléfono de Catherine. Todos se quedan mirándolo sobre la mesa. Catherine lo coge.

Audrey está tomando nota de la duración de cada interrogatorio. Por el poco tiempo que Dan ha pasado en la comisaría, concluye que no han conseguido sacarle mucha información. Probablemente se ha negado a hablar con ellos. Al contrario que Irena, Dan ha salido con prisas, abandonando con su coche el aparcamiento como si estuviese rabioso.

Audrey intenta entretenerse mientras vigila la entrada. Juega con su teléfono. Se arriesga a ir de nuevo a hacer un pis a la tienda de dónuts, compra otro café y vuelve corriendo justo a tiempo de ver cómo llega Catherine y aparca su coche. También ha venido sola. Audrey toma nota de la hora. Son casi las 14.30.

Desearía poder ser una mosca apoyada en la pared de ahí dentro. Lo que Audrey querría saber sobre todo es: ¿quién estaba al tanto de que Fred tenía pensado incluirla en su testamento?

Catherine parece completamente tranquila mientras toma asiento en la sala de interrogatorios al día siguiente de que se descubriera el asesinato de sus padres. Al verla ahora, sin la bata blanca de médica, Reyes se hace una idea más clara de su estilo. Caro y clásico. Lleva unos pantalones oscuros y una blusa estampada. Sin perlas hoy, sino con un collar dorado con un diamante pegado a la garganta. Una pulsera tenis de diamantes. Un bolso de marca.

—¿Quiere tomar algo? ¿Café? —le ofrece Barr.

Catherine sonríe, cortés.

—Un café sería estupendo —contesta.

Está mucho más calmada que su hermano.

Barr regresa con el café y Reyes le explica que ha acudido por voluntad propia y que puede irse cuando quiera.

—Claro —responde Catherine—. Quiero ayudar en todo lo que pueda. —Durante el interrogatorio, vuelve a negar que ocurriera nada fuera de lo corriente en la cena de Pascua, a pesar del éxodo en masa. Le dice que ella y Ted se quedaron juntos en su casa el resto de la noche.

—Sabemos que Dan tenía problemas con su padre —señala Reyes—. Que estaba atravesando dificultades económicas. Todos ustedes están a punto de heredar mucho dinero. —La expresión de ella permanece impasible. Él espera un momento antes de preguntar—: ¿Tenía Jenna algún problema con sus padres?

Ella niega con la cabeza, como si se impacientara.

—No.

—¿Y usted?

—No. —Y añade de forma espontánea—: Si acaso, yo era la preferida.

Reyes vuelve a apoyar la espalda en la silla.

—Entonces, ¿usted era la preferida, Dan el menos y Jenna ocupaba un lugar intermedio? ¿Sus padres practicaban los favoritismos? —Detecta un parpadeo en sus ojos; quizá Catherine se arrepiente de lo que ha dicho.

—No, no era así. No debería haber dicho eso. Es solo que mis padres valoraban que yo sea médica. Con Dan..., nuestro padre tenía muchas expectativas puestas en Dan y era un poco duro con él. Y Jenna..., bueno, a ellos no les gustaba su arte. Lo consideraban obsceno.

—¿Obsceno?

—Sí. Hace esculturas de genitales femeninos y cosas así.

Reyes asiente.

—Entiendo. ¿Y sus padres no lo veían bien?

—No especialmente. —Y añade—: Pero eran cosas sin importancia. Éramos una familia de lo más normal.

Reyes no responde a eso.

—Su antigua niñera, Irena..., ¿están muy unidos a ella?

—Por supuesto. Cuidó de nosotros durante varios años. La consideramos como una madre.

—¿Tenía ella algún favorito?

—Oiga, sé adónde quiere ir —responde Catherine con voz calmada—. Irena ha venido a mi casa hace un rato y nos ha contado lo de su interrogatorio. Yo no puedo dar explicación a lo que hizo. Lo único que sé es que ninguno de nosotros ha tenido nada que ver con esto. Y ustedes deben averiguar quién lo ha hecho.

Catherine se marcha de la comisaría con una sensación de alivio y con la creencia de que el interrogatorio ha ido bien. Espera que no haya más, al menos para ella. Mientras se dirige al aparcamiento, levanta la mirada y ve a Audrey en su coche, sola, en la parte de atrás. Catherine se detiene en seco un momento, sorprendida de encontrarla ahí. Audrey se da cuenta y baja la mirada, como si estuviese consultando su móvil. Por un segundo, Catherine se plantea si acercarse para hablar con ella y preguntarle qué hace ahí. ¿Los está espiando? ¿O es que la policía le ha pedido que vaya para interrogarla?

Va directa a su coche, ya sin la seguridad de antes.

25

Rose Cutter llega nerviosa a la puerta de Catherine Merton. Le sudan las manos. Se las limpia en la falda y llama al timbre. No quiere estar ahí, pero seguro que Catherine necesita su ayuda.

Rose se lo debe. Catherine ha sido una buena amiga desde que estaban en el instituto, donde se conocieron en clase de Lengua Inglesa. A Catherine no se le había dado muy bien aquella asignatura, era más de ciencias y quería sacar notas altas. Les habían encargado hacer juntas un trabajo y, a partir de ese momento, Rose empezó a ayudarla con sus redacciones. Surgió entre las dos una amistad inesperada que trascendió más allá de las clases. Catherine era una chica popular por ser quien era y por su bonita ropa —siempre se podía permitir las últimas tendencias—. Rose era un cero a la izquierda y no tenía instinto alguno para la moda, lo cual suponía una sentencia de muerte en el instituto. Recuerda lo generosa que había sido Catherine con ella, lo claro que les había dejado a todos que eran amigas y el modo tan distinto con que los demás chicos la habían tratado después de aquello. Catherine la invitaba a fiestas, a salir por ahí y, sin más, terminó siendo aceptada.

Catherine sabía que Rose no contaba con las ventajas que ella sí tenía. La ayudaba a vestir mejor, regalándole incluso alguna ropa suya o llevándola a tiendas baratas en busca de prendas que sí se pudiera permitir. A veces, Rose se preguntaba si era para Catherine como una especie de proyecto benéfico, si se había hecho amiga suya por algún tipo de sensación de culpabilidad propia de los ricos. Pero un tiempo después se dio cuenta de que, aunque Catherine tenía fama de popular, se sentía sola y, con Rose, podía mostrarse como de verdad era. Se hicieron íntimas. Catherine resultó no ser tan segura como aparentaba y en casa lo pasaba mal. Necesitaba una amiga tanto como Rose. Un día, incluso le contó que la habían descubierto robando en una tienda y que creía que su padre la iba a matar. Rose se quedó pasmada. Sus padres eran millonarios, Catherine podía tener todo lo que deseara, ¿y robaba en las tiendas? Eso hizo que Rose se sintiera mejor, porque siempre había sido consciente de ser una persona codiciosa y sentaba bien saber que no era la única.

Habían mantenido el contacto pese a ir a universidades diferentes —Rose a la Universidad Estatal de Nueva York y Catherine a la de Vassar— y retomaron la amistad cuando las dos se encontraron en Aylesford siendo adultas. El patrón continuó siendo el mismo. Catherine la invitaba a eventos sociales, como navegar en el Club Náutico del Hudson y aquella competición benéfica de polo del año pasado. Cosas a las que Rose jamás habría podido asistir ni habría podido permitirse. Pero, sobre todo, se veían para tomar café o almorzar y disfrutaban de largas conversaciones en las que se contaban detalles de sus vidas y rememoraban divertidos momentos que habían compartido.

Ahora, Ted abre la puerta. Rose ha visto juntos a Catherine y a Ted en muchas ocasiones. Ted siempre le ha parecido atractivo, tan alto, de espaldas anchas, de complexión fuerte y callado. Se alegra de que Catherine pueda apoyarse en él. Le mira con una tímida sonrisa y le saluda.

—Hola, Ted, ¿puedo pasar?

—No es un buen momento, Rose —contesta él con tono de disculpa—. Catherine acaba de venir de la comisaría.

Rose oye la voz de Catherine desde el fondo.

—¿Es Rose? —En ese momento, Catherine aparece por detrás de Ted y se une a ellos en la puerta.

—Rose. —La saluda con una sonrisa, pero a punto de romper a llorar.

—Ay, Catherine —exclama Rose a la vez que extiende los brazos para abrazarla. La estrecha mientras aspira su olor tan familiar. Rose tiene que contener las lágrimas y cierra con fuerza los ojos.

Catherine es una buena amiga, pero siempre ha sentido celos de ella por tener todo lo que Rose no puede, todos los privilegios que el dinero da. A Rose la ha criado una madre soltera que se ha pasado toda la vida escatimando gastos y ahorrando. Si ha llegado a ser alguien en la vida ha sido, principalmente, gracias a su propio esfuerzo. Sabe que los Merton no han sido una familia muy feliz, pero tenían su fortuna.

Aun así, Catherine es su mejor amiga. Rose se estremece un poco mientras se abrazan. Nadie debe saber lo que ha hecho.

Reyes ve cómo Jenna Merton entra en la sala de interrogatorios con sus vaqueros rasgados y su chaqueta de motero de cuero negro. Vuelve a quedarse sorprendido por lo diferentes que son entre sí los tres hijos de los Merton. Piensa brevemente en sus dos hijos, también completamente distintos el uno del otro en apariencia, temperamento e intereses. Y entonces dirige toda su atención a la mujer que tiene delante. Tras unas cuantas cuestiones preliminares va directo al grano.

—Usted y Jake Brenner fueron, que se sepa, las dos últimas personas que vieron con vida a sus padres —empieza.

Ella arquea las cejas.

—Nos fuimos apenas cinco minutos después que los demás.

Reyes se queda mirándola un rato antes de contestar.

—Creo que no fue así. No se marcharon poco después de las siete como los demás. Se fueron como una hora después, a las ocho pasadas.

Ella se pone ligeramente rígida, pero permanece en silencio, como si estuviera reflexionando qué decir.

Él espera. Se miran el uno al otro.

—Los vieron —explica él—. Un vecino que estaba paseando a su perro por delante de su casa poco después de las ocho. Reconoció su coche. Lo ha visto con bastante frecuencia.

Ella respira hondo antes de responder.

—Vale, lo que usted diga.

—¿Qué ocurrió en esa hora de más?

Ella frunce el ceño y niega con la cabeza.

—No mucho. Hablamos un poco. Supongo que perdí la noción del tiempo.

Él insiste, pero ella se aferra a su versión de los hechos. Reyes cambia de táctica.

—¿Volvió a salir esa noche?

—No. Volvimos a mi casa. Jake se quedó a pasar la noche. Nos fuimos a la cama.

Después de tomar las huellas a Jenna antes de marcharse, Reyes habla con Barr.

—Tenemos que comprobar todas sus coartadas.

Audrey está a punto de dejarlo por hoy. Ha sido incómodo y, sobre todo, aburrido, estar sentada en su coche en un aparcamiento. Ha pasado varias horas ahí. Catherine la ha visto. Les dirá a los demás que los está vigilando. Bien.

Sabe que la policía ha hablado ya con Catherine y Jenna, y también con Dan e Irena. Piensa que probablemente hayan terminado. Está a punto de poner el coche en marcha cuando ve a alguien que le resulta familiar acercándose a la puerta de la comisaría. Se inclina hacia el parabrisas para ver mejor. Reconoce a la mujer de Dan, Lisa. Deben de estar vigilando a Dan, viendo si tiene alguna coartada. Encantada, vuelve a acomodarse en su asiento.

Lisa se traga su miedo y entra en la sala de interrogatorios. El corazón le late con fuerza. Se está arriesgando. Dan no quería que viniera. Le ha dicho que se negara, que esperara hasta que tuvieran un abogado. Están citados esta misma tarde con un importante abogado penalista, Richard Klein, gracias a Catherine.

Pero ella se ha mantenido firme.

—Dan, voy a ir y les voy a decir que estuviste conmigo toda la noche. Eso es todo. ¿Qué van a pensar si me niego a hablar con ellos?

Así que aquí está. Sabe lo que va a decir y lo que no.

Empiezan hablando de generalidades, pero el inspector Reyes va enseguida al grano:

—Sabemos que ocurrió algo en la cena de Pascua. ¿Quiere hablarnos de ello?

Esto no se lo esperaba. Se pregunta a quién se le ha podido escapar algo y niega con la cabeza, frunciendo el ceño como si no supiera a qué se está refiriendo.

—No, fue una cena de Pascua de lo más corriente.

—¿Usted o su marido salieron de nuevo en algún momento por la noche después de volver a casa? —pregunta Reyes.

Sabía que le iba a preguntar eso. Es el motivo por el que ha venido.

—No —responde con tono completamente convincente—. Después de volver de casa de sus padres, nos quedamos los dos en la nuestra. Toda la noche.

Ted se siente incómodo. Nota que está sudando por las axilas y la espalda. Está furioso con Catherine por haberle puesto en esta situación. No podía negarse a venir cuando se lo han pedido. Hoy han llamado a todos para que acudan a la comisaría, como hormigas que van desfilando en dirección a una merienda campestre. Y a todos les han tomado las huellas.

—Limítate a decirles que estuve en casa toda la noche —le ha indicado Catherine cuando se han quedado solos por fin—. No es tan difícil.

—Deberías haberles contado la verdad —le ha espetado él.

—Sí, probablemente debería haberlo hecho —admite airada—. Pero no ha sido así. He cometido un error. Ahora, la cuestión es si vas a empeorarlo aún más o si me vas a ayudar.

Él está de acuerdo en que la mejor forma de actuar es ajustarse a la versión primera que les ha dado ella, dadas las circunstancias. Así que aquí está. Un poco enfadado también con ella por haber aceptado tan rápido lo de pagar los honorarios del abogado de Dan. ¿Y si les cuesta cientos de miles de dólares? Pero el dinero es de ella. Es Catherine la que va a heredar una fortuna, no él, así que no hay mucho más que pueda decir.

En cualquier caso, es un hombre seguro de sí mismo y sabe que va a poder salir airoso del interrogatorio. Sabe que Catherine no ha asesinado a sus padres.

—Gracias por venir —le dice Reyes.

Ted niega que ocurriera algo fuera de lo normal durante la cena de aquella noche. Todos han acordado mantenerse firmes en esa versión, que había sido una velada agradable sin ningún tipo de conflicto. Por fin, Reyes formula la esperada pregunta:

—Tras volver de casa de los Merton la noche del domingo de Pascua, ¿volvió a salir en algún momento posterior?

—No.

—¿Y su mujer?

Niega con la cabeza.

—No. Estuvo conmigo en casa toda la noche.

En cuanto Ted sale de la comisaría, Audrey decide dar el día por terminado. Ha resultado muy frustrante estar atrapada en el aparcamiento cuando toda la acción se estaba desarrollando en el interior de ese edificio. El único lugar tal vez más interesante hoy sea la casa de Catherine o la de Dan y tampoco puede entrar en ellas.

Mira su teléfono una vez más y consulta rápidamente las noticias locales. Varios equipos de policías están realizando ahora una búsqueda por el río cerca de Brecken Hill, en busca de alguna prueba de los asesinatos de los Merton. Sale del aparcamiento.

26

Audrey está mirando hacia el río Hudson. Una fresca brisa ondula su oscura superficie. Hay una lancha de la policía en el agua, balanceándose suavemente mientras unos buceadores con sus trajes mojados realizan su trabajo. Unos agentes uniformados registran la orilla del río. Audrey puede ver los dos puentes de Aylesford, uno al sur de donde está ella y otro al norte, atravesando el río hacia las montañas de Catskill, al otro lado. Podría tratarse de una escena bonita y tranquila si no la estropease lo que está ocurriendo allí.

Audrey forma parte de una pequeña muchedumbre que está mirando lo que hace la policía en ese agradable día de primavera. También están los medios de comunicación. Observa durante un rato en silencio, junto a una mujer de treinta y tantos años con aspecto de ser una profesional. Audrey se pregunta si será alguna periodista. En ese momento, ve el logotipo del *Aylesford Record* en su cazadora que lo confirma.

—¿Qué están haciendo? —le pregunta a la mujer.

—Es por el asesinato de los Merton —contesta mirándola brevemente y, después, volviendo a centrar su atención en el río—. No han dicho mucho, pero es evidente que están buscando pruebas. Probablemente, el arma homicida. El cuchillo. —Se queda un momento en silencio y, a continuación, añade—: Y la ropa ensangrentada. Con un asesinato tan violento, el asesino tuvo que deshacerse de su ropa. Deben de estar buscándola también.

Tiene sentido, piensa Audrey. Le fastidia no tener más información que la reportera sobre el asesinato y eso que es de la familia. Fred era su hermano, y aún no le han contado nada. La policía no dice lo más mínimo y la familia no habla con la prensa. Trata de contener la enorme furia que siente hacia todos ellos.

—¿Hay alguna novedad? —pregunta Audrey con la esperanza de que la periodista le pueda contar algún chisme.

La mujer que está a su lado niega con la cabeza y, a continuación, se encoge de hombros.

—Apuesto a que tienen más información de lo que están contando. Con las familias ricas ya se sabe. Siempre reciben un trato de preferencia, más intimidad. Más respeto.

—Yo conozco a la familia —dice Audrey sin haberlo planeado antes.

La mujer se gira hacia ella y, por primera vez, la mira con interés.

—¿Sí? ¿En qué sentido?

—Fred Merton era mi hermano.

La mujer se queda observándola, como si intentara discernir si se trata de alguna chiflada. Parece hacer una rápida apreciación de la edad y el aspecto de Audrey y se da cuenta de que puede estar diciendo la verdad.

—¿En serio? ¿Quiere hablar de ello?

Audrey vacila, mientras lanza una mirada hacia la lancha de la policía que está en el río.

Hace un gesto de negación y se gira para marcharse.

—Espere —dice la mujer—. Deje que le dé mi tarjeta. —Le pasa una tarjeta de visita a Audrey—. Si quiere hablar, llámeme. En cualquier momento. Me encantaría hablar con usted, de verdad, si es que es quien afirma.

Audrey coge la tarjeta y la mira. Robin Fontaine. Levanta los ojos y le ofrece la mano para estrechársela.

—Audrey Stancik. Pero mi apellido de soltera era Merton. —A continuación, se gira y vuelve a su coche.

Reyes analiza al joven que tiene delante. Jake Brenner es la viva imagen del típico artista muerto de hambre con sus vaqueros rotos, camiseta arrugada, chaqueta de cuero maltrecha y barba de dos días. Se esfuerza por mantener la calma, por parecer como si no le importara nada, pero Reyes está seguro de que no se siente tan cómodo como le gustaría aparentar. Para empezar, sonríe demasiado. Y golpetea con el dedo pulgar sobre la superficie de la mesa de una forma irregular y molesta.

—Gracias por venir desde Nueva York para hablar con nosotros —le dice Reyes—. ¿Cómo ha venido, por cierto? —pregunta con despreocupación.

—En tren.

Reyes asiente.

—Solo queremos hacerle unas preguntas sobre la noche del 21 de abril, el domingo de Pascua. —Jake asiente—. Estuvo con Jenna Merton ese día, cenando en casa de sus padres. ¿Es correcto?

Jake los mira sin pestañear.

—Sí.

—¿Qué tal fue la cena?

Jake respira hondo y suelta el aire.

—Bueno, un poco encopetada. Me preocupaba saber usar el cubierto adecuado. —Vuelve a sonreír—. Tienen mucho dinero, ya sabe. Parecían bastante agradables.

—¿Se llevan todos bien?

Asiente.

—Eso creo.

—De acuerdo. Tengo entendido que usted y Jenna fueron los últimos en salir de la casa esa noche. —Jake parece quedarse inmóvil durante un momento y, después, se relaja. Reyes añade—: Sabemos que los dos se fueron alrededor de una hora después que los demás. ¿Por qué?

Ahora no sonríe.

—¿Qué hicieron los dos durante esa hora de más en la casa de los Merton? —pregunta Reyes con tono coloquial.

—Nada —responde Jake encogiéndose de hombros—. Solo hablamos. Querían conocerme mejor.

—¿De verdad? —pregunta Reyes. Se inclina hacia delante—. ¿De qué hablaron exactamente?

Jake traga saliva, nervioso.

—De arte, sobre todo. Soy pintor.

—¿Hubo alguna discusión aquella noche, Jake? ¿Pasó algo durante la cena? ¿O después, quizá?

Niega con la cabeza con firmeza.

—No. No hubo ninguna discusión. Simplemente nos quedamos hablando un rato y, después, nos fuimos. Estaban bien cuando nos marchamos, lo juro.

—Sigamos avanzando —continúa Reyes—. ¿Qué hicieron después de que usted y Jenna salieran de la casa de los Merton?

—Fuimos a casa de ella. Pasé allí la noche.

—¿Ninguno de los dos volvió a salir?

—No.

Reyes se queda mirándole durante un rato antes de hablar.

—Muy bien. Seguiremos en contacto. —Le envía con Barr para que le tome las huellas.

Cuando Barr vuelve, le dice:

—Los tres tienen coartadas muy oportunas, ¿no crees? —Ella asiente con escepticismo—. Pues yo no me lo creo. Tenemos que investigarlos. Mira a ver si puedes conseguir algún vídeo de la estación de trenes de Aylesford, si volvió en tren esa noche a Nueva York. Y, si no, comprueba también los vídeos de la mañana. Quiero estar seguro. —Ella asiente—. Mientras tanto, voy a la oficina del forense a ver la segunda autopsia.

Mira el reloj —son casi las cinco de la tarde— y recorre con el coche el corto trayecto hasta allí.

—Estaba a punto de llamarle yo —le dice a modo de saludo Sandy Fisher, la patóloga forense.

Le conduce hasta el cadáver de Fred Merton, que está tumbado y sin cubrir sobre una camilla de acero. Le miran.

—Catorce heridas con arma punzante, algunas con verdadera violencia. Pero es el corte del cuello lo que le mató. Le agarraron por detrás y le realizaron el corte de izquierda a derecha. El asesino es diestro. Después, cayó o le tiraron al suelo boca abajo y le apuñalaron catorce veces en la espalda, con profundidad decreciente, probablemente porque el asesino se fue cansando. —Hace una pausa y continúa—: Mucha ira, diría yo.

—Sí —asiente Reyes.

—Otra cosa más que resulta interesante —dice ella—. Fred Merton sufría un cáncer pancreático avanzado. Iba a morir de todos modos. Probablemente le quedaran tres o cuatro meses.

—¿Lo sabría él? —pregunta Reyes, sorprendido.

—Yo creo que sí, no me cabe duda.

Reyes se dirige de nuevo a su coche, pensativo. Sin duda, esto da fuerza a la declaración de Audrey Stancik de que Fred iba a cambiar su testamento. Se pregunta quién era conocedor de que Fred se estaba muriendo y de lo que tenía pensado hacer.

27

Es última hora del miércoles por la tarde cuando Dan va en su coche al bufete del abogado en el centro de la ciudad, con Lisa guardando silencio en el asiento de al lado. Le había dicho que habían llamado a Ted para interrogarle justo después que a ella, así que sabe que también están comprobando los movimientos de Catherine de esa noche. Piensa en ello mientras entra en el aparcamiento del edificio de su abogado. Pero Catherine no tiene problemas económicos. Y tampoco había tenido una pelea en público con su padre.

Atraviesan las puertas de cristal del lujoso bufete. No es el mismo que su padre tenía contratado. Y este cuenta con el mejor abogado penalista que hay en Aylesford. No les hacen esperar. Richard Klein sale a recibirlos y los lleva directamente a su despacho.

Dan no se detiene mucho a mirar el entorno. Centra su atención en el abogado como si se tratase de un salvavidas. Klein les dirá qué deben hacer. Dejará claro a la policía que no tiene nada que ver con esto. Ese es su trabajo.

—Me alegra que me haya llamado —dice el abogado con tono reconfortante—. Ha hecho lo correcto.

Dan le cuenta todo al abogado: la tensa cena de Pascua, el hallazgo de los cadáveres, lo que hizo Irena con el cuchillo, la discusión con su padre, las dificultades económicas que está atravesando, la agresividad con que la policía le ha interrogado... Pero no le cuenta que esa noche salió a dar un largo paseo con el coche, como era su costumbre, ni que Lisa ha mentido a la policía por él. El abogado escucha con atención y le hace alguna que otra pregunta.

—Entonces, pasó toda la noche en casa —concluye Klein—. Su mujer lo confirma. —Dan y Lisa asienten—. En ese caso, no tiene ningún problema. —Se inclina hacia delante sobre su mesa y baja la cabeza—. Le están vigilando, y probablemente también a sus hermanos, por el dinero. Es lógico. Pero no importa si usted tenía algún móvil si carecen de pruebas. Habrá que ver qué averiguan.

—Yo no hice nada —protesta Dan.

—Bien. Entonces, no tendrán ninguna prueba. No tiene por qué preocuparse. Limítese a esperar sentado. No podrán acusarle de nada si yo estoy a su lado. —Luego añade—: Y no vuelva a hablar con ellos sin que yo esté presente. Ninguno de los dos. Si quieren hablar con ustedes, llamen a este número. —Desliza una tarjeta por la mesa tras escribir rápidamente en ella un número con bolígrafo—. Es mi teléfono móvil. Llámeme en cualquier momento del día o de la noche y allí estaré.

—De acuerdo —responde Dan a la vez que coge la tarjeta.

Estipulan el anticipo. Dan le asegura que no va a haber ningún problema; su hermana Catherine le ha hecho un préstamo. Y cuando todo esto haya terminado, piensa, tendrá que devolvérselo de su herencia. Por fin, Dan se levanta para marcharse con Lisa a su lado.

—Una cosa más —le detiene el abogado—. Haga lo que haga, no hable con la prensa. Sin pruebas, la policía no podrá hacerle gran cosa, pero, aun así, la prensa puede acabar con usted.

Audrey va con su coche desde el río directamente a la casa de Ellen sin previo aviso. Tienen ese tipo de amistad. Las dos son viudas y viven solas, así que no deben preocuparse de estar interrumpiendo nada. Acostumbran a hacerse visitas. Audrey se ha visto obligada a controlar sus emociones durante todo el día, pero, al ver el familiar y amable rostro de Ellen, rompe a llorar de repente.

—¿Qué te pasa? —le pregunta Ellen, alarmada.

Audrey se lo cuenta todo: su visita a Walter esa mañana, que al final Fred no había cambiado su testamento a favor de ella, sus sospechas de que uno de los chicos había asesinado a sus padres antes de que Fred pudiera cumplir sus intenciones.

Audrey no le ha contado a nadie, salvo a Ellen, lo de sus grandes expectativas. Es la única que lo sabe, la única ante la que desnuda su alma.

Al principio, Ellen se queda muda. Y, después, contesta:

—Ay, Audrey, lo siento mucho.

Cuando Audrey deja por fin de llorar, se siente vacía, completamente agotada.

—No pensarás de verdad que uno de los hijos lo ha hecho, ¿no? —pregunta Ellen tímidamente, como si no pudiera asimilar esa idea. Todos saben ya cómo han asesinado a los Merton. Ha aparecido en las noticias.

—Estoy segura de ello. Y voy a averiguar quién ha sido —dice Audrey con solemnidad. Y continúa—: La policía también lo cree. Hoy los han llamado a todos para interrogarlos.

Cuando cae la noche, Catherine se reúne con Ted en la cocina para cenar. No hace falta preparar nada, la nevera está llena de ofrendas que ha traído la gente. Ted ha sacado algunas de las cosas que cree que más le van a gustar a ella; ha sido un día largo y complicado. Además del estrés de los interrogatorios de la policía, Catherine no ha parado de atender llamadas de amigos de la familia. Ha resultado difícil tener que aceptar sus condolencias y esquivar a la vez su lasciva curiosidad. Se ha estado controlando tanto durante todo el día que ahora le duele cada rincón del cuerpo. Pero ya tiene bajo control casi cada detalle del funeral. Será el sábado, a las dos de la tarde. Esperan que acuda muchísima gente. Sus padres eran destacados ciudadanos de Aylesford y su forma de morir va a atraer a muchas personas que, si hubiese sido de otro modo, no habrían asistido. Tras el funeral, habrá una recepción en el club de golf, con bebida y comida, y con la esperada muestra de fotografías que irán pasando en bucle en segundo plano. Cuando haya terminado, Catherine se derrumbará. No cree que vaya a tener tiempo de asimilar bien nada hasta ese momento. Se pregunta cómo le va a afectar todo cuando por fin pueda permitírselo.

Ted extiende la mano hacia ella por encima de la mesa.

—¿Estás bien?

Ella niega con la cabeza, despacio.

—Come algo —la anima, señalando a la lasaña, su plato preferido.

Ella coge sin ganas un trozo de lasaña recalentada para ponérselo en el plato, añade un poco de ensalada e intenta comer. Pero empieza a temblar. El tenedor se sacude tanto en su mano que no puede llevárselo a la boca. Lo deja caer sobre el plato con estrépito.

—Catherine, ¿qué te ocurre? —pregunta Ted.

—¿Y si...? —suelta de golpe. Pero no puede continuar.

Ted se levanta de la mesa y se sienta a su lado. Le pasa el brazo por encima mientras ella llora sobre su pecho.

—¿Y si qué? —susurra él sobre su cabeza.

Ella levanta los ojos para mirarle.

—¿Y si los ha matado Dan?

La sensación de miedo de Ted sale a la superficie. Catherine ha pronunciado en voz alta un temor que ha estado tratando de ocultar desde la tarde anterior, cuando Dan se comportó de esa forma tan extraña. Estuvo muy nervioso y agitado y dijo cosas muy poco apropiadas. Ahora, Ted no sabe qué contestar, cómo consolarla. Se limita a abrazarla. Por fin, ella se aparta, con la cara bañada en lágrimas. Sus mejillas parecen haberse hundido en el último día y medio.

Le acaricia el pelo.

—Catherine, todo va a salir bien —musita con impotencia—. Te quiero. —Nunca la ha visto tan destrozada—. Ven —murmura con ternura mientras la lleva de nuevo a la sala de estar.

Han perdido totalmente las ganas de comer. Se dejan caer juntos en el sofá y ella le mira con los ojos abiertos de par en par e inundados de lágrimas.

—Él odiaba a nuestro padre, Ted. No tienes ni idea.

—Pero ¿podría hacer algo así? —pregunta él tragándose la repugnancia—. Tú le conoces mejor que yo.

—No lo sé —contesta ella sin fuerza en la voz—. Puede que sí.

Ted siente que un escalofrío le recorre la espalda. La idea de que Dan haya estrangulado a su propia madre y haya apuñalado a su padre una y otra vez con tanta furia y que después haya fingido su inocencia delante de todos le resulta tan perturbadora que nota que se marea, literalmente.

—No sé qué hacer —susurra ella.

—No tienes que hacer nada —responde él. Pero, incluso al decir esto, se pregunta: «¿Qué deberíamos hacer?». Si es un asesino, no pueden seguir dejando que entre en su casa, ¿no? Podría estar loco de verdad.

—Tiene razón —dice Catherine con preocupación—. Van a pensar que ha sido él y van a volver a interrogarme.

Ted, profundamente inquieto, mira con la mente en blanco hacia las ventanas de la sala de estar mientras la rodea con los brazos. Ve a dos personas al otro lado de la calle, caminando por delante de la puerta de sus vecinos. Le suenan de algo. Entonces, con un sobresalto, Ted cae en la cuenta. Son los inspectores Reyes y Barr. ¿Qué están haciendo en su calle?

Y, de repente, lo sabe. Solo hay una razón para que estén ahí.

Catherine debe de haber notado su repentina tensión porque levanta los ojos hacia él.

—¿Qué pasa?

Sigue su mirada hacia el otro lado de la calle, reconoce a los policías, y contiene la respiración.

—Joder —maldice Ted.

—¿Y si me vio alguien? —pregunta ella, asustada.

La mente de Ted piensa a toda velocidad. Puede que alguien viera a Catherine salir esa misma noche. Quizá quedó grabada en alguna cámara. Si la policía la está investigando, pueden terminar averiguando la verdad. Eso era lo que él se estaba temiendo.

—Pues tendrás que contarles la verdad —responde despacio—. Que no se lo dijiste antes por la consternación y porque tenías miedo de lo que pudieran pensar, por la herencia. Que fuiste a ver a tus padres, que estaban bien y que volviste a casa.

—Pero... —susurra Catherine.

La cara se le ha quedado espantosamente pálida y eso le asusta.

—Pero ¿qué? —pregunta Ted.

—Que no estaban bien. Ya estaban muertos.

28

Ted mira a su mujer, impactado y confundido.

—¿Qué?

—Lo siento, Ted. A ti también te he mentido. —Está llorando otra vez, ahora incontroladamente, y las lágrimas le van surcando las mejillas.

Él se aparta más de ella, observándola con espanto.

—¿Cómo que ya estaban muertos? ¿Y no dijiste nada? —El corazón le late con fuerza y se da cuenta de que su esposa, esa mujer a la que conoce tan bien, volvió a casa tras haber visto que sus padres habían sido cruelmente asesinados y se fue a la cama como si no hubiera pasado nada. Y después, a la mañana siguiente, le dijo, como si tal cosa, que había hablado con su madre y se inventó una mentira sobre que le había pedido que interviniera para hablar con su padre y defender a Jenna. Todo le da vueltas.

—¿De qué cojones estás hablando? —exclama con rabia.

—No te enfades conmigo, Ted —le suplica—. ¡No sabía qué hacer!

Saca unos pañuelos de papel de una caja que hay sobre la mesita y se seca los ojos. Hace un esfuerzo por recuperar la compostura mientras él la mira, con el corazón latiéndole todavía a toda velocidad y retumbando en sus oídos.

—Fui allí para hablar con mamá. Cuando llegué ya era tarde, sobre las once y media. La luz de arriba seguía encendida, así que llamé a la puerta. No salió nadie y volví a llamar. Sabía que debían de estar aún despiertos. Pero empecé a pensar que pasaba algo raro porque mamá no había respondido al teléfono y no salía nadie a abrir. Probé la puerta y no estaba cerrada con llave. Así que entré. La entrada estaba vacía, pero salía un poco de luz de la cocina. Miré hacia la sala de estar y vi una lámpara caída..., y entonces vi a mamá. Estaba tumbada en el suelo de la sala de estar. —Empieza a hiperventilar—. Me acerqué a ella. Estaba muerta. Tenía los ojos abiertos. Fue terrible.

Ted ve su evidente dolor y miedo y sigue escuchando, espantado.

—Quise salir corriendo, pero era como si estuviese paralizada. No podía moverme. Estaba aterrada. Pensé que papá la había matado. Que por fin se había vuelto loco. —Se le rompe la voz—. No sé cuánto tiempo estuve allí. Pero no oí nada. Entonces, se me ocurrió que debía de haberse suicidado.

«Dios mío», piensa Ted.

Catherine traga saliva.

—Como pude, fui por el pasillo hasta la cocina. Entonces, pude ver que había sangre en el suelo y tuve cuidado de no pisarla. Y luego... —se detiene.

Ted la mira, pasmado. No puede asimilar nada de lo que le está narrando.

—Continúa —le dice—. Cuéntamelo todo.

—No entré. Me quedé en la puerta. Papá estaba en el suelo de la cocina. Había sangre por todas partes. El cuchillo de trinchar estaba allí, a su lado. —Parece quedarse inmóvil, como si lo estuviese viendo todo otra vez en su mente. Como si Ted no estuviese. La expresión de su cara le descompone.

—¿Por qué no llamaste a emergencias? —grita Ted—. ¿Por qué no me lo contaste?

—Pensé..., pensé... —Pero no parece que le salgan las palabras.

Ted se da cuenta de lo que quiere decir.

—Pensaste que lo había hecho Dan.

Ella asiente casi de forma imperceptible. Ahora, deja de llorar. Parece haberse quedado entumecida.

—Pensé que Dan había vuelto esa noche y los había matado. Yo sabía que necesitaba dinero y que papá no se lo iba a dar. Y me dio miedo.

—Miedo...

—De que le descubrieran. —Le mira—. Yo solo quería darle un poco de tiempo... para que pudiera huir, para que pudiera enmendar lo que había hecho... Estaba segura de que había actuado fuera de sí.

—Catherine —dice Ted. Pronuncia su nombre con toda la calma que le es posible, pero profundamente alterado—. Dan debería ir a la cárcel si lo ha hecho. Es... peligroso.

Ella se cubre el rostro con las manos y solloza.

—Lo sé. Pero es que no puedo soportarlo. —Por fin, levanta la mirada hacia él y, como si le suplicara, añade—: Es mi hermano pequeño. Tenemos que protegerle.

Ella no lo dice, pero Ted no puede evitar pensar: «Y nos ha hecho un favor a todos».

El inspector Reyes ve que las luces de la casa de Catherine Merton están encendidas mientras se acerca con Barr a la de los vecinos que están justo enfrente.

Muestran sus placas a los dueños, que los invitan a pasar. Son un hombre y una mujer de unos sesenta y tantos años. Reyes les explica que están investigando los asesinatos de Fred y Sheila Merton, cuya hija vive al otro lado de la calle. Ellos los miran con sorpresa.

—¿Estaban ustedes en casa el domingo por la noche? —pregunta Reyes.

—Sí, pero nos acostamos temprano —responde el hombre—. Habíamos celebrado una gran cena de Pascua en casa de nuestra hija.

—Por casualidad, ¿vieron a alguien salir de la casa de enfrente, la de Ted Linsmore y Catherine Merton, en algún momento después de las siete y media de la tarde del domingo de Pascua?

Los dos se miran entre sí y hacen un gesto de negación.

—Pero tenemos una cámara en el porche que graba los coches que pasan por la calle —dice el hombre antes incluso de que Reyes le pregunte—. ¿Quiere echar un vistazo?

—¿Podemos?

—Claro —responde mientras su mujer se mantiene en segundo plano.

Arriba hay un despacho desde el que se puede acceder a las grabaciones a través de un ordenador portátil. Retrocede hasta las siete de la tarde del domingo de Pascua y, a partir de ahí, va avanzando. Mientras observan las imágenes en blanco y negro, con algún peatón o coche que pasa por delante, ven que el coche de Ted vuelve y aparca en el camino de entrada a las 19.21.

Siguen viendo la grabación a cámara rápida hasta que Reyes dice:

—Pare.

El obediente vecino retrocede la grabación un poco y vuelve a reproducirla más despacio. A las 23.09 ven que el coche de Catherine sale marcha atrás por el camino de entrada. En el vídeo no se ve quién ha subido al coche, pero, al avanzar por la calle, reconocen a Catherine en el asiento del conductor, sola.

Ha mentido, piensa Reyes. Y su marido la está encubriendo. Él y Barr se miran por encima de la cabeza del hombre.

—Veamos a qué hora regresa —dice Reyes volviendo a dirigir su atención a la pantalla.

Catherine está a un lado de la ventana de la sala de estar, cuidando de que no la vean. La policía lleva mucho rato en la casa de enfrente. Espera a que salgan. Cuando lo hacen, ve que ambos están mirando hacia su casa mientras se dirigen a su coche. No van a preguntar a ningún vecino más. Es evidente que no es necesario.

Deben de haberla visto. Deben de saber que esa noche salió. Saben que ha mentido. Saben que Ted ha mentido. Que ha mentido por ella. Y Catherine sabe que a él no le hace ninguna gracia.

Si la investigan a ella, van a investigar también a Dan y a Jenna. Dan dice que no salió de su casa esa noche después de regresar de la de sus padres. Lisa lo ha confirmado.

Sabe lo que eso significa.

Dan está en el garaje, con la puerta abierta a la calle. Los ve rápidamente. Esos dos inspectores están hablando con sus vecinos, tratando de averiguar si alguien le vio salir de su casa el domingo por la noche. Se oculta entre las sombras, aterrado.

Puede que nadie viera nada.

Catherine le ha llamado hace un rato al móvil y le ha contado lo que estaban haciendo esos policías. Le ha preguntado si alguien de su calle tiene cámaras. No lo sabe. Con su suerte, seguro que alguien tiene una puta cámara. Le había dicho a Catherine, y a todos, que había estado en casa toda la noche. Es evidente que ella no le cree, de lo contrario no le habría llamado.

Todos cuentan con una coartada, piensa, excepto él.

Empieza a entrar en pánico. Vuelve a la casa y encuentra a Lisa en la cocina, limpiando.

—La policía está aquí —anuncia sin más.

—¿Qué?

—En la calle. Ve a mirar por la ventana —dice con aspereza—. Que no te vean.

Ella le observa con preocupación y se acerca con cuidado a la ventana de la sala de estar, oculta tras las cortinas.

Él se queda detrás de ella y ve cómo su expresión va cambiando al darse cuenta de lo que eso significa.

Ellen Cutter se da un baño esa noche mientras tararea un poco y piensa en la larga visita de Audrey de ese día. Parece que, al final, no va a heredar ninguna fortuna. Qué rápido cambia todo. Había dicho cosas muy feas sobre los hijos de Fred: que debían de haberse enterado de que pensaba cambiar el testamento y que le han matado a él y también a Sheila. Qué absurdo, piensa Ellen mientras añade más burbujas a su baño. Eso es demasiado exagerado, incluso para Audrey, que siempre ha tenido muchísima imaginación.

Son amigas desde hace mucho tiempo, pero Ellen siente cierta alegría malsana.

29

Jenna está encantada de ver que, por una vez en su vida, el aplomo tan característico de Catherine ha desaparecido. Catherine la ha llamado al móvil para pedirle que vaya a su casa, aunque sea algo tarde. Su arrogante hermana mayor se está desmoronando delante de ella y Jenna piensa que no sería humana si no estuviese disfrutándolo, aunque sea un poco.

Aun así, lo que le está contando la deja asombrada. Catherine y Ted han mentido a la policía. Eso no le sorprende especialmente. La misma Jenna les ha mentido también. Lo que le asombra es que Catherine viera los cadáveres esa noche y no se lo contara a nadie. Ni siquiera a su marido. Esperó un día y medio y dejó que Irena los encontrara. Catherine dice que no contó nada para proteger a Dan.

Jenna mira a Ted, que tiene una expresión seria y de preocupación, y se pregunta qué pensará ahora de Catherine. ¿Sigue siendo la misma mujer con la que creía que se había casado? ¿Qué sangre fría hay que tener para ver los cadáveres de tus padres tras haber sido asesinados, volver a casa y actuar como si no pasara nada?

Eso le demuestra una cosa de Catherine. Es una estupenda actriz. Al menos, hasta cierto punto. Ahora es como si el estrés estuviera pudiendo con ella.

—¿De verdad crees que lo hizo Dan? —le pregunta Jenna ahora.

—Es lo que pensé en ese momento —responde Catherine con inquietud—. Por eso no dije nada esa noche. Pero asegura que estuvo en casa con Lisa.

—Quizá sea así —señala Jenna, sin convicción.

—Bueno, eso lo sabremos muy pronto —dice Catherine—. La policía está buscando testigos.

—Quizá deberíamos preguntar a Dan sin más rodeos si lo hizo él —propone Jenna—. Así, sabremos a lo que nos enfrentamos. A lo mejor podemos ayudarle.

—¡Ya lo ha negado! ¿Y por qué nos lo iba a confesar? Nunca ha tenido tanta confianza en nosotras.

—Nunca hemos confiado mucho los unos en los otros —responde Jenna.

—Bueno, ahora somos adultos —replica Catherine, como si eso cambiara las cosas.

Pero, en realidad, ahora hay mucho más en juego, piensa Jenna.

—Yo confío en ti, en que dices la verdad —insiste Catherine.

—Y si la policía averigua que saliste esa noche, ¿qué les vas a decir?

Catherine desvía la mirada rápidamente a Ted y, después, de nuevo a su hermana. Traga saliva.

—Quizá debería contarles la verdad. Que fui allí, que ya estaban muertos, que volví a casa y no dije nada.

—Querrán saber el motivo —insiste Jenna.

—Les diré que me encontraba en estado de shock.

—Joder, Catherine, eres una puta médica. Se te tiene que ocurrir algo mejor que eso. —Catherine guarda silencio. Ted se mantiene apartado, mordiéndose el labio con angustia. Hay una larga pausa mientras piensan en las opciones—. Si no quieres que piensen que sospechaste de Dan de inmediato podrías decirles que papá nos contó esa noche que iba a vender la casa —sugiere—. Podrías decirles que tenías miedo de que pensaran que lo habías hecho tú.

Catherine la mira con frialdad.

—Yo te respaldaré con lo de la casa —continúa Jenna—. Y estoy segura de que Dan también. Si no lo hiciste tú, no tienes por qué temer nada.

Parece como si la habitación se hubiese quedado sin aire.

—O podría contarles que estaban bien —contesta Catherine, por fin—. Que hablé con mamá y que volví a casa.

Jenna se queda mirando a Ted. Es evidente que le incomoda esa mentira.

—Quizá deberías decirles la verdad —dice él.

—¿Qué imagen voy a dar si les cuento la verdad? —protesta Catherine—. Van a pensar que fuimos Dan o yo. Aunque él estuviera en casa toda la noche y Lisa lo confirme, puede que no le crean.

Jenna se encoge de hombros.

—Pase lo que pase, van a creer que hemos sido uno de nosotros.

—Supongo que tú sí tienes una coartada —dice Catherine.

—Sí. Jake pasó toda la noche conmigo en mi casa.

Esa misma noche, mucho más tarde, Ted está tumbado en la cama, despierto. Catherine no ha decidido qué le va a contar a la policía, pero había aceptado cuando Ted le insistió en que llevara a un abogado la próxima vez que los inspectores la llamaran para interrogarla.

Han visto las noticias locales de las once antes de acostarse. La policía no ha dado más información sobre la investigación. Continúan buscando la camioneta que vieron cerca de la casa la noche de los asesinatos. Ted sigue albergando la esperanza, aunque con poca convicción, de que esa camioneta tenga la clave, que el conductor sea el asesino y que solo haya que encontrarle.

No le gusta lo que ha hecho su mujer para proteger a su hermano menor, que, tiene que admitirlo, quizá sea un asesino.

«Está claro que Irena piensa que lo ha hecho Dan —le había dicho Catherine, claramente preocupada, cuando apagó la luz—. ¿Por qué si no iba a limpiar el cuchillo?».

Ted está ahora mirando el techo en la oscuridad. No puede cerrar los ojos porque, si lo hace, se imagina a Catherine encontrando a su madre muerta. Es evidente que su familia está mucho más jodida de lo que él había pensado. Se la imagina reuniendo por fin el valor para entrar en la cocina y encontrar el cuerpo mutilado de su padre, llegando a la conclusión de que probablemente su hermano menor los había matado. Aunque Ted no está de acuerdo, comprende su deseo de proteger a Dan. Es posible que ella entienda por qué podría haberlo hecho. Está claro que cree que debía de tener sus motivos. Pero, sea lo que sea, eso no es excusa para cometer un asesinato, piensa Ted.

Y lo que no logra entender es cómo su mujer pudo volver a casa esa noche, meterse en la cama con él y susurrar «Todo está bien» antes de darle un beso en la mejilla y quedarse dormida.

30

A primera hora del día siguiente, jueves, Reyes está sentado en su silla, absorto en sus pensamientos. Han pasado dos días desde que encontraron los cadáveres. Golpetea con el bolígrafo el protector de su escritorio. No hay indicios de que nadie haya utilizado las tarjetas de crédito de los Merton ni tampoco de ningún intento de sacar dinero de un cajero. Tampoco hay rastro alguno de las joyas o la plata que robaron. El ensañamiento en la muerte de Fred. Un asesino muy cauteloso —sin zapatos, por el amor de Dios—. En cierto modo, no cree que se tratara de un simple robo. Y no ha habido avances con lo de la misteriosa camioneta. Todavía están visitando talleres de pintura de vehículos en un intento por localizarla.

Lo que sí saben es que Dan y Catherine Merton han mentido en sus coartadas.

Reyes llama a Dan Merton para que acuda a la comisaría para un interrogatorio formal. Esta vez, va acompañado de su abogado. Los dos llegan a las diez de la mañana y Merton va vestido con un traje. Reyes se pregunta si el abogado le habrá aconsejado sobre qué ropa ponerse. ¿Espera que lo vayan a arrestar? Dan parece inquieto y tiene mal aspecto.

Tras la lectura de sus derechos y las presentaciones formales para la grabación, empiezan.

—Tenemos un testigo que asegura haberle visto salir en su coche la noche de los asesinatos sobre las diez y otro que dice que le vio regresar más tarde, sobre la una de la madrugada. —Reyes ve que el abogado lanza a su cliente una mirada afilada.

La expresión de Dan parece empeorar y cierra los ojos.

—¿Nos puede conceder un minuto? —pregunta el abogado.

—Claro. —Reyes apaga la grabadora, sale con Barr de la habitación y se alejan por el pasillo mientras esperan. Cuando el abogado les hace una señal para que vuelvan, retoman el interrogatorio.

—¿Hay algo que nos quiera contar, Dan? —pregunta Reyes.

Dan toma aire antes de hablar, con la respiración entrecortada.

—Salí a dar una vuelta con el coche. Tenía muchas cosas en la cabeza y conducir me ayuda a despejarme la mente. Suelo salir a dar una vuelta con el coche por las noches.

—Tres horas es un paseo bastante largo. ¿Adónde fue?

—No sé, a ningún sitio en particular. No me acuerdo.

Reyes levanta las cejas y le mira con incredulidad.

—¿No volvió a Brecken Hill a ver a sus padres?

—No. No me acerqué por allí. No estuve en Brecken Hill. —Hay una vena que le late visiblemente bajo la piel pálida de la sien.

—¿Por qué nos ha mentido, Dan?

—No quería parecer sospechoso —contesta con firmeza.

—¿Quizá le pidió dinero a su padre en la cena de Pascua?

Dan lanza a Reyes una mirada feroz.

—Creo que hemos acabado con las preguntas por ahora —interviene el abogado. Dan parece arrugarse dentro de su traje—. A menos que tengan algo más —añade mirando a Reyes—. ¿Algún tipo de prueba física directa, por ejemplo? —Reyes niega con la cabeza—. Vámonos —dice Klein sacando de allí a su cliente.

—Si lo hizo él, aunque haya conseguido dejar en algún sitio toda su ropa ensangrentada, puede que siga habiendo restos de la sangre de su padre en su coche, por muy bien que crea haberla limpiado —sugiere Barr después de que se hayan ido.

Reyes asiente.

—Vamos a pedir una orden de registro. —Deja escapar el aire con fuerza—. Tenemos que encontrar esa ropa manchada de sangre. Mientras tanto, vamos a tener otra conversación con Catherine Merton.

Sedienta de información, Audrey aparece de nuevo en la comisaría. Esta mañana también hay medios de comunicación que esperan pacientes junto a la puerta. Audrey decide que esta vez va a salir del coche. Se mezcla entre los periodistas y cámaras y espera a ver qué ocurre.

Enseguida se ve recompensada con la salida de Dan por las puertas de cristal junto a un hombre alto y vestido con un buen traje. Se da cuenta de que debe de tratarse de un abogado. Los periodistas se arremolinan alrededor de los dos y los acribillan con preguntas incómodas mientras el abogado intenta esquivarlas. Audrey se alegra de haber hecho el esfuerzo. Espera que le aprieten bien las clavijas. Trata de ver la expresión de Dan, pero tiene la cabeza agachada y las manos sobre la cara mientras se escabulle con su protector abogado.

Poco rato después, la paciencia de Audrey vuelve a verse recompensada cuando ve llegar a Catherine con una mujer vestida con un traje y que lleva un maletín en la mano. Atraviesan la tormenta de reporteros, haciendo lo posible por evitarlos. Esto se está poniendo serio, piensa Audrey. Está empezando a disfrutarlo.

Reyes se da cuenta de que Catherine Merton parece hoy muy distinta al día anterior. Ha tenido que atravesar la aglomeración de periodistas para poder entrar y puede que eso la haya afectado. No parece haber dormido mucho y, aunque se haya esforzado con su atuendo y el maquillaje, se le sigue notando el cansancio. Ha venido acompañada de una abogada.

—Señora Merton, usted nos contó ayer que estuvo en casa toda la noche del domingo de Pascua, después de regresar de casa de sus padres —comienza Reyes después de leerle sus derechos y poner en marcha la grabadora. Ella no dice nada, pero parece como si estuviese preparada para lo peor—. Tenemos imágenes de usted saliendo en su coche de su casa a las once y nueve minutos de esa noche y volviendo a las doce cuarenta y uno. Uno de sus vecinos tiene una cámara de seguridad. ¿Adónde fue? —le pregunta.

Ella toma aire y mira a su abogada, que responde asintiendo ligeramente.

—Fui a casa de mis padres. Cuando estuvimos allí para cenar, mi madre me dijo que quería hablar conmigo de algo importante, pero nos interrumpieron. No volví a tener oportunidad de hablar de eso con ella y me preocupaba qué podría ser. Así que llamé a su móvil poco después de las once, pero no contestó.

—Sí, eso lo sabemos —responde Reyes—. Tenemos los registros de llamadas de sus padres. ¿Por qué no probó con el teléfono fijo? —pregunta.

Ella vacila un momento.

—Pensé que mi padre ya estaría durmiendo y no quería despertarle. —Y continúa—: Así que fui hasta allí. No está lejos. Cuando llegué, hablé con mi madre. Quería que yo mediara entre mi padre y mi hermana Jenna. Él quería dejarla sin su asignación. Esas cosas pasaban de vez en cuando. Nunca llegó a hacerlo.

—¿Y por qué nos mintió? —pregunta Reyes.

Ella le mira a los ojos antes de contestar.

—¿Por qué cree que lo hice? No quería que pensara que había sido yo.

Reyes se queda observándola mientras se pregunta si tanto ella como su hermano habían estado allí, al mismo tiempo.

31

Lisa mira con angustia cómo llegan los inspectores con una orden de registro y un equipo de la policía científica apenas un par de horas después de que Dan volviera de la comisaría. Algunos de ellos entran en la casa mientras Reyes, Barr y el resto abren las puertas del coche de Dan, que está aparcado en la entrada de la casa. Dedican un buen rato a examinarlo, a la vista de toda la calle, mientras un camión de la policía espera para llevárselo a algún lugar donde puedan desarmarlo para buscar alguna pista de que su marido es un asesino.

Siente náuseas, aunque sabe que Dan no lo hizo. Él no volvió a casa aquella noche cubierto de sangre. No pudo haberlo hecho. Recuerda cómo iba vestido cuando salió con el coche, los mismos vaqueros y la camisa con el cuello abierto que llevaba en la cena. Y probablemente se puso su cazadora cuando salió, la que siempre se pone en primavera. Está colgada en el armario del pasillo. La ha visto allí después y no tiene ni una sola mancha. No recuerda cuándo llegó a casa pero, a la mañana siguiente, encontró esos mismos vaqueros y la camisa, además de los calcetines y la ropa interior, en el suelo junto a la cama y los metió en el cesto de la ropa sucia. Eso fue el lunes. Hizo la colada ese día y lo guardó todo. No vio manchas de sangre en ninguna prenda. Sabe que no tiene motivos para preocuparse. Entonces, ¿por qué está tan tensa?

Dan aparece a su lado. Su abogado ha estado ahí también, comprobando la validez de la orden de registro. Después, se ha marchado pero antes le ha dicho a Dan en voz baja que mantenga el tipo y la boca cerrada y que le llame si hay alguna «novedad».

—Esto es escandaloso —se queja Dan.

—Mantén la calma —responde Lisa. No quiere que se excite ahora a la vista de todos. Últimamente ha estado muy inestable y eso le preocupa—. No van a encontrar nada.

Suena el móvil de Jenna y lo mira. Es Jake otra vez.

—Hola —dice. Está en la puerta de la casa de Dan y Lisa. Dan la ha llamado aterrado cuando ha llegado la policía. Está en la calle, a cierta distancia de donde Dan y Lisa observan cómo examinan el coche.

—¿Qué tal va todo por ahí? —pregunta Jake.

Le gusta el sonido de su voz, grave y ronca. Él mintió ayer por ella. Jenna se pregunta si antes o después le pedirá algo a cambio. Probablemente quiera dinero, una vez que ella lo reciba. Ahora que lo piensa, resulta difícil saber cómo es Jake en realidad.

—No tiene buena pinta para Dan. Están registrando su casa ahora.

Audrey ha seguido a los inspectores cuando han salido de la comisaría —los había reconocido y había visto cómo subían a un sedán oscuro y sin distintivos— y ha ido tras ellos directamente hasta la casa de Dan. Ahí, en la tranquila y burguesa calle de su sobrino, se les ha unido una furgoneta de la policía científica. De ella ha salido un grupo de hombres vestidos con trajes blancos con todo su equipo. Dos de ellos han empezado a examinar el coche en la entrada y los demás se han metido en la casa. Los inspectores se han quedado viendo el coche.

Audrey está encantada. Esto se está poniendo cada vez mejor. Es evidente que Dan es el principal sospechoso, piensa. Le dan ganas de salir a ayudarlos a destrozar la casa de Dan. Pero se queda sentada en el coche, a un lado de la calle, deseando poder tener unos prismáticos.

Hay vecinos mirando desde sus jardines y puertas y medios de comunicación en la calle. Reconoce entre ellos a aquella reportera, Robin Fontaine. Audrey lleva su tarjeta en la cartera.

Dirige de nuevo la atención a Dan, que está al final del camino de entrada con su mujer, Lisa, viendo cómo registran su coche. Como si notara la mirada de ella en su espalda, mira hacia atrás y la ve. Empieza a caminar a paso rápido hacia ella, con gesto serio. Audrey se prepara para un enfrentamiento. Que le den, piensa. La calle es propiedad pública y no es la única que está ahí viendo lo que pasa. Dan se acerca a su ventanilla, con el gesto torcido por la rabia, y Audrey la baja a la mitad.

—¿Qué coño estás haciendo aquí? —le espeta Dan. Su cara es de un pálido que impresiona bajo su pelo oscuro.

Audrey ve la rabia que hay en sus ojos y titubea. Por una milésima de segundo le recuerda a Fred cuando era más joven. Después, la imagen desaparece y lo único que se le ocurre pensar es que posiblemente esté mirando a los ojos de un asesino. Se apresura a subir de nuevo la ventanilla. Él la fulmina con la mirada, se da la vuelta y golpea el puño contra el capó del coche mientras se aleja, haciendo que se sobresalte.

Va pasando el día y Dan observa con frialdad mientras los inspectores y la policía científica registran la casa a fondo. El corazón le late a toda velocidad, pero intenta ocultar su angustia. Le hacen preguntas que él no sabe si debería responder. El abogado se ha ido y le ha indicado que no diga nada. Pero, cuando le preguntan qué llevaba puesto aquella noche, siente que debe contestarles. Lisa y él les enseñan los vaqueros y la camisa que llevaba el domingo de Pascua, la chaqueta y la cazadora que se puso cuando salió después. No sabe qué ropa interior ni qué calcetines llevaba —en el cajón, resultan indistinguibles—. Se los llevan todos.

Fuera, encuentran tierra en el jardín que alguien ha removido recientemente. Llaman al inspector Reyes y salen todos al patio de atrás, que queda bastante apartado y donde un técnico les señala la zona de tierra que ha sido movida hace poco, un área de algo más de un metro cuadrado bajo las hortensias. Reyes le mira.

—Enterré ahí a mi perro hace unos días —les dice—. Ha muerto de viejo.

Para consternación de Dan, empiezan a excavar. Lisa está a su lado, apretándole la mano. Enseguida, sacan a la luz una bolsa de basura de plástico negro. La sacan del jardín con cuidado mientras Dan mira angustiado. Abren la bolsa y un hedor nauseabundo los embiste. En su interior, descubren el cuerpo en descomposición de un perro. Nada más.

—¿Satisfecho? —pregunta Dan sin ocultar apenas su furia.

—Sigan cavando —les ordena Reyes—. Más hondo.

El inspector Reyes se había quedado decepcionado tras examinar el interior del coche de Dan. Parecía como si no lo hubiesen limpiado en varios años. Había polvo por todo el salpicadero y envoltorios de comida en el suelo. Pelo de perro en los asientos. El hecho de que era evidente que el coche no había sido limpiado indicaba que, al final, podía ser que Dan no hubiese cometido los asesinatos. Habría habido sangre por todas partes tras un asesinato tan violento como el de Fred Merton. Aunque se hubiese lavado bien y se hubiese cambiado de ropa, probablemente habría limpiado a fondo el coche. Pero quizá tengan suerte. Quizá se cambiara de ropa tras cometer los asesinatos y no pensó que tenía que limpiar el interior del coche.

A medida que pasan las horas y no aparece ningún indicio incriminatorio, la frustración de Reyes aumenta. Tienen la ropa que Dan asegura que llevaba puesta la noche de los asesinatos, algo que ha confirmado su mujer, si bien saben que esta ya les ha mentido una vez. Meten la ropa en bolsas a pesar de que ya han sido lavadas, y también la cazadora, que parece estar impoluta. Reyes no cree que ninguno de los dos esté diciendo la verdad. Si Dan cometió los asesinatos, lo que fuera que llevara puesto en aquel momento debe de estar en el fondo del río Hudson o en cualquier contenedor de por ahí. No está escondido bajo la tumba del perro, de eso ya se ha asegurado Reyes. Se llevan todos los aparatos electrónicos, a pesar de sus protestas. Usan luminol en los baños, en el lavadero y en la cocina, pero no hay huellas de sangre por ningún sitio.

Pero luego, en el garaje de los dos coches, encuentran algo interesante. Dentro de un cubo grande de plástico ven un paquete empezado de mascarillas N95, un paquete de monos desechables blancos con capucha y un paquete abierto de calzas para zapatos. El de los monos desechables también está empezado y solo queda uno de un paquete de tres.

Claro, piensa Reyes. Un asesino lo suficientemente astuto como para llevar guantes y calcetines, sin zapatos, que se va sin dejar ningún tipo de prueba, podría haber llevado puesto un mono de protección, como el que él y Barr están mirando ahora. Es muy similar en apariencia a los que usan los del equipo de la policía científica. Eso explicaría la absoluta ausencia de pruebas físicas en el lugar de los hechos, así como la ausencia de pruebas en el coche y en la casa. Y también demostraría una premeditación. Levanta los ojos para mirar a Barr.

—Por aquí —dice al técnico que está más cerca.

Se gira hacia Dan, que está en la entrada del garaje con su callada mujer, y le hace una señal para que se acerque.

—¿Para qué son estas cosas?

—Las compré cuando estuve aislando el desván con espuma de poliuretano hace un par de años —le explica Dan, ruborizado—. Se supone que hay que ponerse eso. Y la mascarilla. Los productos químicos son peligrosos.

Un miembro del equipo de la policía científica toma fotografías del paquete de trajes desechables y del de calzas que está debajo y, a continuación, los recoge con cuidado. Reyes se queda mirando a Dan, que se encoge bajo sus ojos atentos.

Reyes sabe que necesitan alguna prueba física que relacione al asesino con el escenario del crimen. El hecho de que hayan encontrado un paquete abierto de trajes desechables en el garaje de Dan Merton podría no ser suficiente. Necesitan algo más. Tienen que encontrar la ropa que se quitó o, a ser posible, el mono desechable.

Pero hasta ahora no han encontrado rastro de ello.

32

Irena llega angustiada a casa de Catherine esa misma tarde, después de que la llamaran para que acudiese. Mientras saluda a todos intenta adivinar qué pasa. Catherine parece estar tensa, igual que Ted. Dan está agitado y no para de decir disparates. Jenna lo observa todo con recelo. La propia Irena empieza a perder los estribos.

Mira a Dan con más atención. Hay sudor en su frente. Lisa parece enferma, con la mirada fija en su marido para, después, apartarla. Irena se acuerda de cuando eran niños, de cuando Dan, Jenna y Catherine reñían y lloraban y ella intentaba solucionarlo todo. Esto no lo puede solucionar.

—¡Van a arrestarme! —exclama Dan— ¡Y yo no he sido! —Les cuenta lo del registro y que incluso han desenterrado a su perro muerto. Por último, les habla del hallazgo de los monos desechables en su garaje.

En ese momento, la habitación se queda en completo silencio.

—Creen que me puse un mono desechable y que por eso no encuentran ninguna prueba en el escenario del crimen ni en ningún otro sitio. Yo les he dicho que los compré para aislar el desván con espuma, pero ya han tomado la decisión. Creen que soy el culpable... ¡Y yo no he sido!

Sus palabras son recibidas con una silenciosa conmoción.

—Da igual lo que ellos piensen, Dan —dice Catherine después—. Necesitan pruebas y no parece que tengan ninguna. El hecho de que tuvieras un paquete de trajes desechables en tu garaje no importa. Les has explicado por qué los tenías.

—Pero saben que salí esa noche —contesta Dan, nervioso. Mira a su mujer—. Lisa ha intentado encubrirme, pero tienen testigos que me vieron salir. Solo fui a dar una vuelta con el coche. Lo hago siempre. ¡No fui hasta allí para matarlos!

Irena contiene las náuseas.

—Eso no es suficiente —insiste Catherine tras una pausa—. Saben que yo también salí esa noche.

Irena, sorprendida, se gira para mirarla.

—¿Qué? —pregunta Dan.

—Yo también salí esa noche —repite Catherine—. Está grabado. El vecino de enfrente tiene una cámara en el porche.

—¿Has mentido a la policía? —pregunta Dan, incrédulo.

—Sí, les he mentido, igual que tú —responde Catherine con brusquedad.

—¿Por qué?

Irena ve que Catherine vacila y mira tímidamente a su marido y a Jenna. Traga saliva antes de responder.

—Fui a casa de mamá y papá esa noche, sobre las once y media. Y... ya estaban muertos.

Hay otro momento de absoluto silencio que solo interrumpe el tictac del reloj.

—¿Tú los viste? —exclama por fin Irena, completamente pasmada—. ¿Y no dijiste nada? ¿Dejaste que yo me los encontrara?

Catherine intenta explicarse, pero la voz le tiembla.

—Lo siento, Irena. Mentí en lo de que fui allí porque no quería que sospecharan de mí.

—No van a pensar que lo hiciste tú —protesta Dan—. Eras la favorita. ¿Por qué ibas a matarlos?

—Esa noche, papá dijo que iba a vender la casa, ¿recuerdas? —interviene Jenna.

Dan se gira hacia ella.

—¿Y qué? Eso no es como para matarlos. —Vuelve a mirar a Catherine—. Nunca van a sospechar de ti, Catherine. —Hace una pausa—. No es propio de ti. ¿Por qué no llamaste a emergencias?

Irena ya sabe la respuesta, pero ve ahora cómo la expresión de Dan cambia al caer también en la cuenta.

—Ah, ya entiendo —dice despacio—. Creías que lo había hecho yo. —Mira espantado a su hermana mayor.

Irena ve el impacto en el rostro de Lisa y las expresiones de culpabilidad de Catherine, Ted y Jenna y lo entiende todo. «Pobre Dan», piensa Irena. Cierra un momento los ojos y los vuelve a abrir.

—No sabía qué pensar —responde Catherine con cautela—. Así que no hice nada. Estaba conmocionada. Fingí que no pasaba nada.

—¡Y una mierda! —protesta Dan con dureza—. ¡Creíste que había sido yo! —Mira nervioso por toda la habitación—. ¡Todos creéis que lo he hecho yo!

Nadie habla y Dan continúa.

—Pues yo sé que no lo hice, así que quizá fue alguno de vosotros.

Irena recuerda que de niños solían echarse la culpa los unos a los otros. Las relaciones y los patrones de comportamiento se definen muy pronto; no cambian. La dinámica de la familia se sucede una y otra vez.

Dan centra su atención en su hermana mayor.

—¿Por qué deberíamos creerte, Catherine? —pregunta.

—¿Qué quieres decir? —responde ella.

—Lo que quiero decir es que quizá no estaban muertos cuando llegaste a la casa. ¡Quizá fuiste allí y los mataste!

—Eso es absurdo —contesta Catherine con desdén—. Acabas de decir que yo no tenía motivos para matarlos.

Él la mira con frialdad.

—Puede que me haya equivocado. Todos queríamos verlos muertos. Está todo ese dinero. Y tú querías la casa. Quizá te cansaste de esperar a tenerla y creíste que podías echarme a mí la culpa... y así quedaría más para ti y para Jenna. —Lanza una mirada de rabia hacia Jenna—. ¿Es eso lo que pasó?

Catherine se le queda mirando fijamente con clara estupefacción.

—Eso es absurdo, Dan. Y lo sabes.

—Si acaso, lo que estábamos intentando era protegerte, Dan —protesta Jenna—. No lanzarte a los leones.

—¿Protegerme? —grita él con resentimiento—. ¿Alguna vez me habéis protegido? Nunca habéis hecho nada ninguna de las dos.

Dan mira ahora a Irena, con el gesto retorcido por la emoción.

—Salvo tú, Irena. Al menos, tú sí intentaste protegerme y eso no lo olvidaré nunca. —Y añade con tono implacable—: Pero no debiste haber limpiado ese cuchillo.

Irena mira con expresión de cansancio a esa camada que ella ha criado.

—No estamos tratando de perjudicarte, Dan. Le he contado a la policía que hablé con mamá y me marché... Y te vamos a pagar el abogado.

Dan mira a Jenna.

—¿Y tú?

—¿Qué? —pregunta ella, sobresaltada.

—Tú también tienes mucho que ganar. ¿Cómo sabemos que no los mataste tú? Todos sabemos que tienes un carácter violento.

—Jake estuvo conmigo toda la noche —responde Jenna con frialdad.

—Seguro que sí —dice Dan con tono sarcástico—. Todos sabemos lo bien que le viene eso. Podría estar encubriéndote.

—Pues no.

—Estupendo. Entonces, no te importará que le pregunte.

—No seas gilipollas.

Irena los observa, con los nervios a flor de piel, mientras Dan pasa la mirada de Jenna a Catherine, tomándose su tiempo, como si estuviese pensando algo.

—El caso es que las dos sabíais que tenía esos trajes desechables en mi garaje. Y cualquiera de las dos podría fácilmente haber cogido uno.

En medio del cargado silencio suena el timbre de la puerta. Todos en la habitación se giran para mirar.

Audrey tiene serias dudas con respecto a lo que está a punto de hacer. Pero algo la ha empujado a dirigir su coche hacia la casa de Catherine. Y una vez que ha llegado y ha visto los coches de todos los demás en la calle, ha sabido que se habían reunido ahí. Como ha podido, ha conseguido avanzar por el camino de entrada y llamar al timbre. Ahora está ahí, esperando, con la respiración agitada.

Recuerda lo mucho que Dan la había asustado ese mismo día y piensa: «¿Qué narices estoy haciendo?». Se plantea darse la vuelta y marcharse rápidamente, pero en ese momento la puerta se abre y ya es demasiado tarde.

—¿Qué quieres? —pregunta Catherine con cierto tono hostil.

—¿Puedo pasar?

Catherine parece pensárselo y, a continuación, da un paso atrás y la deja entrar. Audrey se dirige a la sala de estar. Cruza la mirada con Dan y, rápidamente, la aparta. El ambiente está cargado de tensión. Es evidente que ha interrumpido algo, quizá una discusión familiar. «Alguien de esta habitación es el asesino...», piensa. Siente cómo el miedo le eriza el fino vello de la nuca.

—No voy a quedarme mucho tiempo —dice de forma abrupta para disimular su miedo, sin siquiera molestarse en tomar asiento—. Hablé ayer con Walter. Seguro que ya sabréis que vuestro padre no cambió su testamento en mi favor.

—Por supuesto que no lo hizo —responde Jenna con desdén.

Audrey mira a Jenna, indignada por su tono despreciativo.

—¡No le dio tiempo porque uno de vosotros le ha asesinado antes de que pudiera hacerlo! —Levanta la vista hacia los demás, que la miran con evidente animadversión y, quizá, miedo. Audrey continúa hablando sin apenas contener su furia—. ¿Os dijo vuestro padre que iba a cambiar el testamento? O quizá lo hiciera vuestra madre, a espaldas de Fred. Ella sí sabía lo que vuestro padre iba a hacer y no le gustaba.

Así que me pregunto a quién de vosotros se lo contó. —Los va mirando de uno en uno y, con cierto tono de amenaza, dice—: Sé que ha sido uno de vosotros. Y conozco todos vuestros secretitos. Puede que haya llegado el momento de que todos sepan cómo es de verdad esta familia.

Y, a continuación, se da la vuelta y se va, tan encantada como asustada por lo que acaba de hacer.

33

Una vez que Audrey se ha marchado, Dan sale de casa de su hermana y Lisa corre detrás de él. Sube al coche de su mujer y cierra la puerta con un golpe. Ella se sienta a su lado. Dan saca el coche marcha atrás por el camino de entrada con un chirrido y se aleja calle abajo.

—Despacio —grita Lisa.

Él levanta el pie del acelerador, pero sus manos aprietan el volante con rabia.

—Creen que lo he hecho yo, Lisa, mis propias hermanas —dice con tristeza. Sortea una curva a demasiada velocidad—. Y esa zorra de Audrey, que es una bocazas. —Piensa en lo que ella sabe de él, lo que podría contar. Las palabras de consuelo que espera de su mujer no acaban de llegar. La mira. Su gesto es inexpresivo.

Lisa está temblando del shock. Va sentada en el coche con una mano sobre el salpicadero mientras Dan conduce a toda velocidad. Dan le está hablando, pero ella no le escucha. Aún está tratando de asimilar lo que acaba de ocurrir. Catherine y Jenna creen que Dan ha asesinado a sus padres. Hasta ahí está todo claro. La cuestión es: ¿qué cree ella?

Ha empezado a dudar.

Al principio, no pensó que Dan tuviera nada que ver. Sabe qué ropa llevaba puesta esa noche cuando salió. No había sangre alguna en ella. Así que no le importó mentir a la policía por él.

Y, luego, la policía ha encontrado el paquete de monos desechables. Ella estaba en la puerta del garaje, con la mente funcionando a trompicones. Si Dan se hubiese puesto ese traje y las calzas no se habría manchado de sangre alguna. Podría haber llegado a casa con la ropa limpia.

Y Catherine, ¿cómo es posible que encontrara los cuerpos y no dijera nada? Es inquietante. No es para nada propio de Catherine. Desde luego, no habría hecho algo así a menos que estuviese tratando de proteger a su hermano, de darle tiempo para deshacerse de las pruebas. Ese es el problema. Cree a Catherine más que a su propio marido. La sangre se le congela. Esa noche estuvo fuera mucho tiempo.

Cree que sus hermanas quieren protegerle a pesar de que Dan no lo ve así. Si ellas pueden vivir con esa losa, quizá también pueda ella. Dan está a punto de heredar una fortuna. A menos que le declaren culpable.

Pero Catherine y Jenna no tienen que vivir con él.

Y Audrey, ¿por qué le tienen todos tanto miedo?

Ted ve cómo Dan y Lisa se alejan y cierra la puerta. Despacio, regresa a la sala de estar. Se sienta pesadamente junto a su mujer y apoya la espalda en el sofá. Está agotado por todo esto. Se siente agradecido por que su infancia fuera relativamente sencilla, al ser hijo único. La familia de Catherine es un puto despropósito.

Jenna se pone de pie.

—Me voy. Avisadme si pasa algo.

—Yo también me voy —dice Irena.

Casi parecen haberse olvidado de Irena, sentada en su rincón, piensa Ted. Se pregunta si se sentirá ahora irrelevante ante ellos.

Catherine las acompaña a la puerta.

Ted cierra los ojos. Enseguida oye cómo su mujer vuelve a la sala de estar y nota que se sienta en el sofá, a su lado.

Ted está pensando en lo que Dan ha dicho. Ha estado despotricando. Lo tiene muy crudo y lo sabe. Catherine y Jenna están tratando de ayudarle. Ted ha decidido mantenerse al margen. Que pase lo que tenga que pasar.

Pero no para de darle vueltas a lo que ha dicho Dan. Acusando a Catherine, acusando a Jenna. Porque lo cierto es que Catherine estuvo allí esa noche. Y Ted no termina de entender cómo Catherine pudo volver a casa y fingir que no ocurría nada. Ya no está seguro de conocerla del todo.

—¿Por qué ha dicho eso de los trajes desechables? —pregunta Ted a la vez que gira la cabeza para mirarla.

—¿El qué?

—Que tú sabías dónde estaban. ¿Por qué ibas a saberlo?

Ella menea la cabeza con gesto desdeñoso.

—Jenna y yo fuimos allí un día a comer cuando él estaba trabajando en el desván, eso es todo. Nos reímos de la pinta que tenía con ese traje protector. Creo que ese día tú estabas jugando al golf.

Ted aparta la mirada.

—¿Y qué es eso que decía Audrey?

Catherine suelta un resoplido.

—No le hagas caso. Solo está enfadada por no haber conseguido el dinero. Es inofensiva.

Pero Ted está seguro de que su mujer está preocupada. Y eso hace que él también lo esté.

Jenna conduce hacia su casa, en dirección norte desde el acomodado barrio residencial de su hermana. Enseguida llega a las afueras de la ciudad y, después, a los caminos de tierra del campo. Mientras conduce piensa en lo mucho que odia a su tía Audrey. Siempre le ha parecido que era la que menos le gustaba. No sabe bien por qué. Lo normal sería que su lista de favoritos se ajustara a la de sus padres: Catherine en primer lugar, luego Jenna y, después, Dan. Pero parece que Audrey tiene sus propias preferencias y coloca a Jenna en el último puesto. Y no es que Jenna le haya hecho nunca nada.

Es evidente que Audrey los está amenazando a todos. Jamás se habría atrevido a hacerlo cuando su padre vivía. Pero está claro que tiene una actitud vengativa y temeraria. Cree que le han robado una fortuna y que es culpa de ellos.

Audrey está al tanto de los secretos de la familia o, al menos, de la mayoría. Sabe cosas de ellos, cosas que podrían predisponer a la policía y a la opinión pública y ponerlos en su contra. Audrey sabe, por ejemplo, lo de la antigua vena violenta de Jenna.

Cuando tenía seis años y se enfadó con Dan por haberse burlado de ella, Jenna le empujó desde lo alto del tobogán del patio. Dan cayó hacia atrás con un grito y se dio un golpe fuerte contra el suelo. Podría haber sido mucho peor. Solo se rompió el brazo, en lugar del cuello. Catherine vio cómo pasó y fue llorando a avisar a sus padres.

«¿Qué clase de niña empuja a otro desde lo alto del tobogán?», preguntó Audrey con voz entrecortada, horrorizada, dándole más importancia de la que debía. Por desgracia, dio la casualidad de que estaba allí ese día. Luego se quedó con su padre mientras su madre llevaba a Dan al hospital para que le escayolaran el brazo. Jenna estaba sentada debajo de la mesa de la cocina jugando con sus Barbies y oyó cómo Audrey y su padre hablaban de ella. «Más vale que controles ese temperamento, jovencita», le había dicho Audrey al marcharse. Jenna le tuvo antipatía desde entonces.

Después de aquello, le había dado un golpe en la cabeza a Catherine y Audrey lo supo también porque su padre le contaba a su hermana todo lo de los niños, cuanto peor mejor. Una vez que estaban discutiendo, Jenna había cogido un bate de plástico y había golpeado con él a Catherine, que se cayó de cabeza contra el suelo. Tuvieron que llevar corriendo a Catherine al hospital. Sus padres le contaron a la gente que Catherine se había caído jugando.

Jenna recibió un buen castigo por aquello.

Esa noche, Audrey ve en su casa las noticias de las once en pijama mientras da sorbos a una infusión de manzanilla. No hay novedades sobre el caso Merton. Está sentada en la cama, bufándole a la televisión y pensando con tristeza en su herencia perdida, esa que tanto había esperado poder disfrutar. Se había imaginado una casa de su propiedad en Brecken Hill, ropa elegante y viajes a Europa y las Bahamas. Hay unas breves imágenes del registro de la casa de Dan ese mismo día, pero no tiene ni idea de si han encontrado algo incriminatorio. No dicen nada. Recuerda lo mucho que se asustó cuando Dan se acercó a la ventanilla de su coche y la rabia con la que dio el puñetazo sobre el capó.

Ahora que ha tenido tiempo para pensarlo, le cuesta creer que se presentara después en la reunión de la familia en casa de Catherine. ¿De dónde había sacado el valor?

Decide hacer una visita a la policía por la mañana.

34

Es viernes por la mañana y Reyes y Barr están revisando el caso. El escenario del crimen ha resultado una decepción por las pocas pruebas y pistas. No han encontrado pruebas físicas que dejara el asesino. Reyes está empezando a creer que se enfrentan a alguien bastante listo, capaz de planear un doble asesinato y quizá salir impune. Pero no si él lo impide.

Saben que posiblemente hubo otro vehículo en las inmediaciones esa noche, el que la vecina, la señora Sachs, asegura haber visto. Una camioneta que no podía confundirse con el coche de Catherine, el de Dan ni el de Jenna. Ni tampoco el de Irena. Quienquiera que lo conducía pudo haber visto algo. Es posible que la persona que iba en esa camioneta matara a los Merton. Pero su instinto le dice otra cosa. A menos que uno de los vástagos de los Merton, como mínimo, contratara a alguien para que matara a los padres. Posiblemente a la persona de la camioneta. Pero ni las órdenes de búsqueda de la policía, ni la descripción a los medios de comunicación ni las indagaciones en establecimientos que hacen ese tipo de pintura personalizada han dado ningún resultado.

La sargento de la recepción llama suavemente a la puerta abierta de Reyes.

—Señor.

—Sí, ¿qué pasa?

—Ha venido alguien que quiere hablarle del caso Merton. Audrey Stancik, creo.

Reyes mira a Barr.

—La hermana de Fred Merton. —Todavía no la han llamado para hablar con ella, pero está en su lista. Se levanta de su mesa—. Veamos a qué ha venido.

Entran en la sala de espera y Reyes ve a una mujer rechoncha de pelo rubio y media melena que se levanta de una de las sillas. Va bien arreglada, maquillada con un lápiz de labios coral brillante y vestida con traje pantalón de color beis, una blusa de estampado llamativo y unos zapatos de tacón bajo. Calcula que tendrá unos sesenta años. Recuerda que Fred tenía sesenta y dos.

Conducen a Audrey a una sala de interrogatorios. Barr le ofrece un café que ella acepta encantada.

—Con leche y dos de azúcar —dice.

—¿Qué la trae por aquí? —pregunta por fin Reyes.

—Sé que han interrogado a toda la familia —contesta ella con mirada astuta—. Menos a mí. —Da un sorbo a su café y lo deja en la mesa.

Reyes se pregunta si no será más que una entrometida que se siente excluida, pero lo que dice a continuación hace que aguce el oído.

—Yo sé mucho sobre esa familia. Y, al contrario que los demás, estoy dispuesta a contárselo.

Jenna toma el tren a Nueva York el viernes por la mañana y queda a tomar un café con Jake en un sitio que a los dos les gusta, la cafetería Rocket Fuel. Es un lugar frecuentado por artistas, barato y mugriento, con mesas llenas de marcas y sillas desparejadas, y el café es fuerte. Ella llega primero y mira por la ventana, esperando a que cruce la puerta. No le conoce desde hace mucho. No sabe mucho de él. Espera no haber cometido un error.

Le ve entrar en la cafetería, alto y delgado, y recuerda lo atraída que se siente por él. Casi se había olvidado. Le sonríe mientras él se acerca. Jenna se levanta para darle un largo beso, atrayendo las miradas de otros clientes.

—Hola —dice Jake, con su voz grave y sensual—. Te he echado de menos.

—Yo también te he echado de menos —contesta ella a la vez que se da cuenta de que es verdad. Le encanta el olor a pintura y aguarrás que desprende, mezclado con el olor a sudor.

Después de que Jake pida su café se sientan acurrucados en la pequeña mesa que ella estaba ocupando.

—Me alegro mucho de verte —dice él acariciándole el pelo—. ¿Qué tal estás? ¿Bien?

Ella asiente.

—Creo que sí. Pero Jake... —Le mira fijamente a los ojos y baja la voz—. Catherine y yo pensamos que lo hizo Dan. —Él le devuelve la mirada con gesto serio. Jenna se da cuenta de que no está sorprendido. En ese momento es consciente de que todo el mundo va a ver a Dan como el claro sospechoso.

Se inclina hacia él para susurrarle:

—Está claro que la policía cree que lo ha hecho él. Les contó que esa noche se quedó en casa todo el tiempo y Lisa lo confirmó, pero la policía tiene testigos. Salió con su coche y estuvo fuera varias horas. —Y añade—: Ya tiene un abogado.

—¿Van a detenerle?

—No lo sé. Espero que no. Catherine dice que no tienen pruebas. No han encontrado nada en su casa. —Hace una pausa—. Excepto...

—¿Excepto qué?

Ella le cuenta lo de los trajes desechables del garaje y le hace jurar que guardará el secreto.

—Yo vi cómo le pedía dinero a tu padre esa noche y que él se negó —dice Jake, vacilante—. Eso no se lo conté a la policía.

Jenna mira las marcas de la mesa que tiene delante.

—No sé qué hacer.

—No puedes hacer nada —la tranquiliza Jake—. Solo esperar. Pasará lo que tenga que pasar. —Extiende la mano para coger la de ella—. Y yo estoy aquí para lo que necesites. Lo sabes, ¿no?

Ella se acerca y le besa con ternura en la boca, agradecida. Después, se aparta.

—¿Quieres que vaya mañana? ¿Para el funeral? —pregunta él.

—Si no te importa —contesta. Hace una mueca—. Joder, va a ser muy desagradable. La policía estará allí, viéndolo todo.

Si Dan intenta hablar con Jake en el funeral, ella estará allí, piensa, a su lado, para evitarlo.

—Quizá deberíamos volver a tu casa para ver qué vas a llevar puesto mañana —propone ella cuando terminan los cafés.

—Eso no es más que una excusa para meterme en la cama, ¿no?

Ella sonríe.

35

Continúe —le indica Reyes a Audrey, interesado en oír lo que ella tenga que decir.

—Esa familia tenía problemas —empieza Audrey—. Sheila no era una buena mujer para mi hermano. Era débil y frívola. No sacaba lo mejor de él. Fred odiaba la debilidad, le ponía furioso.

—Entonces, ¿por qué se casó con una mujer débil? —interviene Barr.

Audrey la mira.

—No lo sé —admite. Suspira antes de continuar—: Puede que le resultara más fácil que casarse con una mujer fuerte. —Hace una pequeña pausa—. Sheila... era una mujer egocéntrica que no mostraba mucho interés por sus hijos. Era una familia problemática. Ellos no les van a contar nada, pero yo lo sé. Quieren que la gente crea que todo era perfecto. Pero esos chicos odiaban a Fred.

—¿Por qué? —pregunta Reyes.

—Porque él era terrible con ellos. Fred podía ser cruel, especialmente con Dan. —Da un sorbo al café y, después, continúa—: Fred tenía tanto dinero que no sabía qué hacer con él y no escatimó en sus hijos, sobre todo durante los primeros años.

»Esos niños se han criado acostumbrados a tener cosas maravillosas —explica Audrey—. Pero, luego, Fred empezó a quitarles algunas. Sus hijos le habían decepcionado, ¿sabe? Tenía muchas esperanzas puestas en ellos cuando eran pequeños. Estaba especialmente descontento con Dan. Las dos chicas tenían más recursos de los que Dan tuvo nunca, no sé si me entiende. En cualquier caso, Fred era un empresario magnífico y Dan simplemente no lo había heredado. Dan quería agradar a su padre, pero nada era suficiente. Y Fred le menospreciaba a todas horas y acabó con su autoestima. Era como si hubiese decidido que Dan no iba a estar nunca a su altura y no pudiera evitar descargar sobre él su rabia e insatisfacción en cada ocasión que se le presentaba. Vendió la empresa para que Dan no se la quedara. Estoy segura de que probablemente fue la decisión más apropiada para la empresa, pero también sé que lo hizo con maldad. Quería hacer daño a Dan, por haberle defraudado. —Se detiene y toma aire—. Podía ser así de cruel.

—Entonces, ¿cree que Dan los ha matado? —pregunta Reyes.

—No lo sé —responde—. Pero sí estoy segura de que lo ha hecho uno de ellos.

—¿Por qué está tan segura?

—Fred se estaba muriendo. Tenía cáncer de páncreas y sabía que no le quedaba mucho tiempo. Se negó a tomar ningún tratamiento, salvo los analgésicos. En fin, él pensaba que había sido demasiado generoso con sus hijos y que quizá eso los había echado a perder. —Les habla de que Fred iba a cambiar el testamento y de su convicción de que al menos uno de los chicos lo sabía; que posiblemente Fred, o quizá Sheila, se lo había contado y que lo habían pagado con la muerte antes de que él pudiera llevar a cabo sus intenciones.

Lo cual deja claro lo improbable de que Audrey los matara, piensa Reyes. De todos modos, iba a recibir el dinero pronto.

—Si quieren que les dé mi opinión, uno de ellos es un psicópata y no ha tenido problema en matar a sus padres —concluye Audrey—. Ustedes solo tendrán que averiguar cuál de ellos. —Apoya la espalda en la silla antes de continuar—: Dejen que les cuente algunas cosas sobre esos chicos.

Hacia la hora del almuerzo, Lisa sale de casa mientras Dan está arreglando algo en el garaje. Ha cogido el coche. Le ha dicho que va a ir a hacer unos recados, aunque tiene en mente otro destino. Él está furioso con sus hermanas. Está convencido de que le han traicionado, simplemente por pensar lo peor de él. A ella tampoco le ha gustado y entiende que se sienta dolido y traicionado. Y asustado. Pero también cree que sus hermanas quieren protegerlo. Cuando se lo ha dicho, él le ha contestado: «Tú no las conoces como yo», y se ha negado a seguir hablando del tema.

Lisa no quiere que se note ningún conflicto entre Dan y sus hermanas mañana en el funeral. Tiene que buscar el modo de convencerlo. Deben hacer un frente común; no puede tolerar que parezca que se ha distanciado de sus hermanas. Y está demasiado nervioso, estalla cuando menos te lo esperas.

Por otro lado, Lisa no está del todo segura de que se hayan equivocado con respecto a él. Necesita apoyo. Necesita consuelo. Porque nunca ha estado más asustada en su vida.

Recorre el corto trayecto hasta la casa de Catherine mientras piensa qué le va a decir. Desde que se casó con Dan, ella y Catherine están bastante unidas. Lisa le ha contado en confianza más información sobre su situación financiera de la que Dan estaría dispuesto a aceptar.

Mete el coche en el camino de entrada y ve que las cortinas de la sala de estar están corridas. Cuesta creer que solo hayan pasado tres días desde que encontraron a Sheila y Fred. Es como si hubiese pasado mucho más tiempo. Todo su mundo se ha vuelto del revés.

Catherine la deja pasar. Nada más cerrar la puerta tras ella, Lisa rompe a llorar de forma descontrolada. Catherine la abraza y Lisa deja que salga todo.

Por fin, toman asiento en la sala de estar y, cuando Lisa siente que no le quedan más lágrimas, se disculpa. Ted ha entrado en la habitación, pero tiene la prudencia de volver a salir y retirarse a la planta de arriba.

—No lo llevo muy bien —dice Lisa con tristeza.

—Lo estás llevando todo lo bien que podría alguien —le responde Catherine.

Lisa la mira y nota la tensión en el rostro y el cuerpo de Catherine. Se arma de valor para formular la pregunta que ha venido a hacerle.

—Tú le conoces. ¿De verdad crees que Dan podría haberlo hecho?

Catherine desvía la mirada un momento y, a continuación, vuelve a dirigirla hacia ella con expresión de cansancio.

—No sé qué pensar.

—Yo tampoco —confiesa Lisa con un susurro—. Desde que han encontrado esos trajes desechables.

Tras acabar en la comisaría, Audrey conduce hasta la casa de Ellen y aparca en el camino de entrada. Necesita hablar con alguien y no hay nadie más con quien pueda tratar este tema aparte de ella.

—Audrey —dice Ellen cuando abre la puerta tras haber visto el coche desde la ventana—. ¿Quieres un café?

—Claro —contesta Audrey siguiéndola hasta la cocina.

—¿Qué novedades hay? —pregunta Ellen mientras se ocupa de la cafetera.

Audrey se acomoda en la mesa de la cocina mientras calibra cuánto debe contarle a Ellen sobre dónde ha estado.

—Acabo de estar en la comisaría.

Ellen se gira y se queda mirándola.

—¿Por qué? ¿Qué ha pasado?

—Les he contado la verdad.

—¿Qué verdad? —pregunta Ellen, olvidándose de inmediato del café.

Audrey traga saliva.

—Les he dicho que creo que lo ha hecho uno de los chicos. Que probablemente Fred o Sheila le contó a alguno de ellos que Fred iba a cambiar su testamento a mi favor.

—Ay, Audrey —responde Ellen, despacio—. ¿Estás segura de que ha sido una buena idea?

—No lo sé —confiesa—. Puede que no.

—¿Estás completamente segura de que Fred iba a cambiar el testamento? —pregunta Ellen.

—Sí —contesta Audrey con firmeza. Se da cuenta de que Ellen no la cree del todo. ¿Qué narices sabrá ella?—. Estoy segura. Me lo prometió. Quería castigar a sus hijos. Y creo que me quería recompensar por mi silencio de todos estos años.

—¿Silencio sobre qué? —pregunta Ellen con curiosidad.

—Nada que tengas que saber —se apresura a responder Audrey.

El viernes por la noche, después del trabajo, Rose está tumbada en su cama, aún con la falda y la blusa puestas, demasiado agotada como para pensar en prepararse algo de comer. En lugar de ello, con los ojos cerrados, le da vueltas a su situación y sus pensamientos vuelven una y otra vez al mismo punto. Los nervios están acabando con ella. Ahora se arrepiente de lo que ha hecho. Ha sido un error. ¿Por qué lo ha hecho? Pero sabe la razón. Por codicia, porque es impaciente y ha tomado un atajo. Si pudiera volver en el tiempo y deshacerlo todo, lo haría.

Al cabo de un rato, se levanta de la cama y busca en su armario. Tiene que encontrar qué ponerse para el funeral de mañana. Decide que el traje negro tendrá que valer.

36

El sábado amanece soleado y apacible. Un bonito día para un funeral, piensa Reyes mientras se endereza la corbata. Barr y él van a asistir, y también algunos agentes de paisano que se van a mezclar entre los dolientes para vigilar a la familia y sus allegados. Para vigilar a todo el mundo.

Reyes se dirige con el coche hasta la iglesia de St. Brigid en Brecken Hill, donde va la gente rica. Es bastante majestuosa y nunca ha estado en su interior. Deja el coche en el aparcamiento y se encamina a la iglesia, tomándose su tiempo mientras mira a su alrededor. Ha llegado pronto, pero un flujo continuo de gente está entrando en el aparcamiento dentro de sus coches caros. Se queda fuera para observar a los asistentes que pasan junto a la puerta para presentar sus respetos. Forman pequeños grupos de mujeres de mediana edad con vestidos y sombreros y hombres con trajes oscuros que se juntan y mezclan con personas a las que conocen hablando en voz baja. Por petición expresa de la familia, no se ha velado a los cadáveres en la funeraria. Solo el funeral y una misa privada para la familia. Reyes sabe por experiencia que siempre hay un velatorio y una capilla ardiente. Se celebrará una recepción en el club de golf después del funeral.

Ve llegar a Barr. Está tan distinta con su sencillo vestido negro y sus zapatos de tacón que, por un momento, no la había reconocido.

El funeral está programado para las dos. Aún no ha llegado nadie de la familia. En ese momento, Reyes ve a Audrey acompañada de una mujer de treinta y tantos años. Se parecen. Debe de ser su hija. Se pregunta si la sobrina de Fred le odiaba también. No parece especialmente contenta y Reyes apostaría a que no es porque esté triste por la muerte de sus tíos, con los que, según ha oído, tenía poco contacto.

Los miembros de la familia llegan juntos, en dos limusinas negras que se detienen en la puerta de la iglesia. Catherine, Ted e Irena bajan de la primera seguidos por Dan, Lisa, Jenna y Jake Brenner, que bajan de la segunda. Reyes los observa a cada uno con atención. Dan Merton parece pálido y nervioso, tirándose constantemente del cuello de la camisa; su mujer, Lisa, está tensa y parece intimidada por lo que viene a continuación. Catherine está especialmente elegante con un vestido negro a medida, con la espalda recta, serena y porte solemne. Parece estar a la altura de la ocasión mientras que Dan y su mujer parecen ligeramente abrumados. Ted se muestra fuerte y firme junto a Catherine, preparado para lo que viene ahora. Jenna ha hecho una pequeña concesión a la situación y va vestida con una falda negra y una blusa sobria, con un aspecto relativamente convencional, salvo por lo llamativo de su cabello púrpura.

La familia avanza por el camino de entrada y sube los escalones de la puerta de la iglesia, con la mirada baja, sin detenerse a hablar con nadie. En la puerta, el sacerdote los saluda y los invita a pasar. Despacio, el resto de los asistentes va accediendo al interior de la iglesia.

Barr se reúne con él tras subir los escalones.

—Estás muy guapa —dice Reyes.

—Gracias.

—Tú ve por el lado izquierdo. Yo iré por el derecho. —Mientras ella se aleja, Reyes localiza a los agentes vestidos de paisano que se van mezclando entre los dolientes, y establece contacto visual con cada uno de ellos. No esperan que pase nada, pero siempre viene bien contar con unos cuantos pares de ojos más. Hay otro agente en el aparcamiento y otro en la calle para vigilar los demás estacionamientos. Ambos buscan específicamente una camioneta oscura con llamas pintadas en los laterales. Él tiene el teléfono en vibración por si ven algo. Pero no cree que vaya a aparecer la camioneta. El conductor ya debe de saber que le están buscando.

Una música de órgano invade la iglesia y Reyes toma asiento cerca de la parte delantera, en el lado derecho, en el extremo del banco que queda al lado del pasillo lateral. Calcula que habrá unas trescientas personas en la iglesia cuando están a punto de empezar. Se pregunta cuántos de ellos conocían de verdad a los Merton y cuántos han asistido simplemente porque los han asesinado.

Hay dos ataúdes iguales de resplandeciente caoba presidiendo la iglesia. Alrededor de los ataúdes hay gran cantidad de arreglos florales con rosas y lirios; su olor llega hasta donde Reyes está sentado, recordándole a otros funerales a los que ha asistido. Pero este no es personal, sino por trabajo. Mantiene la mirada fija en la familia, que está en la primera fila, cuando empieza el oficio.

Catherine se da cuenta de que tiene todo el cuerpo en tensión cuando el funeral está a punto de terminar y se obliga a relajarse físicamente. Se siente satisfecha por la cantidad de personas que han asistido. Las flores son preciosas. Jenna ha sabido elegir bien, piensa. Está contenta con los ataúdes que ha escogido. El funeral está siendo respetuoso y de buen gusto. Han hecho un buen trabajo. No resulta fácil organizar un funeral tan grande e impresionante en tan poco tiempo y en circunstancias tan difíciles y extenuantes. Ahora, lo único que tienen que hacer es aguantar todo esto y la recepción de después. Esta noche habrá acabado todo y podrá derrumbarse.

Por la mañana han tenido un comienzo complicado, pero Lisa ha conseguido que Dan vuelva a hablarse con ella y con Jenna y le ha convencido de que daría mala imagen que él y sus hermanas parecieran distanciados. Lisa le ha persuadido también de que tenían que presentarse como un frente común, una familia que está de luto, unida.

Catherine ha visto a los dos inspectores entre la multitud. Están en algún sitio detrás de ella. Prácticamente puede sentir sus ojos sobre la nuca. Ella está sentada en el extremo del primer banco, junto al pasillo central. A su lado, está Ted. Al lado de Ted está Jenna y, después, Jake. Le ha sorprendido ver que tiene un traje decente. Quizá lo haya alquilado. A continuación, están Dan, Lisa e Irena. Sabe que Audrey está sentada con su hija —que ha venido para el funeral— al final del mismo banco, y eso le fastidia. Se pregunta si Audrey habrá hablado con la policía. Catherine ha hecho su lectura y el sacerdote está llegando al final. Ha habido cánticos, un precioso «Ave María». La misa está a punto de terminar cuando nota cierto movimiento a su derecha. Desvía la mirada rápidamente. No. No puede ser. Dan se está poniendo de pie cuando el sacerdote sigue hablando. Lisa coloca la mano sobre el brazo de Dan y tira de él, con la cara levantada hacia su marido con gesto de consternación y, a continuación, le susurra algo. Catherine cree que le está diciendo que se siente. Dan está ahora sonrojado, con ese gesto de terquedad en su rostro que reconoce de cuando eran niños. Está harto de tanta hipocresía. Quiere marcharse, piensa Catherine. Después, cuando pasa a trompicones por delante de las rodillas de su mujer, de Irena, de Audrey y de su hija y llega al final de la fila, se gira hacia el frente de la iglesia y Catherine se da cuenta, horrorizada, de que se dispone a hablar. Cruza una mirada con Lisa, las dos con expresión de pánico. Lisa le suplica en silencio que haga algo, que evite la catástrofe. Pero ¿qué puede hacer? ¿Debería tratar de detenerle? Catherine dirige su atención hacia el frente de la iglesia y ve en un estado de espantosa indecisión que Dan se acerca al atril. Puede oír los sonidos de movimiento en la iglesia cuando los asistentes, medio adormilados por el funeral, despiertan sobresaltados de su aburrimiento al ver a Dan junto al altar de la iglesia. Siente la mano de Ted apretando la suya para calmarla.

Catherine traga saliva y contiene el deseo de intervenir. Quizá no pase nada. Y, en ese momento, el sacerdote termina y se aleja y Dan comienza a hablar.

—Yo no iba a hablar en el funeral de mis padres. —Traga saliva. El rubor de su cara es ahora más intenso y se tira nervioso del cuello de la camisa—. No se me da muy bien hablar en público, así que esto me resulta difícil. —Hace una pausa, mira hacia la gente y parece perder la compostura. Catherine reza por que pierda el coraje y termine balbuceando algo corto e inofensivo como «gracias por venir» y se retire a su asiento. Pero en ese momento parece recuperar el valor—. No iba a hablar porque, como muchos de ustedes sabrán, mi padre y yo no nos llevábamos bien. Sin embargo, hay algunas cosas que quiero decir.

37

Catherine escucha con el cuerpo rígido. La voz de Dan suena temblorosa por los nervios, pero parece decidido a seguir adelante.

—Muchos de ustedes saben que mi padre era un hombre bueno, un hombre decente. Fue un empresario de éxito... y estaba muy orgulloso de ello. —Mira hacia los asistentes, evitando los rostros de la familia, que está en primera fila—. Pero en casa era diferente. Nosotros veíamos otro lado de él que ustedes nunca vieron. Era un hombre difícil. No resultaba fácil vivir con él. Exigente, difícil de agradar. —Hace una pausa.

Catherine nota que la gente se revuelve incómoda en sus asientos, pero permanece inmóvil, mirando a su hermano pequeño, temerosa de lo que vaya a pasar a continuación.

—Yo sufrí un acoso despiadado. No en el colegio, sino por mi propio padre. Era cruel y vengativo. Fue especialmente duro conmigo por ser su único hijo varón y probablemente porque fui el que más le decepcionó. Fui la mayor decepción de su vida. Eso me decía a menudo. —Se detiene como para recuperar la compostura—. Nos enseñaron a guardar silencio con respecto a estas cosas. —Entonces, parece cambiar de tono y de discurso, como si se saliera del guion. Las palabras le salen más rápido—. Era violento. Eso lo sé ahora. Cuando era niño, simplemente creía que me lo merecía, pero ahora sé que nadie merece que le traten así. Debió de sufrir al final. Ha sido una muerte espantosa. Probablemente van a oír cosas sobre mí, pero quiero que sepan todos que yo no he sido. A pesar de todas las cosas horribles que me hizo, yo no lo he matado. Y jamás habría matado a mi madre. Espero que no sufriera demasiado. Ojalá haya tenido una muerte rápida. —Está divagando.

Catherine está espantada. Ha pasado del sonrojo a la palidez. Se da cuenta de que Dan está perdiendo el control. Se aferra al atril como si se fuera a caer en caso de soltarse. Ve un brillo de sudor en su cara. Tiene que acabar con esto. Se pone de pie y recorre por el pasillo central la corta distancia hasta el atril. Él ha dejado de hablar y ve cómo su hermana se acerca con cautela, a la vez que el silencio invade la iglesia. Ella le agarra suavemente del brazo. Él trata de soltarse pero, de repente, se rinde, como si hubiese olvidado qué más quería decir, y vuelve con ella al banco, donde todos se mueven para que Dan se siente con su hermana. Cuando Catherine toma asiento, oye un leve zumbido de susurros. La gente va a hablar de esto. Saldrá en las noticias. Está furiosa con Dan, pero se esfuerza por que no se le note. Intenta por un momento cruzar la mirada con la de Lisa, pero su cuñada tiene los ojos clavados en el suelo.

Reyes piensa en lo que acaba de ver. Se pregunta si Dan Merton será un joven perturbado. Reyes se gira para buscar a Barr detrás de él, a la izquierda. Ella le mira con gesto de sorpresa. El funeral ha terminado. Reyes consulta su teléfono al ponerse de pie. No ha habido nada. Si hubiesen visto la camioneta le habrían llamado. Se traga su decepción.

Rose Cutter se levanta de su asiento al fondo de la iglesia y piensa en escabullirse discretamente sin tener que guardar la cola para hablar con la familia. Catherine estará esperando verla. Pero hay demasiada gente; va a tardar mucho rato. No tiene ganas de hablar con la familia. Solo quiere irse de allí. Sale de la iglesia sin ser vista.

Irena se queda merodeando por allí, observándolo todo mientras la familia se congrega en la entrada de la iglesia para que la gente vaya a presentarle sus respetos a la salida. Se ha quedado afectada tras las palabras de Dan. Ahora está ahí, a buen recaudo entre sus dos hermanas, que le han ordenado que no diga nada aparte de «gracias por venir». Están todos preocupados por lo que vaya a pensar la gente, por lo que vaya a pensar la policía.

Irena está deseando que todo este sufrimiento termine. El funeral, la recepción posterior, la investigación. Es todo muy agotador. No ha dormido bien estos días. Siente como si tuviera vértigo, como si estuviese al borde de un precipicio, a punto de caerse. Observa a Dan.

Él se gira a la derecha y se inclina hacia Jenna y Jake.

—Jenna dice que estuviste con ella todo el tiempo la noche en que mataron a papá y a mamá. ¿Es verdad?

No ha bajado la voz. Irena puede oírle desde varios metros de distancia y la gente que está cerca le mira.

Jake parece avergonzado y dice algo que no alcanza a oír.

Dan sonríe, incómodo.

—Muy bien. Como si no fueras a mentir por ella.

Irena se da cuenta entonces con un espantoso sobresalto de que el inspector Reyes está a su lado, observando, escuchando. Se siente incómoda teniéndolo tan cerca, oyéndolo todo. Contempla con inquietud cómo va sucediendo el desastre delante de todos. Se ve incapaz de evitarlo.

Jenna mira a su hermano y le sisea algo que no puede oír. Probablemente, le está diciendo que cierre el pico.

—¿Por qué? —responde Dan con rabia—. ¿Qué has hecho tú nunca por mí?

Irena contiene el aliento. Le enfurece que el inspector esté a su lado viéndolo todo. Lisa parece estar tratando de convencer a Dan para que se vaya. Le está hablando en voz baja mientras le tira de la manga.

Pero Dan mira en dirección a Irena y ve al inspector Reyes a su lado.

—¡Inspector! —le llama haciéndole una señal para que se acerque—. Hay algo que debe saber.

Irena ve cómo toda la familia, excepto Dan, se pone en tensión al ver al policía. Las personas que están en la cola van apartándose con torpeza. Reyes da unos pasos hasta colocarse al lado de Dan.

—Quizá podríamos salir —le sugiere el inspector en voz baja.

Dan rechaza su proposición con un gesto de la mano.

—Mis hermanas tampoco tienen coartada —dice en voz alta—. Ya saben que Ted ha mentido por Catherine. Y apuesto a que Jake está encubriendo a Jenna.

Reyes mira a Jake, que desvía la mirada.

—Y tanto Catherine como Jenna sabían lo de los trajes desechables que están en mi garaje. —El tono de su voz es ahora taimado—. Cualquiera de las dos podría haber cogido uno. La mayoría de las veces ni siquiera lo cierro con llave. Entérese bien. Yo no los maté, pero puede que alguna de ellas sí lo hiciera.

Es como si todos los que aún están en el interior de la iglesia se hubiesen quedado inmóviles, cautivados por la escena. Irena ve a Audrey y su hija por el rabillo del ojo. Audrey está presenciándolo todo con avidez y una sonrisa de satisfacción en su rostro.

Irena conoce a esta familia. Van a echarse la culpa unos a otros. Así es como actúan estos chicos. Es lo que siempre han hecho. De repente, Irena toma conciencia del sonido de los reporteros tomando fotos con frenesí.

Agotado por los acontecimientos de la semana, Reyes se deja caer por la noche en su sillón preferido, pensando en el funeral que se ha celebrado ese mismo día, mientras su mujer prepara a los niños para meterlos en la cama. Debería echarle una mano, pero ella le ha mirado y le ha dicho que ponga los pies en alto, que parece exhausto.

Reyes se pregunta si será verdad que las dos hermanas conocían la existencia de los monos desechables en el garaje de Dan Merton y si tuvieron acceso a ellos, como él ha asegurado. ¿Podía ser que una de ellas hubiese cometido los asesinatos con la esperanza de que él cargara con las culpas y así conseguir una parte más grande de la herencia?

Catherine mintió al decir que no había vuelto a la casa aquella noche. ¿Los mató ella, entonces? Pudo haber cogido uno de los trajes en lugar de arriesgarse a comprar uno en algún sitio y así hacer que las sospechas cayeran sobre su hermano. Quizá solo estuviese fingiendo el papel de hermana protectora. Audrey asegura que Fred o Sheila debieron de contar al menos a uno de sus hijos lo del plan de su padre de cambiar su testamento a favor de ella. Si eso es verdad, ¿quién lo sabía? ¿El hecho de perder la mitad del patrimonio por culpa de su tía podía ser suficiente como para hacer que uno de ellos cometiera el asesinato?

Y Jenna..., en fin, a Jake no se le da muy bien lo de mentir. ¿Qué ocurrió en realidad durante esa hora en la que Jenna y Jake se quedaron en la casa con Fred y Sheila? ¿Volvieron después para cometer juntos los asesinatos? ¿O quizá lo hizo Jenna por su cuenta? Por ahora, Jake se mantiene firme en ser su coartada.

Tiene que hablar de nuevo con las dos hermanas. Y quiere hacer otro intento con la antigua niñera, que probablemente conoce a la familia mejor que nadie.

38

Catherine se despierta el domingo por la mañana, aún agotada por el largo y complicado día anterior. Coge el periódico al otro lado de la puerta de su casa y ve periodistas y furgones de televisión en la calle. Hasta ahora, por lo general, la prensa los había dejado tranquilos. Se lanzan contra ella y se apresura a cerrar la puerta de golpe. Baja la mirada hacia el periódico que tiene en sus manos.

El *Aylesford Record* vuelve a tratar en primera página los asesinatos de sus padres. Pero esta vez es diferente. Hay una fotografía que hace que se le corte la respiración, una instantánea de ese desagradable momento en la iglesia en el que Dan empezó a soltar su veneno al inspector. Catherine examina la foto. Ella tiene una expresión fría y de enfado, Dan está exaltado, Jenna pasmada. Es una fotografía de la familia muy poco favorecedora y eso le produce un escalofrío. Catherine entra despacio en la cocina y se sienta en la mesa para leer el artículo con rapidez y cada vez mayor desagrado. La distancia y el respeto ofrecido a los Merton hasta ese momento por su dinero y posición han desaparecido.

Se han acabado las contemplaciones y la prensa ahora quiere sangre.

¿QUIÉN HA MATADO A LA PAREJA DE MILLONARIOS?
LAS DESAVENENCIAS FAMILIARES EMPAÑAN EL FUNERAL

Lee el artículo por encima y, al hacerlo, le llaman la atención ciertas expresiones y frases:

> ... especulación de que era un robo que terminó con violencia [...] Quizá esté apareciendo una nueva teoría sobre el caso [...] se oyó que Dan Merton decía a la policía que deberían considerar sospechosas a sus dos hermanas, Catherine y Jenna Merton [...] una impactante exhibición de disensión en una familia que siempre se ha mostrado muy discreta y consciente de la posición que ocupa en la comunidad...

A Catherine se le cae el alma a los pies mientras continúa leyendo.

> La policía está centrando su atención en los tres hijos adultos [...] se espera que cada uno herede una parte del patrimonio de los Merton [...] Una de las fuentes, que quiere mantener su anonimato, asegura que el dinero puede no ser el único móvil de los asesinatos [...] Al parecer, había problemas en la familia, lo cual queda confirmado por lo que ocurrió en el funeral de ayer...

Catherine alza la vista cuando oye a Ted entrar en la cocina.

—No te lo vas a creer —dice Catherine con una sensación de náuseas a la vez que le pasa el periódico sobre la mesa cuando se sienta frente a ella. Catherine se levanta para poner la cafetera.

Ted lee en silencio, con gesto serio.

—Dios mío —dice.

—¿Por qué no se entera Dan de que tiene que mantener la boca cerrada, joder? —exclama Catherine con vehemencia antes de añadir—: Y todos sabemos quién es esa fuente anónima.

Lisa mantiene la mirada fija en su café, que se ha enfriado. Ha leído el inquietante artículo del *Aylesford Record.*

Nunca se ha sentido tan asustada, tan sola. Dan está trastornado. Ha cortado del todo la relación con sus hermanas por culpa de lo que hizo ayer en el funeral. Él espera que Lisa esté de su parte y no vuelva a tener nada que ver con Catherine ni Jenna. Es como si se le hubiera ido la cabeza. Anoche discutieron por ello tras el desastroso funeral y la interminable recepción en el club de golf, pero no atendía a razones. Casi parece haberse convencido de que una de sus hermanas ha asesinado a sus padres y le ha convertido en chivo expiatorio.

¿O es de eso de lo que trata de convencerla?

Resulta incomprensible. Todo. Lisa se encuentra en una posición imposible de soportar.

Reyes y Barr interrogan de nuevo a Irena Dabrowski a primera hora del domingo, mientras esperan la orden de registro de la casa de Catherine Merton. La asistenta está sentada frente a ellos en la sala de interrogatorios por segunda vez. Reyes cree que ella puede ser la clave. Cree que uno de los hijos de los Merton ha matado a sus padres. Está convencido de que la asistenta también lo piensa. Sin duda, oculta algo.

—Sabemos que está protegiendo a alguien.

—Yo no estoy protegiendo a nadie. Ignoro quién lo ha hecho. —Baja la mirada a la mesa antes de seguir hablando con cierto tono de desesperación—: Ni quiero saberlo.

Reyes se inclina hacia delante y la mira fijamente.

—Sí que lo sabe o tiene una idea bastante clara. Ha sido uno de los hijos, ¿verdad? Tenemos claro que ha sido uno de ellos... o puede que dos o todos juntos. Y usted también lo piensa. —Ella levanta la cabeza y Reyes ve que sus ojos empiezan a inundarse de lágrimas. Espera, pero lo único que ella hace es negar con la cabeza.

Abre la carpeta de la mesa, saca unas fotografías de los escenarios de los asesinatos y las distribuye por la mesa. Ella las mira y, después, aparta rápidamente los ojos.

—Así pues, ¿cuál de los hijos a los que antes cuidaba es capaz de esto? ¿Tiene idea?

Por fin, ella se pasa la lengua por el labio, como si fuese a decir algo. Reyes espera, esforzándose por que no se note su impaciencia.

—Yo no sé quién lo hizo —insiste ella. Su cuerpo se desploma rendido, como si el esfuerzo de seguir aguantando fuera demasiado para ella—. Pero creo que cualquiera de ellos podría haber sido capaz de eso.

—¿Por qué? —le insta Reyes, bajando más la voz ahora.

Ella traga saliva. Da un sorbo al vaso de agua con mano temblorosa. Se seca las lágrimas con un pañuelo.

—Porque, por mucho que los quiera, sé cómo son. Son listos, egoístas, codiciosos y han tenido a un psicópata como padre. Yo hice lo que pude, pero no me extrañaría que hubiese sido cualquiera de ellos. —Se seca otra lágrima y levanta los ojos hacia él—. Eso sí, nunca lo habrían hecho juntos. Nunca hacen nada juntos.

Audrey vuelve a leer el artículo del *Aylesford Record* y, aunque le encanta que haya conflicto entre los hijos de Fred y Sheila y que ahora quede a la vista de todos, eso no hace que disminuya su sensación de injusticia. En el artículo no dicen nada sobre que a Audrey le hayan denegado la parte del patrimonio que legítimamente le corresponde. No le había hablado de eso a Robin Fontaine. Audrey era la fuente anónima que había revelado los problemas en el seno de la familia Merton, pero en el artículo no se menciona ninguno de los jugosos detalles. Probablemente teman que los demanden, piensa. Quizá haya llegado el momento de dar un giro más de tuerca. Quizá tenga que volver a llamar a esa periodista para contarle lo que ya le ha dicho a la policía..., que Fred iba a cambiar su testamento y que uno de los hijos es un asesino. Pero es probable que eso tampoco lo publiquen. No tiene ninguna prueba.

Ellen pasa por su casa para ir a dar juntas su habitual paseo de los domingos por la mañana. Les gusta recorrer los distintos senderos que rodean Aylesford cuando hace buen tiempo. Cada domingo, van juntas en el coche hasta el principio de uno de esos senderos. Ahora llevan cada una su botella de agua y, mientras caminan, hablan.

Hay mucha tranquilidad en este camino, apenas con algún que otro corredor o ciclista que pasa por su lado. Audrey le cuenta de forma impulsiva a Ellen lo que piensa hacer.

—Eres tú la que habló con la periodista —dice Ellen.

—Sí. ¿Qué pasa? ¿Crees que no debí hacerlo?

Ellen tarda en responder. Mientras camina a su lado, Audrey analiza a su amiga. Nunca ha sido de las que crean problemas. Ha llevado una vida bastante gris. Audrey siempre ha sido la más extravagante, piensa, mientras que Ellen es más reservada, algo apocada, con su pelo castaño lleno de canas, sus pantalones sencillos y sus chaquetas de punto de tonos apagados. Como si no quisiera llamar la atención.

—No sé —contesta Ellen, por fin—. Acusar a alguien de asesinato...

—No puedo quedarme mirando sin hacer nada —insiste Audrey—. Por lo menos, debo intentar que se haga justicia con Fred.

—Quizá sería mejor que dejaras que la policía se encargue de eso —le sugiere Ellen—. No tienes ninguna certeza de que lo haya hecho alguno de ellos.

Audrey suelta un resoplido con sorna.

—¿Cómo puedes estar tan segura? —insiste Ellen.

Audrey se detiene para mirarla, como si hubiese tomado una decisión.

—Te voy a contar una cosa. Una cosa espantosa. Pero tienes que prometer que no se lo vas a decir a nadie.

39

Mientras Audrey cuenta su historia, con Ellen caminando a su lado, regresa a su pasado. Creía que nunca se lo iba a contar a nadie, pero ahora Fred está muerto y ya no tiene que seguir protegiéndole. Sabe que puede confiar en que Ellen no va a decir nada. Mientras habla, los recuerdos y emociones enterrados durante tanto tiempo la inundan. Es un alivio contárselo por fin a alguien después de haberlo mantenido oculto durante toda la vida.

Le habla de la casa en la que se criaron, una casa rural desvencijada de Vermont que había vivido momentos mejores. Aquel verano, Audrey tenía once años y Fred trece. Su padre llevaba años cayendo en picado. Había perdido un trabajo tras otro por culpa del alcohol y Audrey no sabía bien cómo llevaban sus padres la comida a la mesa. Pensaba que, a veces, llegaba un cheque por correo de parte de los padres de su madre. Pero cada noche había una nueva botella de whisky sobre la encimera de la cocina que estaba vacía por la mañana, cuando ella se levantaba para prepararse para ir al colegio. Y, como quiera que fuese, siempre aparecía otra a la noche siguiente. A menudo se preguntaba, avergonzada y triste, cuando alguno de los chicos del autobús escolar se burlaba de su ropa andrajosa, de dónde salía el dinero para el alcohol.

Había un horno de leña en la mugrienta cocina. En la sala de estar, sobre la repisa de la chimenea, había una antigua fotografía enmarcada de su bisabuelo paterno, cuyo único logro había sido que le ahorcaran por asesinato. Una estrecha escalera de madera llevaba al piso de arriba, con tres dormitorios y un baño. Audrey recuerda el sonido de la puerta del dormitorio de sus padres cerrándose de golpe. El de los sollozos de su madre desde el otro lado del pasillo.

Nunca llevaba a compañeros del colegio a su casa. A veces, la invitaban a casa de otras niñas cuando iba en el autobús escolar, pero nunca correspondió a la invitación. En cierto modo, los demás niños lo entendían. La gente sabía que su padre era un alcohólico.

Pero no era solo eso. Su padre era un alcohólico desagradable y lleno de rabia. Y, cuanto más bebía, peor se ponía. La tomaba con Fred cuando este le respondía, y ese verano estaba muy respondón. Daba bofetadas a Fred. Él nunca lloraba. Pero se puso alto y fuerte ese año y, por fin, le devolvió la bofetada a su padre, haciéndole caer contra la mesa de la cocina y, después, al suelo mientras Audrey y su madre miraban incrédulas. Nunca más volvió a pegar a Fred.

Sin embargo, sí que abofeteaba de vez en cuando a su madre. Y normalmente empleaba la violencia verbal, insultando a Audrey, diciéndole que era una gorda y una estúpida, como su madre. Fred no daba la cara por su hermana, pero ella le adoraba de todos modos. Le consideraba el verdadero cabeza de familia. En cierto modo, creía que él las sacaría de allí.

Audrey deseaba con desesperación ser normal, fingir que eran como las demás familias. Así que sacaba las botellas vacías del coche de su padre —a veces latas de cerveza, pero sobre todo botellas de whisky y vodka— y las dejaba en la basura. Limpiaba la casa. Se esforzaba. Su madre empezó enseguida a depender cada vez más de ella. Audrey se esforzaba mucho en los estudios porque lo único que sabía era que no quería terminar como sus padres. Quería salir huyendo de esa casa. A veces, sentía como si ella y Fred fueran los adultos y se tuvieran que encargar del cuidado de sus padres.

Fred era un chico brillante. Todos lo decían. Sorteó los estudios sin esfuerzo, con notas altas. Audrey pensaba que su hermano era la persona más inteligente que conocía. Destacaba en los deportes, hacía amigos con facilidad. Era guapo y todas las chicas se enamoraban de él. Audrey también hacía amistades con facilidad y era buena en los estudios, pero era regordeta y poco atractiva y no destacaba en nada en particular aparte de hacer lo que le dijeran. Fred era distinto. Tenía confianza en sí mismo. Sabía que llegaría lejos.

A veces, cuando las cosas se ponían feas en casa, se sentaban en el establo vacío y charlaban.

—Ojalá se muriera —dijo Fred un día.

Audrey sabía a quién se refería. Ella pensaba lo mismo. A veces, fantaseaba con que su padre iba borracho en el coche y se estrellaba, muriendo al instante. En esas fantasías, nadie más salía nunca herido. Quizá hasta había un dinero del seguro del que no habían tenido noticia antes. Muchas de las fantasías de la joven Audrey estaban relacionadas con la aparición de mucho dinero, pues carecían de él. Una herencia inesperada. Un premio de la lotería. Un tesoro enterrado.

—Si se muriera podríamos volver a la ciudad y vivir con la hermana de mamá —continuó Fred, como si ya lo tuviese pensado.

A Fred le gustaba su tía Mary, que le mimaba cuando era pequeño, pero a la que no había visto desde hacía años.

—Yo creía que mamá ya no se hablaba con la tía Mary —contestó Audrey.

—No tienes ni idea, ¿verdad? La tía Mary odia a papá. Por eso no viene a vernos.

—Entonces, ¿por qué no vamos a verla sin él?

La mirada que Fred le lanzó le dejó claro lo tonta que era.

—Porque no tenemos dinero. Papá se lo bebe todo —repuso.

Audrey se quedó en silencio. Quizá la tía Mary era la que enviaba el dinero. Eso le dio esperanzas.

—Tal vez mamá decida dejar a papá y entonces podremos irnos a vivir con la tía Mary.

Él la miró con frustración.

—No lo va a hacer.

—¿Por qué no?

—Porque es demasiado estúpida y demasiado cobarde. —Se quedó callado un momento, pensando—. Pero yo ya estoy harto de ese gilipollas.

Las cosas se fueron poniendo cada vez más tensas ese verano. Sin colegio, Audrey no tenía nada que hacer. Fred «se encontró» una vieja bicicleta de diez velocidades y la usaba para visitar a sus amigos, dejando a Audrey sola en casa. Su madre se las había arreglado para encontrar un trabajo de media jornada en una tienda de comestibles de la ciudad. Su padre se pasaba toda la mañana durmiendo y, después, se despertaba con resaca y malhumorado. Ella le evitaba todo lo que podía.

Pero, un día de agosto, ella volvía de dar un paseo por el campo a media tarde. Fred había salido con su bici para ir al lago con sus amigos y había dicho que no volvería hasta tarde. Su madre estaba haciendo su turno en la tienda.

Cuando pasó junto al establo, la puerta se abrió y salió Fred. Tenía el rostro encendido y el pelo y la ropa desordenados, pero sonreía como si estuviese satisfecho consigo mismo. Ella se sorprendió al verle allí y se preguntó si habría alguna chica en el pajar. Estaba a punto de darse la vuelta y fingir que no le había visto cuando él detectó su presencia. Se quedó completamente inmóvil, mirándola fijamente, y su sonrisa desapareció.

—¿Qué haces aquí? —preguntó él con aspereza.

—Nada —se apresuró ella contestar.

—¿Me has estado espiando?

—No. He estado por el campo.

Fred pareció tomar una decisión y, a continuación, miró hacia la puerta del establo por donde acababa de salir.

—Creo que nuestro problema ha quedado resuelto —dijo.

—¿A qué te refieres? —preguntó Audrey, sin comprender.

Le hizo una señal con la cabeza para que le siguiera. Ella se acercó y, a continuación, entró en el establo detrás de él a la vez que inhalaba el familiar olor a humedad del heno. Entonces, sus ojos se adaptaron a la tenue luz y dio un grito.

Su padre estaba colgado de la viga central, con una gruesa cuerda enrollada al cuello. Los ojos le sobresalían de las órbitas y tenía la lengua fuera, con el cuello doblado en un ángulo extraño. Era una visión grotesca. Estaba colgado completamente inmóvil, claramente muerto.

Audrey seguía gritando.

—Cállate ya, joder —exclamó Fred sacudiéndola.

Se quedó en silencio y miró a su hermano. Por primera vez, parecía estar poco seguro de sí mismo, como si no pudiese predecir qué haría ella. Audrey solo tenía once años, pero ató cabos. Volvió a mirar a su padre y trató de tragar saliva, pero se le había quedado la garganta seca. Había un viejo barril de aceite tirado a un lado del suelo de tierra. Parecía un suicidio, pero ella sabía que no lo era.

—Había que hacerlo —dijo él.

La conmoción la había sumido en el silencio. Jamás se había imaginado que Fred pudiera hacer algo así. Pensaba que podría convencer a su madre para que se marchara. Nunca pensó, jamás se le ocurrió, que haría algo como esto.

—Tengo que irme —dijo Fred—. Volveré luego.

—¿Qué se supone que debo hacer yo? —preguntó Audrey, entrando en pánico. No quería quedarse a solas con un cadáver en el establo.

—Ve a buscarlo a la hora de la cena. Lo puedes encontrar. Y, después, llama a la policía. No sospecharán nada. Era un completo fracasado. A nadie le va a sorprender que se haya matado.

—Pero...

—Pero ¿qué? —preguntó él con frialdad.

—¿Cómo...? —Iba a preguntarle «¿cómo has podido hacerlo?», pero no consiguió que le salieran las palabras.

Él la malinterpretó.

—Le dije que quería enseñarle una cosa del establo. En cuanto entró, me acerqué por detrás y le dejé inconsciente apretándole con la cuerda. Después, le colgué. Eso ha sido lo más difícil. Pesa más de lo que parece. Se suponía que tú no tenías que verme aquí.

—¿Me habrías contado la verdad si no te hubiese visto?

Fred inclinó la cabeza a un lado mientras la miraba.

—No. Pero, ahora que lo sabes, vas a tener que guardar silencio. —No se lo estaba pidiendo. Se lo estaba ordenando—. Lo he hecho por nosotros.

40

Ellen va en el coche hacia su casa con la mente empañada por la incredulidad. Había tenido que fingir que lo que Audrey le había contado no la afectaba tanto como lo hacía en realidad. Pero era espantoso, verdaderamente espantoso. No sabe si alguna vez podrá volver a mirar a Audrey de la misma forma. Audrey había consentido aquello. Había encubierto el asesinato de su padre. Ellen se recuerda que Audrey tenía tan solo once años, que era una niña.

Se da cuenta de que se ha quedado sentada dentro del coche en el camino de entrada, mirando hacia el frente, sin moverse. Sale del coche, entra en la casa y se quita los zapatos. A continuación, va a la cocina y se apoya en la encimera mientras trata de asimilar lo que ahora sabe.

Intenta conciliar lo que Audrey le ha contado con el Fred que ella conocía. Según Audrey, Fred era un asesino a sangre fría. ¿Por qué iba a mentirle sobre eso? No tiene nada que ganar inventándose una historia así. Y Fred siempre había mostrado cierta frialdad y egoísmo. Ellen lo había considerado un narcisista. Nunca lo había considerado una persona violenta, ni siquiera cuando se enfadaba, sino alguien implacable en la búsqueda de su propio interés. Y después de lo que Audrey le ha contado, ahora sabe que era, sin lugar a dudas, algo parecido a un psicópata.

Audrey está convencida de que esa «mácula de psicopatía», como ella lo llama, sigue presente en alguno de los hijos de Fred. ¿Es un rasgo hereditario? Lo buscará en Google. Audrey dice que sí. Le ha contado que su bisabuelo también fue un asesino.

Ellen recuerda con claridad el día que conoció a Fred Merton, porque fue el día que le cambió la vida. Recién terminados los estudios, se quedó intimidada por la forma en que él la entrevistó. Le hizo unas cuantas preguntas y, después, le dijo que le gustaba su aspecto. Ella no había sabido bien cómo tomarse aquello. ¿Estaba actuando de forma poco apropiada? En aquel momento, le pareció algo sin importancia y no le dio más vueltas. Y necesitaba el trabajo. Él se lo ofreció y ella aceptó. Durante los diez años que trabajó para él, había llegado a conocerle bien. Fred solo pensaba en sí mismo, los demás no eran más que un medio para conseguir sus propósitos. Tenía un gran encanto, incluso carisma, pero ella sabía lo que ese encanto era en realidad: algo que utilizaba para conseguir sus deseos. Así que, cuando lo intentó con ella, Ellen se resistió. Pasó años resistiéndose. Cuando por fin ella cedió, lo hizo dejando claras sus propias condiciones y buscando sus propios objetivos, aunque nunca dejó que él lo supiera. No en aquella época.

Pero lo que Audrey le ha contado la perturba. Hasta ahora no se había dado cuenta del peligro que ha corrido. Se sirve una copa de vino, aunque apenas son las doce del mediodía.

Es un cálido día de primavera y, tras su largo paseo con Ellen, Audrey va directa a la cocina y abre el frigorífico. Saca una jarra de plástico con té helado, se sirve un vaso largo y engulle hasta la mitad, pensando todavía en lo que le ha revelado a Ellen después de tantos años. Ellen parecía haberse quedado impactada. En fin, no es para menos. Ella ha llevado una vida bastante resguardada, en comparación con Audrey. Se vuelve a llenar el vaso y lo lleva a la sala de estar. Se sienta y coge el ordenador portátil de la mesita para colocárselo en el regazo.

Mientras consulta su correo electrónico y repasa las noticias por internet, empieza a sentirse un poco mareada. Se levanta, va al baño y se echa agua fría en la cara. Vuelve a su ordenador, todavía con cierto malestar. Intenta no hacerle caso, hasta que empieza a estar mal de verdad. Ahora siente dolor de cabeza y náuseas. Se pregunta si se habrá contagiado de algo. Pero en ese momento se da cuenta de su torpeza mientras trata de mover el ratón e intenta coger el vaso de té helado. Algo va muy mal. La visión se le nubla. Alarmada, coge su teléfono móvil para llamar a emergencias y, en ese momento, vomita por el lateral del sofá.

Es alrededor del mediodía del domingo cuando Catherine va a abrir la puerta y ve a las personas que se han congregado en su puerta. Los inspectores Reyes y Barr están ahí con una orden de registro y todo un equipo de policías detrás de ellos. Ted acude a su lado.

Ella quiere protestar, pero se convence a sí misma de que no tiene de qué preocuparse. Les deja pasar. ¿Qué otra cosa puede hacer? No van a encontrar nada.

Mientras hacen el registro, Ted y ella se quedan en segundo plano. Catherine se siente cada vez más incómoda al ver cómo revuelven sus enseres personales. Se sonroja cuando revisan su cajón de la ropa interior y el cesto de la ropa sucia. Con cuidado, toman fotografías de todo, incluido el contenido de su joyero. Se llevan sus aparatos electrónicos, incluso el teléfono móvil.

Empieza a ser consciente de lo que Dan debió de sentir cuando registraron su casa. Está nerviosa y furiosa, pero no hay nada que pueda hacer.

Ellen deja la copa de vino en el fregadero y sale de la cocina. El alcohol la ha tranquilizado un poco. Está a punto de subir a tumbarse cuando suena el timbre de la puerta. Se gira para ir a abrir.

Es su hija, Rose. Cada vez que la ve tiene peor aspecto y la preocupación de Ellen aumenta en cuanto la mira.

—Rose, cariño, pasa. ¿Va todo bien?

—Todo va bien —contesta Rose, claramente mintiendo. Tiene aspecto de no haber dormido. Ni de haber comido mucho últimamente. La ropa le queda más grande.

—Pues no lo parece —dice Ellen, preocupada—. Se te ve cansada. Y te estás quedando muy delgada. ¿Por qué no me cuentas qué te pasa?

—¡No me pasa nada! Es solo el trabajo, mamá. Es estresante, eso es todo. He venido para verte, nada más. No necesito que me hagas un tercer grado.

Ellen levanta las manos en un gesto de paz.

—Lo siento. ¿Tienes hambre? ¿Te preparo algo de comer? ¿Un bocadillo?

—Vale. Gracias.

Rose la sigue a la cocina, donde empieza a preparar un par de bocadillos de atún.

—Qué pena que no fueras al funeral ayer —dice su hija.

—Le había prometido a tu tía Barbara que iría a verla.

—Lo sé. Pero deberías haberlo visto. Dan..., fue bastante terrible lo que dijo. Me dio pena por Catherine.

Ellen se da la vuelta para mirar a su hija, con las espantosas cosas que le ha contado Audrey durante su paseo aún nítidas en su mente.

—Lo he leído esta mañana en el periódico.

Rose parece preocupada y le cuenta los detalles que no han aparecido en la prensa.

—Yo siempre he sabido por Catherine que las cosas no iban muy bien en esa familia, pero no tenía idea de que estuviesen tan mal.

Ellen menea la cabeza.

—¿Has hablado con Catherine? Las dos sois muy buenas amigas.

—Fui a verla —contesta Rose—. Está fatal. —Se concentra en su bocadillo.

—Deberías intentar verla más —le aconseja Ellen—. Es una de tus mejores amigas y seguro que le viene bien tu apoyo.

Catherine ve cómo rocían su casa con productos químicos, especialmente en la cocina, los lavabos del baño y el cuarto de la colada que está en el sótano, supone que buscando rastros de sangre, igual que en casa de Dan. No encuentran nada.

Registran los jardines, el de delante y el trasero, lo cual supone una humillación para Catherine. Los vecinos están mirando desde la calle y desde detrás de sus ventanas. La prensa está allí. Ella se esconde dentro.

Tardan varias horas pero, por fin, terminan. Los inspectores y su equipo se han llevado el coche de Catherine. Eso también la pone furiosa. Por lo menos, aún cuentan con el coche de Ted, pero es un biplaza y no resulta muy práctico. Le pregunta a uno de los técnicos cuánto tiempo tardarán en devolverle el coche, pero no le responde.

Cuando por fin se han marchado, cierra la puerta con firmeza, con ganas de romper algo.

—Al menos, ya han terminado —dice Ted—. Puede que ahora nos dejen en paz.

Ella le mira con los ojos entrecerrados. ¿Por qué está tan aliviado? No esperaría que fueran a encontrar nada. Se obliga a responderle con una sonrisa. Es imposible que dude de ella. Todo esto está siendo un fastidio para ella. Para todos.

41

A la mañana siguiente, lunes, Catherine se da cuenta del día que es. No de que hayan pasado seis días desde que descubrieran el asesinato de sus padres. Sino de que es 29 de abril. Con todo lo que ha ocurrido, ha perdido la noción del tiempo. Lleva retraso.

Ted se ha ido ya a trabajar, pero Catherine se ha demorado más. Se alegra de que él no esté en casa. Entra en el baño de arriba, nerviosa. La policía ha estado ahí el día anterior y recuerda que han revuelto todo el armario del baño. Coge una prueba de embarazo. La saca del envoltorio y se dispone a hacer pis sobre la tira reactiva. Intenta no hacerse muchas esperanzas. Solo lleva cuatro días de retraso. Y todo este estrés... es fácil que la haya afectado. Probablemente no esté embarazada. Pero le vendría bien tener alguna buena noticia.

Orina sobre la tira y espera.

Apenas se atreve a mirar. Cuando lo hace, rompe a llorar.

Está embarazada. Por fin.

A las nueve, Reyes está de nuevo con Jenna en la sala de interrogatorios. Ella le asegura que no necesita abogado. Una vez acomodados y con la grabadora en marcha, Reyes empieza a hablar:

—El domingo de Pascua, cuando usted se quedó una hora más que los demás después de la cena, ¿comentaron algo su padre o su madre sobre que su padre tenía pensado cambiar el testamento para dejarle la mitad de su patrimonio a su hermana?

Ella frunce el ceño y niega con la cabeza.

—No. No hay nada de cierto en eso. Es cosa de Audrey. Tonterías.

—Puede que no. Su padre tenía cáncer de páncreas. Se estaba muriendo y estaba poniendo sus cosas en orden.

Ella parece sorprendida.

—Nosotros no sabíamos eso.

Él la mira fijamente.

—Su hermano Dan dijo algunas cosas en el funeral —continúa Reyes.

—Sí, bueno, así es Dan.

—¿Sabía usted lo de los trajes desechables de su garaje?

—Sí, todos lo sabíamos. También Irena. Todos le habíamos visto con uno de esos monos cuando estaba arreglando el desván.

—¿Sabía que él dejaba el garaje sin cerrar con llave?

—Supongo que todos lo sabíamos. Nunca lo cerraba, por la razón que fuera. Solo la casa.

—Él sugiere que han sido usted o su hermana quienes han asesinado a sus padres.

Ella le mira con gesto de sorpresa.

—No irá a tomarle en serio, ¿no? Siempre ha sido muy rencoroso. Cree que él ha sufrido más que ninguno, que

Catherine y yo hemos tenido una vida mucho mejor. —Suelta un fuerte suspiro—. No es que nos moleste demasiado, porque tiene razón.

Audrey se despierta en la cama de un hospital, vestida con una bata, rodeada de máquinas y con una vía intravenosa en el brazo. Por un momento, no entiende nada. ¿Qué hace ahí? ¿Ha tenido un accidente? Y entonces lo recuerda..., el mareo, el vómito..., la llamada a emergencias justo antes de desmayarse en el suelo. Pensando que se moría, quedándose inconsciente. No recuerda nada más después de eso.

Pero antes había estado bebiendo té helado de su frigorífico.

Está muerta de sed y extiende el brazo hacia el vaso de plástico con agua que hay en la mesita que tiene al lado y se lo bebe entero. Aprieta el botón y espera a que vaya alguien.

Llega Catherine Merton con su abogada.

—Buenos días —la saluda cortésmente Reyes cuando los cuatro están sentados en la sala de interrogatorios. Pone en marcha la grabadora, hace la introducción pertinente y empieza—: ¿Sabía que su padre tenía intención de dejar la mitad de su patrimonio a su hermana Audrey?

Ella suelta un bufido.

—Eso es lo que dice ella. Ninguno de nosotros la cree.

—¿No se habló de ello durante la cena de aquella noche?

—No, claro que no. Porque se lo ha inventado. Él nunca habría hecho algo así.

—Yo no estoy tan seguro —responde Reyes—. Había concertado una cita, pero su abogado estaba de viaje. Pidió una segunda cita pero, para entonces, ya había muerto. —Ella le mira fijamente sin vacilar—. Su padre se estaba muriendo —añade. Ve un tic de sorpresa en los ojos de ella—. Quizá por eso estaba reorganizando sus cosas.

—Yo no lo sabía —contesta Catherine—. ¿Qué le pasaba?

—Un cáncer de páncreas avanzado. Probablemente le quedaran unos meses. —Deja que ella asimile sus palabras durante un momento y, después, continúa—: Hemos encontrado algo interesante al registrar su casa.

Ella fija los ojos en él, con repentino recelo.

—¿A qué se refiere?

—A un par de pendientes.

—Tendrá que ser más específico —responde ella con aspereza—. Tengo muchos pendientes.

—Pero estos son unos pendientes que habían desaparecido del joyero de su madre la noche que ella murió.

—¿Qué? —Ahora parece ponerse en guardia.

—Unos pendientes de diamantes. De corte recto y de un quilate cada uno. De mucho valor. —Abre la carpeta que tiene delante y le pasa una fotografía de los pendientes. Ella la mira y su rostro se va sonrojando—. Esto pertenece a un inventario de las cosas que han desaparecido en la casa de sus padres. De la aseguradora.

—Se los pedí prestados. Hace un par de semanas.

—¿Puede confirmarlo alguien?

Catherine le mira con furia.

—¿Qué está queriendo decir? ¿Que he matado a mis padres y he cogido estos pendientes?

—Son los únicos objetos desaparecidos de la casa de sus padres que hemos encontrado. Y estaban en su joyero.

—¡Porque se los pedí prestados!

—Se lo pregunto de nuevo. ¿Puede alguien confirmar que ella se los prestó?

—No. Claro que no. Fue algo entre mi madre y yo. Porque de vez en cuando le pedía que me prestara alguna cosa.

—¿Alguien la ha visto llevando esos pendientes una o dos semanas antes de que asesinaran a sus padres?

En ese momento, interviene la abogada.

—Ha dicho que se los pidió prestados. Pasemos a otra cosa.

No está seguro de si Catherine le está diciendo la verdad. Resulta difícil saber qué está pensando. Sin embargo, su abogada se muestra cada vez más preocupada.

—¿Por qué se dejó el teléfono móvil en su casa esa noche cuando volvió a casa de sus padres?

Ella parece sorprendida. Traga saliva, nerviosa.

—Se me olvidó. Me lo dejé en la mesa de la entrada al coger las llaves. Me..., me suele pasar cuando tengo muchas cosas en la cabeza.

Reyes la mira con incredulidad. Se inclina hacia ella.

—La cuestión, Catherine, es que usted y sus hermanos van a recibir muchos millones de dólares tras la muerte de sus padres. Su hermano dice que usted sabía de la existencia de los trajes protectores de su garaje y también que no cierra con llave la puerta lateral, cosa que ha confirmado su hermana Jenna. Las únicas joyas que se han recuperado estaban en su casa. Sabemos que regresó allí esa misma noche. Usted misma lo ha dicho. Pero, al principio, nos mintió en eso e hizo que su marido también mintiera. Y se dejó el móvil en casa esa noche, quizá para que no pudieran rastrear sus movimientos.

—Esto es absurdo —exclama Catherine acaloradamente—. Yo no los maté. ¡Ya estaban muertos cuando llegué!

—Se queda mirándolo con un repentino silencio. Parece impactada por lo que acaba de decir.

Su abogada la mira estupefacta.

—Pero eso no tiene sentido —replica Reyes tras un largo silencio—. Si es verdad, ¿por qué no llamó a emergencias?

—Creo que ya sabe el porqué —responde ella con aflicción.

Él se limita a quedarse callado y esperar.

—Porque creí que lo había hecho Dan —dice por fin quebrándosele la voz.

42

Catherine tiene una cita para la una de esa misma tarde en el bufete del abogado para hablar sobre los testamentos. Tras concertarla con Walter Temple, se lo ha dicho a sus hermanos. Es lo que todos han estado esperando.

Ted ha salido del trabajo y ha recogido a Catherine en casa. Esa mañana ha tenido que ir y volver en Uber al interrogatorio de la policía porque se han llevado su coche. Ahora, mientras entran en el edificio del centro de Aylesford donde está el bufete, Catherine siente un ligero mareo. Todavía sigue afectada por la reunión de esa mañana con los inspectores y una mezcla de esperanza y miedo hace que tenga el estómago revuelto. O quizá haya empezado con las náuseas matutinas. Se guarda el secreto, su pequeño destello de felicidad privada. Va a esperar al momento adecuado para decírselo a Ted. Se recuerda que no tiene por qué preocuparse. Su padre no había cambiado el testamento, a pesar de lo que Audrey ha dicho. Walter ya se lo había contado a Dan.

Ted y ella son los primeros en llegar. Mientras están en la sala de espera, entran Dan y Lisa. Catherine se levanta y, automáticamente, Lisa va hacia ella para darle un breve abrazo mientras Dan se mantiene a cierta distancia. Cuando llega Jenna, las mujeres mantienen una pequeña charla mientras Ted y Dan permanecen en silencio casi todo el rato.

Walter sale a la sala de espera nada más dar la una, los lleva a todos a la sala de juntas y se sientan alrededor de la larga mesa rectangular. Lleva una carpeta en la mano que coloca sobre la mesa.

—Me alegra veros a todos —dice mirándolos de uno en uno—, aunque nunca imaginé que sería en unas circunstancias tan dramáticas.

Catherine puede notar la tensión que hay en el ambiente. Su padre podría haber cambiado el testamento años atrás sin haberles dicho nada. Se lo imagina riéndose de ellos desde su tumba, sentado en esa silla vacía, preparándose para la diversión. Catherine lanza una mirada furtiva a cada uno de sus hermanos y sospecha que en sus mentes están teniendo pensamientos similares. Dan está pálido e inquieto y Lisa le sujeta una de las manos para tranquilizarlo.

—El testamento de vuestra madre es bastante claro. Hace años firmó los documentos en los que aceptaba salir de la herencia de vuestro padre a cambio de la casa y de una cantidad de dinero para ella. No quería interponerse a la hora de recibir vuestra herencia en caso de que vuestro padre muriera antes. Su patrimonio se va a dividir entre los tres por igual. La herencia de vuestro padre es de mayor envergadura. Empezaré por los legados específicos y, después, trataremos el resto del patrimonio —les explica Walter—. Hay algunas donaciones de poca importancia a distintas entidades. —Menciona un hospital de la ciudad y otras instituciones benéficas con las que colaboraban sus padres. Catherine se remueve en su asiento, impaciente y nerviosa. Por fin, el abogado llega al momento crucial.

—Para Irena Dabrowski, un millón de dólares.

Es una cantidad importante de dinero. Catherine mira alrededor de la mesa. Los demás también están algo sorprendidos, pero parecen contentos por su vieja niñera.

—Para Audrey Stancik, un millón de dólares.

Catherine empieza a relajarse. Entonces, es cierto. No había cambiado el testamento para dejarle a ella la mitad.

—El resto del patrimonio, tras impuestos, gastos y demás... Os ahorro las cláusulas legales. —Levanta los ojos hacia ellos—. El resto del patrimonio de vuestro padre se dividirá por igual entre sus hijos. —Mira alrededor de la mesa.

Catherine nota el alivio que se respira en la sala, como una exhalación. Se da cuenta ahora de que no solo ella y sus dos hermanos habían estado tensos. Ted, que está a su lado, parece visiblemente relajado y puede ver que la calma inunda también la expresión de Lisa. Todos habían estado en ascuas durante estos últimos días tan espantosos. Mira a Ted y le aprieta la mano.

Dan apoya la espalda en su asiento y cierra los ojos, la viva imagen del alivio. Catherine ve cómo Walter le mira con desagrado. Se pregunta qué estará pensando el abogado. Estuvo en el funeral y era uno de los mejores amigos de su padre.

—¿Y puedes decirnos a cuánto asciende, más o menos, el patrimonio? —pregunta Catherine. Ve cómo los ojos de Dan se abren de repente a la vez que se incorpora en el asiento y vuelve a dirigir su atención al abogado.

—Un momento —responde Walter con seriedad.

Todos le miran expectantes.

—Puede que esto os cause cierta sorpresa, pero vosotros tres no sois los únicos hijos de Fred.

Reyes revisa de nuevo las cuentas de Dan Merton prestándoles más atención. Saben que unos seis meses atrás, antes de que su padre vendiera su empresa, Dan retiró la mayor parte de su dinero de una firma de inversión para prestar medio millón de dólares a un tal Amir Ghorbani, como aval para una primera hipoteca de su casa de Brecken Hill. Esta es la razón por la que Dan no tiene dinero en efectivo. Pero lo que llama la atención a Reyes en esta ocasión es el nombre de la abogada que aparece en el documento. Rose Cutter. Se queda mirando el nombre. Rose Cutter es la hermanastra ilegítima de los Merton, que consta como heredera a partes iguales en el testamento de Fred, cosa que los hijos legítimos desconocen.

—Échale un vistazo a esto —le dice a Barr.

Catherine mira a Walter conteniendo el aliento y, después, mira al resto de la mesa. Ve la consternación en sus caras.

—¿Qué? —pregunta Catherine—. No sabemos que haya ningún otro hijo.

—¡No me lo creo! Papá tenía un hijo bastardo, ¿es eso? —exclama Dan—. ¿Y ahora va a recibir su parte? Ni de coña.

—¿Quién es? —pregunta Catherine.

—Es una joven —responde el abogado—. Se llama Rose Cutter.

Catherine mira de inmediato a Dan y él la mira a ella, pasmado. Lisa, que está a su lado, se ha quedado inmóvil, de repente.

—¿La conocéis? —pregunta Walter, claramente sorprendido.

—Es una íntima amiga mía —contesta Catherine con incredulidad. Siente como si se hubiera quedado sin respiración.

—Me convenció de que hiciera una inversión con ella en la que he metido casi todos mis ahorros —dice Dan un momento después—. Ella es la razón por la que he estado necesitado de dinero. —Ahora todos miran a Dan. Durante un largo rato la habitación se queda en silencio. Después, Dan vuelve a hablar elevando la voz—. Por su culpa la policía piensa que yo he matado a nuestros padres. —Mira a Catherine—. Y te lo debo a ti. Tú eres la que le sugirió que hablara conmigo.

Al principio, Catherine se queda sin palabras.

—Yo no sabía que ibas a confiarle casi todo tu dinero —replica después—. Y tampoco sabía que papá iba a vender el negocio ni que te ibas a quedar sin trabajo.

—Sí, bueno. Tampoco yo —dice Dan.

Walter se aclara la garganta.

—Yo no tenía ni idea de que la conocierais. Nadie sabía que esa Rose Cutter figuraba en el testamento, salvo vuestro padre. Ni siquiera vuestra madre. Desde luego, Rose Cutter lo desconoce.

—Supongo que quería que fuera una sorpresa —comenta Jenna con tono sarcástico.

—Pero ¿sabe ella que tenemos el mismo padre? —pregunta Catherine. Duda si Rose lo habrá sabido desde siempre. Han sido amigas todos estos años y Catherine no tenía ni idea. Pero puede que Rose sí.

—Eso lo desconozco —responde Walter—. Puede que su madre se lo haya contado. Pero su madre no sabía nada del testamento, de eso sí estoy seguro.

Si Rose ha estado informada durante todo este tiempo, Catherine no va a poder evitar sentirse traicionada, utilizada, incluso espiada, piensa.

—¿Podemos presentar una reclamación? —pregunta.

—Yo no lo aconsejaría —contesta Walter—. Fred me reconoció hace tiempo que ella era hija suya. Su madre, Ellen Cutter, trabajó para vuestro padre. Él pagó la manutención de Rose durante más de veinte años. Y luego está la prueba de ADN. —Añade—: Resultaría caro pelearlo y perderíais.

«Puede que Rose sepa muy bien quién es», piensa Catherine con resentimiento. Y quizá esté esperando que Catherine y los demás la reciban en el seno de la familia como hermana y compartan alegremente su dinero.

No los conoce bien.

—¿A cuánto asciende el valor del patrimonio? —pregunta Dan ahora.

—El valor neto es de unos veintiséis millones de dólares —responde Walter—. La propiedad de vuestra madre es de otros seis. —Su rostro refleja una expresión de desagrado que apenas disimula—. Enhorabuena. Incluso contando a vuestra hermanastra, ahora sois todos muy ricos.

Catherine se queda mirando al abogado mientras trata de imaginar qué está pensando. Se da cuenta de que cree que uno de ellos es un asesino. Quizá, cuando todo esto acabe, deberían buscarse un nuevo abogado, piensa Catherine.

Salen del bufete y se detienen a hablar en el aparcamiento. Parece haberse roto el hielo entre Dan y el resto. Ahora se han unido frente a una enemiga común, una usurpadora.

—No me lo puedo creer, joder —dice Jenna.

—No entiendo cómo no lo hemos visto venir —añade Dan—. Era un cabrón con mamá. —Hace una mueca de desagrado—. Supongo que tenemos suerte de que no haya más.

—Como albacea, tengo que llamar a Audrey para decirle que va a recibir un millón de dólares —dice Catherine—. Pero no voy a ser yo la que le cuente que vamos a tener que dividir el resto con Rose. No quiero darle esa satisfacción. Sin embargo, me alegro por Irena. —Los demás asienten.

Se quedan charlando un rato más. Antes de separarse y dirigirse a sus respectivos coches, Catherine habla con Dan y Jenna.

—Tenemos que mantenernos unidos. No le contéis nada a la policía. Esto terminará olvidándose y todos seremos ricos.

43

El número 22 de Brecken Hill Drive es una propiedad inmensa, y hasta tiene una suntuosa fuente italiana delante de la fachada.

—Madre mía —dice Barr mientras se acercan—. Un poco exagerada, ¿no crees?

Reyes se guarda su opinión. El propietario, Amir Ghorbani, los está esperando. Reyes toca el timbre y se oye un elaborado tintineo que resuena en el interior. Barr pone los ojos en blanco.

La puerta se abre y los recibe un hombre de unos cuarenta años. Mira con atención sus placas.

—Pasen, por favor —dice, y los conduce a una gran sala de estar donde se sientan bajo una ornamentada lámpara de araña de cristal.

La casa parece vacía, en silencio. Reyes no cree que haya nadie más.

—Mi mujer y los niños han ido a Dubái, a visitar a la familia —señala Ghorbani, como si le leyera la mente.

—Como ya le he dicho por teléfono, estamos investigando los asesinatos de Fred y Sheila Merton —empieza a explicarle Reyes.

El hombre asiente.

—Es terrible. En Brecken Hill todos estamos afectados por la noticia. Yo llevo poco tiempo aquí, pero, por lo que tengo entendido, nunca había ocurrido nada parecido en este barrio.

—Sabemos que usted ha hecho negocios con su hijo, Dan Merton —continúa Reyes.

Ghorbani se queda inmóvil.

—¿Negocios? No, yo no tengo ningún negocio con él.

Reyes saca una carpeta y le pasa el documento que muestra que Dan Merton adelantó quinientos mil dólares a Amir Ghorbani como aval para una primera hipoteca sobre la casa en la que están ahora. El otro hombre lo lee, con evidente estupefacción.

—Nunca en mi vida he visto este papel —dice—. Nunca le he pedido dinero prestado a Dan Merton. La única hipoteca que tengo sobre esta casa es con el banco. No pueden haberla inscrito. El banco jamás lo permitiría. —Ghorbani vuelve a mirar el documento—. Nunca he oído hablar de Rose Cutter. No es mi abogada. —Apoya la espalda en el asiento—. Pero sí les voy a decir una cosa. He visto a Dan Merton sentado a la puerta de esta casa, por la noche, en varias ocasiones. Suele quedarse en su coche, ahí fuera, mirando la casa.

Reyes se sorprende al oír esto. Es un comportamiento bastante extraño.

—Entonces, ¿le conoce? —pregunta.

—No. Contraté a un detective privado para que averiguara quién era. —Y continúa—: Estaba preocupado. No sabía qué hacía ahí. —Niega con la cabeza, ahora con expresión nerviosa—. Alguien le ha quitado su dinero, pero no he sido yo.

Reyes mira a Barr. Rose Cutter se la había jugado a su hermanastro Dan.

—¿Creen que ha asesinado a sus padres? —pregunta Ghorbani—. Estuvo aquí esa noche, el domingo de Pascua. En la puerta de mi casa.

—¿A qué hora? —pregunta Reyes.

—Le vi sobre las diez y media, probablemente. Quizá un poco antes. Normalmente, se queda como una hora, más o menos, pero esa noche se fue a los diez o quince minutos. Recuerdo que miré por la ventana y vi que se había ido porque nunca me acostaba hasta que él se hubiese marchado.

Incluso con la hermana sorpresa, piensa Ted de camino a casa, la parte de la herencia de Catherine sigue siendo de unos ocho millones. Merece una celebración. Pero Catherine parece muy afectada tras haber descubierto que Rose Cutter, a la que siempre ha considerado una buena amiga, es su hermanastra. Admite que a él también le ha sorprendido. Eso va a cambiarlo todo entre ellas y está seguro de que a Catherine no le ha gustado.

—Bueno, pues ya está —dice Catherine reclinándose en su asiento.

Ted no quiere sacar la conversación, pero necesita saberlo.

—¿Qué ha pasado esta mañana en la comisaría? —pregunta.

Ella le mira.

—Han encontrado un par de pendientes de mi madre en mi joyero.

—¿Y? —Pero su mente ya va muy por delante.

—Y... aseguran que son unos pendientes que desaparecieron del de mi madre la noche del asesinato. Tienen una especie de inventario de la aseguradora. Pero yo le pedí prestados esos pendientes un par de semanas antes. Y después de lo que Dan dijo en el funeral...

—No es posible que sospechen de ti en serio —replica Ted con preocupación, mirándola.

—Sinceramente, no lo sé. Pero parece que sí.

Ted fija la mirada en la carretera que tiene delante, con las manos apretadas con fuerza sobre el volante. Siente como si estuviese en una película surrealista, conduciendo por una carretera que le es familiar mientras su vida pasa ante sus ojos.

Permanecen el resto del camino en silencio. Ted está pensando en los pendientes. No recuerda que ella le pidiera prestada ninguna joya a su madre. Pero ¿por qué se iba a acordar?

—Ted, ¿tú me puedes respaldar con lo de los pendientes? —pregunta Catherine justo antes de detenerse en el camino de entrada—. ¿Decir que sabías que se los había pedido?

Él aparca el coche y la mira, preocupado. Había decidido que no iba a volver a mentir a la policía. ¿Cómo es posible que se encuentre en esta situación? Pero Catherine no asesinó a sus padres. Sencillamente, es imposible. Y Catherine acaba de heredar ocho millones de dólares. Más, si condenan a Dan, pues él perdería su parte.

—Claro —contesta.

Lisa se quedó sorprendida ante la revelación sobre Rose Cutter. No la conoce. Pero no ve dónde está el problema.

Ocho millones de dólares es bastante dinero. Pueden compartirlo. Sin embargo, su satisfacción con el contenido de los testamentos se echó a perder por el modo en que el abogado miró a su marido. Es evidente que piensa que Dan lo ha hecho. Apenas lograba ocultar su repugnancia. Lisa se siente abrumada por la vergüenza. No puede soportar que la gente piense eso de ellos. Pero lo peor es el miedo.

Dan está taciturno en el asiento del pasajero, al lado de ella, mientras ella conduce hacia casa.

—No pasa nada —dice Lisa—. Sigue siendo mucho dinero.

Dan resopla antes de responder.

—Qué pena que no podamos disfrutarlo. —Ella guarda silencio—. Deberíamos estar abriendo una botella de champán, planeando un viaje a Italia. Comprándonos una casa nueva. Pero no podemos. ¿Qué imagen íbamos a dar? La gente ya está diciendo que los he matado yo.

—De todos modos, pasará un tiempo antes de que se resuelva el testamento —contesta Lisa—. Y, cuando averigüen quién lo ha hecho, sí que podremos disfrutarlo —señala con la intención de tranquilizarle. O quizá esté tratando de tranquilizarse a sí misma.

Él mira por la ventanilla mientras se muerde, nervioso, la uña del pulgar.

Jenna va en el coche hacia su casa tras salir del despacho de Walter, pensando en los testamentos. Debería estar contenta. Lo está. Va a ser rica. Pero que una hermanastra desconocida vaya a recibir el mismo trato que ellos la exaspera. La verdad es que no conoce del todo a Rose Cutter, aunque coincidieran hace años en la boda de su hermana.

Está un poco inquieta por Jake. Ha mentido por ella. Su aventura —o lo que quiera que sea— está siendo divertida por ahora, pero ¿y si se cansan el uno del otro? ¿Y si uno de ellos quiere romper? ¿Podría confiar en él en ese caso?

Estaría bien que arrestaran a alguien, y casi no le importa a quién, siempre y cuando no sea ella.

44

Barr asoma la cabeza por la puerta del despacho de Reyes, casi sin aliento.

—¿Qué pasa? —pregunta Reyes.

—Acaban de llamarme del hospital. Ayer ingresaron a Audrey Stancik y creen que la han envenenado.

Reyes y Barr llegan al hospital lo más deprisa que pueden. Por fin localizan al médico de Audrey Stancik, el doctor Wang.

—¿La han envenenado? —pregunta Reyes—. ¿Está seguro?

El médico asiente con vehemencia.

—No hay duda alguna. Etilenglicol. Si no nos llega a llamar tan rápidamente, podría estar ahora en coma. La hemos tratado con fomepizol, que revierte los efectos de la intoxicación y evita el daño orgánico. —Se gira como si se dispusiera a marcharse—. Se pondrá bien. Le darán el alta hoy mismo.

—Espere —dice Reyes. El médico se detiene un momento—. ¿De dónde puede proceder el etilenglicol?

—Probablemente de un anticongelante. Esa es su especialidad, no la mía. Pueden entrar a verla. Está deseando hablar con ustedes. Habitación 712.

Localizan la habitación de Audrey, y Reyes llama con suavidad a la puerta entreabierta antes de entrar. Es una habitación compartida. Hay otra mujer en la cama de al lado. Reyes corre la cortina que rodea la cama de Audrey para darle privacidad y Barr y él se colocan al lado de la cama.

—¿Cómo se encuentra?

Ella frunce levemente el ceño mirándolos a los dos.

—He estado mejor —admite—. Pero me han dicho que me voy a poner bien. Sin ninguna secuela.

—¿Qué ha pasado? —pregunta Reyes.

—Ha sido el té helado —responde Audrey con firmeza—. Estoy segura. Guardo una jarra de plástico con té helado en la nevera. Cuando llegué a casa de mi paseo del domingo por la mañana bebí un vaso, y justo después empecé a sentirme mareada.

Reyes mira a Barr.

—Alguien ha intentado matarme —insiste Audrey—. Alguien ha entrado en mi casa y ha intentado envenenarme. —Y añade—: Tiene que haber sido uno de esos chicos.

—¿Por qué iba cualquiera de ellos a querer matarla? —pregunta Reyes.

—Porque sé que hay un asesino entre ellos. Y, quienquiera que sea, probablemente sepa que estoy hablando con ustedes... y con la prensa. Yo era la fuente anónima del periódico de ayer.

Una vez dentro de la casa, Catherine le dice a Ted que va a subir a tumbarse. Tiene un fuerte dolor de cabeza que le aprieta los senos nasales, probablemente por tanto estrés con el interrogatorio de la policía de esta mañana, el testamento, la noticia de Rose de esta tarde.

Tiene que pensar en Rose, saber qué va a hacer con ella. No le parece que haya ganado una hermana, sino que ha perdido una amiga.

Catherine se mete bajo las mantas y se las sube hasta el mentón. Intenta vaciar la mente para poder dormir y deshacerse de su dolor de cabeza. Para evocar pensamientos agradables, se concentra en el dinero que va a recibir y en el bebé que va a tener. Y en cómo se lo va a contar a Ted. Espera que sea una niña. Se imagina decorando su habitación en la casa de sus padres. La casa y todo lo que hay en su interior será ahora de ella. A Dan y Jenna no les importa. Harán tasar la casa y su contenido y deducirán la cantidad de su parte de la herencia. Al mencionar que es eso lo que quiere, en el aparcamiento, después de la reunión con Walter, Dan y Jenna no se sorprendieron, pero Ted sí. Cuando dijo que su intención era mudarse a la casa, él se quedó atónito. Al principio, Catherine no entendió por qué. Él sabía que ella siempre ha querido esa casa.

—Pero... —protestó él.

—Pero ¿qué? —contestó ella.

Ted tragó saliva antes de continuar.

—Han asesinado a tus padres en esa casa. ¿Todavía deseas vivir en ella?

No quería que su marido pensara que es una persona tan fría.

—Es la casa donde me crie —insistió con obstinación y tono apenado, dejando que sus ojos se inundaran de lágrimas. Lo que quería decir era: «Yo puedo vivir con ello, ¿y tú?». Pero no estaba segura de que le fuera a gustar su respuesta. Hay algo más a lo que va a tener que enfrentarse: la aprensión de su marido.

Y los pendientes. La mente se le dispara. ¿Por qué no se cree la policía que había pedido prestados esos pendientes? Y ahora no va a haber forma de dormirse porque está pensando en Audrey. ¿Había hablado ya con la policía? Recuerda haberla visto dentro de su coche en el aparcamiento de la comisaría, vigilando cuando ella salía, y la forma en que amenazó a Catherine y sus hermanos cuando supo que no iba a ser rica.

Audrey conoce su pasado. Cuando Catherine era joven, no siempre fue la hija perfecta. Con doce años robó un collar. Estaba en casa de una amiga y sus padres habían salido. Catherine subió al baño y, curiosa, se coló en la habitación de los padres. No quería fisgonearlo todo, solo mirar el joyero de la señora Gibson. Tenía montones de cosas preciosas. Había un bonito y pequeño collar en el fondo que Catherine cogió y levantó hacia la luz. Una delicada cadena de oro con un único diamante pequeño. Catherine se lo metió en el bolsillo de los vaqueros. Pensó que la señora Gibson no se daría cuenta enseguida de su ausencia y no podría relacionar su desaparición con la visita de Catherine.

Pero fue su propia madre la que supo lo del collar, después de que Irena lo encontrara escondido bajo el colchón de Catherine cuando estaba cambiando las sábanas. Irena se lo contó a su madre, que afrontó directamente el asunto con su hija y consiguió sacarle la verdad. Después, la obligó a volver a casa de los Gibson y devolver el collar con una disculpa y con el rostro encendido por la vergüenza. Estuvo muy resentida con su madre, porque Catherine tenía razón. La señora Gibson no se había dado cuenta siquiera de que la cadena había desaparecido. Eso puso fin a su amistad con la hija de los Gibson. La madre de Catherine estaba abochornada. Se lo contó a su padre cuando llegó a casa y él la regañó y le hizo sentir tan avergonzada y rabiosa que deseó escaparse de casa.

Por supuesto, su padre se lo dijo a Audrey. Se lo contó todo, como si le gustara hacer alarde de los errores de sus hijos. Y hubo una ocasión posterior en la que ella trató de robar una pulsera de diamantes de una joyería cuando tenía dieciséis años. Fue la policía, pero su padre consiguió librarla de aquello. La verdad es que le costaba mantenerse alejada de las cosas que brillan.

Reyes y Barr llegan a casa de Audrey, donde los reciben los técnicos de la policía científica. Tras registrar la casa, no ven ninguna prueba de que haya entrado nadie. Pero hay una ventana grande en la parte de atrás que está abierta y cualquiera ha podido acceder a la vivienda por ahí. Audrey volverá a su casa desde el hospital ese mismo día. Reyes cierra con cuidado todas las ventanas.

Se llevan la jarra de té helado para analizarla y también el vaso que estaba en la mesa junto al sofá. Reyes arruga la nariz al ver la mancha de vómito en el sofá y el charco que ha formado en el suelo de la sala de estar.

Barr aparece a su lado.

—¿Estás pensando lo mismo que yo? —pregunta.

—¿Crees que se ha podido envenenar ella misma?

Barr encoge los hombros.

—Me da que es de las histriónicas. No me sorprendería.

—No hay indicios de que hayan entrado por la fuerza —dice Reyes—. Pero eso no significa algo necesariamente.

Barr asiente.

—La ventana estaba abierta.

—Y llamó a emergencias justo a tiempo —señala Reyes. Los técnicos están buscando las posibles huellas del intruso, pero Reyes ya sospecha que no van a encontrar ninguna. Los inspectores tienen que volver a la comisaría para hablar con Rose Cutter, así que dejan que los técnicos se encarguen de aquello.

45

Rose Cutter siente cómo el corazón le golpea en el pecho.

Está sentada en la mesa de su despacho de Water Street. Trabaja por cuenta propia y se dedica principalmente al derecho inmobiliario. Baja las persianas del escaparate del bufete y gira el cartel de la puerta para que se lea CERRADO. Ha dejado que su ayudante se marche antes de tiempo. Apenas faltan unos minutos para las cinco de la tarde. Está deseando irse a casa.

Ha sido muy ambiciosa y eso le ha causado problemas. Siempre ha querido más de lo que tenía y siempre ha sentido mucha envidia, e incluso resentimiento, con respecto a sus amigos a los que les ha ido mejor y a sus conocidos que pertenecen a familias adineradas. Poner en marcha un despacho propio es difícil... y caro. Espacio para el despacho, equipos, seguros, tasas y sueldo para la ayudante. Ganarse la vida ha resultado más duro de lo que esperaba. Aún vive en una casa de alquiler y tiene que pagar los préstamos para sus estudios.

Rose piensa en los Merton. Sabe lo ricos que son. Al fin y al cabo, Catherine le ha dejado saborear cómo es su vida. Y Catherine siempre insiste en pagar ella, ya sea una salida de un día en barco, con champán y langosta, o una cena cara. Y Rose acepta, porque ambas saben que ella se lo puede permitir fácilmente y Rose no.

Antes de que Fred Merton vendiera su empresa y se desentendiera de Dan, Rose sabía que Dan nadaba en dinero. Vio la oportunidad. Pudo convencer a Catherine de que hiciera que Dan hablara con ella sobre una oportunidad de inversión que le podría interesar.

Le convenció de que sacara su dinero de donde lo tenía y lo invirtiera en calidad de prestamista privado de los dueños del número 22 de Brecken Hill Drive, poniendo la propiedad como garantía. Eso le ofrecía un tipo de rentabilidad mayor que el que iba a conseguir en ningún otro sitio durante un plazo de doce meses y sin riesgo alguno. Pero, entonces, él se quedó sin trabajo y quiso recuperar el dinero antes de tiempo. Ella no le pudo ayudar. Le dijo que tendría que esperar. No había nada que Rose pudiera hacer.

En realidad, no existe ninguna hipoteca sobre esa propiedad. Falsificó los documentos para conseguir el medio millón de dólares de Dan e invertirlo en lo que se suponía que iba a ser algo seguro. Le habían dado un soplo sobre unas acciones. Pensó que de ese modo conseguiría una fortuna de una manera rápida. Era codiciosa, pero tenía la absoluta intención de devolverle el dinero cuando llegase el momento, sin que nadie se enterara. Sin embargo, todo había salido del revés. Las acciones seguras no lo habían sido tanto. Dan no sabe lo que ella ha hecho. Pero si no consigue el dinero en los próximos cinco meses, sí que se va a enterar.

Al recibir la llamada de la inspectora Barr unos minutos antes, Rose giró la silla para darle la espalda a su ayudante y cerró los ojos. La inspectora le pidió que fuera a la comisaría. Colgó el teléfono, envió a Kelly a su casa y se quedó completamente inmóvil, preguntándose hasta dónde sabe la policía, de qué la pueden acusar.

Cuando por fin llega a la comisaría, entra con la cabeza alta y la espalda recta. Se pone su máscara de abogada segura de sí misma y saluda a los dos inspectores con una sonrisa.

—¿Qué puedo hacer por ustedes? —pregunta mientras se sienta en la sala de interrogatorios.

—Como probablemente ya sabe, estamos investigando los asesinatos de Fred y Sheila Merton —le explica el inspector Reyes—. Tengo entendido que usted conoce bastante bien a Catherine Merton.

—Así es. Catherine y yo somos amigas desde hace años. Fuimos juntas al instituto.

—Sabemos que usted se está encargando de una inversión de su hermano Dan.

Debe mantener la compostura. Todo depende de cómo sepa manejar la situación.

—Sí, es correcto.

—¿Nos puede hablar de eso?

—Yo buscaba un prestamista privado para un cliente y Catherine me dijo que su hermano podía tener dinero para invertir. Dan y yo nos reunimos y él aceptó realizar la inversión ocupándose de la primera hipoteca de la propiedad.

Reyes asiente mientras ella habla.

—Me temo que debo amonestarla —dice entonces. Y se dispone a hacerlo.

Ella siente que la cara se le enciende a medida que el pánico la invade. Los inspectores la observan con atención. Siente como si le faltara el aire.

—¿Quiere un poco de agua? —le ofrece Reyes.

Rose asiente sin responder y la inspectora Barr le sirve el agua. Agradece la interrupción. Necesita pensar. Pero no puede. Barr le pasa el agua y ella bebe con avidez mientras le tiembla la mano.

Audrey, recién llegada a casa desde el hospital, no consigue coger a tiempo el teléfono de la cocina antes de que la llamada pase al contestador. Se queda inmóvil en la puerta de la estancia. El corazón le empieza a latir con fuerza al reconocer la voz de Catherine en el altavoz. No descuelga el aparato. No quiere hablar con ella. El mensaje es corto. Catherine le dice que Fred les ha dejado a ella y a Irena un millón de dólares a cada una en su testamento. Después, cuelga de golpe y deja a Audrey con la mirada fija en el teléfono. No sabe qué sentir.

Por supuesto, se alegra de tener un millón de dólares. Casi se había resignado a no recibir nada. Pero Audrey se había esperado mucho más. No tiene base para impugnar el testamento de Fred, pero no va a rendirse en su lucha para que se haga justicia con su hermano. Y ahora está convencida de que uno de sus sobrinos acaba de tratar de asesinarla también a ella. Ya no siente curiosidad. Ahora está en peligro.

¿La llamaría Catherine si hubiese envenenado a Audrey y pensara que podría estar muerta en el suelo? Sí, podría ser. Así se cubriría las espaldas dejando un mensaje en cumplimiento de sus obligaciones como albacea. Si fuese ella la asesina, y la que la ha envenenado, cuál habría sido su sorpresa si Audrey hubiese contestado al teléfono. Ahora desearía haberlo hecho.

Todo esto es porque habló con aquella periodista, Robin Fontaine.

Audrey siente la repentina necesidad de desahogarse con alguien en quien pueda confiar. Coge el teléfono y llama a Ellen.

Reyes observa a Rose Cutter, que está sudando en su silla delante de él y Barr. Rose deja el vaso de agua en la mesa.

—Quiero un abogado.

—Muy bien —contesta Reyes antes de salir de la habitación para que ella llame a su abogada. Poco tiempo después, llega la abogada y se encierra con su cliente. A continuación, la abogada abre la puerta e informa a los inspectores de que están preparadas. Vuelven a ocupar sus asientos y graban el interrogatorio.

—Todo lo que nos ha contado es mentira, ¿verdad? —pregunta Reyes—. No hay ninguna hipoteca sobre el número 22 de Brecken Hill Drive. Ya hemos hablado con el propietario.

Ella no contesta, como si el miedo la paralizara.

—¿Qué ha hecho con el dinero de Dan Merton? —insiste Reyes.

—Sin comentarios —responde Rose por fin, con la voz forzada.

—Sabemos que la hipoteca que usted elaboró es un fraude y que nunca llegó a inscribirse.

—Sin comentarios.

—De acuerdo —contesta Reyes, cambiando de tema—. ¿Dónde estaba usted la noche del 21 de abril?

—¿Perdón? —responde Rose, como si no entendiera la pregunta.

—Ya me ha oído. ¿Dónde estaba usted la noche del domingo de Pascua?

—¿Qué es esto? —se apresura a preguntar la abogada de Rose.

—Fred y Sheila Merton fueron asesinados esa noche. Y la señorita Cutter aquí presente va a heredar una importante cantidad de la fortuna de Fred Merton, según consta en su testamento. —Ve cómo Rose se queda sin respiración. Parece estar a punto de desmayarse.

—¿De qué está hablando? —pregunta Rose, con voz estridente.

—Usted es hija ilegítima de Fred Merton. No finja que no lo sabía.

Ella mira a su abogada, con la boca abierta. A continuación, vuelve a dirigir su atención a los inspectores.

—No sé de qué me está hablando.

—Va usted a heredar una fortuna —dice Reyes.

Es evidente que la abogada se ha quedado atónita ante lo que acaba de oír.

—Se lo está inventando —contesta Rose—. No puede ser.

Reyes la observa con atención.

—Le aseguro que no. Así que ¿dónde estuvo usted la noche del 21 de abril?

—Yo..., yo cené en casa de mi madre con mi tía Barbara —balbucea Rose—. Después, me fui a casa.

—¿Y estuvo sola toda la noche?

—Sí.

—No puede estar haciendo esas insinuaciones en serio —interviene la abogada, recuperando por fin la voz.

—Bueno, ya sabemos que la mueve el dinero —responde Reyes. Rose le lanza una nerviosa mirada de rabia—. Le ha estafado a Dan Merton medio millón de dólares. ¿Por qué no iba a cometer un asesinato? —Mira de nuevo a Rose—. Puede marcharse, por ahora. Pero tendrá noticias nuestras en relación con la acusación de estafa. —Y, mientras ella se levanta, Reyes añade—: Más vale que vaya a ver a Walter Temple por la mañana. La estará esperando.

46

Dan no puede dormir. Se remueve y da vueltas en la cama hasta bien pasada la medianoche. Lisa, a su lado, ha conseguido caer por fin en un profundo sueño, exhausta tras el estrés emocional de los últimos días.

Él se levanta de la cama en silencio, se pone unos calcetines, ropa interior, unos vaqueros y un jersey. Necesita dar una vuelta con el coche. Adonde sea. A veces, le entra esa obsesión.

Sale de la casa y sube al coche de Lisa. Le molesta no tener su coche. Se comprará otro cuando todo esto acabe, decide, algún vehículo deportivo, potente y que cause impresión. Apaga el teléfono móvil y se adentra en la oscura noche primaveral.

Dan recuerda que, cuando tenía diecisiete años, se encaprichó con una chica del instituto, Tina Metheney. Estaba obsesionado con ella. La seguía por el instituto, se quedaba mirándola en clase, se rozaba con ella en el pasillo. Solo era un niño, dolorosamente torpe, y no sabía cómo enfrentarse a esos abrumadores sentimientos del deseo sexual. Creyó estar enamorado. A ella no le gustaba. Le dijo que la dejara en paz, que «dejara de mirarla así». Aquello fue más que un simple rechazo. Le dio a entender que sentía asco por él, que le provocaba miedo.

Su padre le había regalado su primer coche poco antes y a Dan le gustaba sacarlo por ahí. Daba con él largos paseos en aquella época para huir de la olla a presión que era su casa. Era lo más cerca que podía estar de la libertad. Dan pasaba muchas veces por delante de la casa de Tina y un día, poco después de que ella le pidiera que la dejara en paz, aparcó en la puerta de su casa y esperó a que llegara. Quería hablar con ella, hacer que le entendiera. Pero cuando le vio allí, esperándola, no le habló. Entró en la casa y se lo contó a su padre y, esa noche, su padre fue a la casa de los Merton para quejarse ante el padre de Dan. Fred estaba avergonzado y furioso. Llevó a Dan a su despacho y le echó un humillante rapapolvo delante del otro hombre. El padre de Tina dijo que no iba a presentar denuncia si dejaba en paz a su hija. Dan estaba sentado en una silla, con la mirada fija en la alfombra, asustado, desarmado y completamente avergonzado. ¿Presentar una denuncia? ¿Por qué?

Después de aquello, se sintió abrumado por la vergüenza, la soledad y la confusión, convencido durante mucho tiempo de que jamás tendría una novia. Se sintió humillado por Tina y por su propio padre, que le contó a toda la familia lo que había hecho. «Había acosado a una chica. La había asustado. Ella había estado a punto de llamar a la policía». Su padre le estuvo machacando con eso durante meses.

Dan no se atrevía a mirar a Tina después de aquello. Se mantuvo alejado de ella. Se mantuvo alejado de todas las chicas, aterrado por lo que pudiera pasar. Le preocupaba que ella se lo hubiese contado a las demás chicas del instituto, que les hubiese dicho que era una especie de bicho raro. Le parecía muy injusto. Y, a veces, muy entrada la noche, después de que todos se quedaran dormidos, tenía que coger el coche para pasar por delante de la casa de ella. En algunas ocasiones, tenía que parar y aparcar en la puerta. Pero los sentimientos de deseo y adoración que había tenido por Tina no habían sobrevivido al rechazo y la humillación. Ahora sentía una especie de malevolencia hacia ella y hacia todos los que habían participado en su desgracia. Eso le proporcionó una pequeña sensación de poder que le permitía quedarse sentado frente a su casa así, sin que nadie lo supiera, haciendo lo que le habían prohibido.

Ahora, mientras conduce —una forma de poder calmarse, en realidad—, se descubre pensando en Audrey. Ella sabe todo lo que pasó con Tina. Audrey cree que es un hombre raro porque su padre lo exageró todo e hizo que aquello pareciera lo que no era. Desde aquella noche en que los amenazó en casa de Catherine, Dan ha estado preocupado porque Audrey pueda contarle algo a la policía o a la prensa. Sabe que ella es la fuente anónima de ese artículo del periódico. No cree que la familia de Tina vaya a salir a decir nada de él. Los Metheney son como los Merton, ricos y muy discretos. No hay que dejar que la gente conozca tus intimidades. Pero se pregunta qué estarán diciendo ahora de él mientras cenan. «Era un perturbado. Sabía que había algo raro en él. Quizá haya matado a sus padres».

Aprieta las manos sobre el volante y, sin saber cómo, aparece delante de la casa de Audrey. La casa está completamente a oscuras, sin ninguna luz encendida. No hay nadie que le pueda ver. Aparca el coche y observa.

Audrey tiene demasiadas cosas en la cabeza como para poder dormir.

Se levanta de la cama y va a la cocina a por un vaso de agua. Puede fiarse del agua del grifo. Todo lo demás que había en la casa y que estaba ya abierto lo ha tirado por el desagüe. El reloj del horno de la cocina marca la 1.22 de la madrugada. Está delante del fregadero, dejando que el agua corra hasta enfriarse y, a continuación, se llena un vaso y va con él a la sala de estar. La luz de la luna se filtra a través de la ventana y puede ver con absoluta claridad. No hace falta encender las luces. Se acerca a la ventana y mira. Hay un coche en la calle, justo delante de su casa. Hay un hombre sentado en el coche, una sombra en medio de la oscuridad, y parece estar mirando hacia la casa. Sobresaltada y sin querer, da un paso hacia atrás. Debe de haberlo asustado porque ve cómo él mueve la cara y el brazo para encender el motor. Se incorpora a la calle y pasa brevemente bajo una farola mientras se aleja a toda velocidad.

No ha podido verlo bien. Pero ha reconocido el coche. Era el de Lisa. Siente una sacudida. Se queda junto a la ventana, con el corazón latiéndole con fuerza.

Debe de haber sido Dan, sentado frente a su casa en plena noche. ¿La habrá envenenado él? ¿Estaba sentado ahí fuera reuniendo el valor para entrar y ver si estaba muerta? Bueno, ahora lo sabe.

O puede que haya vuelto a las andadas.

Ellen Cutter se retuerce en la cama. Al final, se aparta el edredón y va a la cocina para prepararse una infusión. Mira el reloj de la pared. Son las tres pasadas de la madrugada. Todo está muy silencioso. Le recuerda a cuando se levantaba en mitad de la noche a darle el pecho a su hija cuando era un bebé, hace mucho tiempo. Las dos solas, en el sofá y a oscuras.

Piensa en su hija ahora, en lo preocupada que parece, tan estresada y agobiada por el trabajo. No siempre ha sido así. Rose llevó a término sus estudios de Derecho tras pasar varios años realizando diferentes trabajos. Pero ahora está teniendo dificultades. Ojalá pudiera ayudarla.

Piensa en la visita de Audrey de esa misma noche. Su amiga va a recibir un millón de dólares de la herencia de su hermano. Y se queja. Es evidente que piensa que se le debe mucho más por haber guardado silencio respecto a lo que hizo Fred tantos años atrás. Cree que la lealtad debería tener recompensa.

Y, luego, esto de que la hayan envenenado. Ellen no sabe qué pensar. Sí cree que Audrey haya ingerido veneno. Sigue teniendo mal aspecto. Ha estado en el hospital, aunque no llamó a Ellen mientras estaba allí. La policía ha ido a su casa, la han registrado por ser el escenario de un delito. Con esas cosas no se miente. Es demasiado fácil pillar a alguien en esa mentira. Pero se le ocurre que quizá Audrey se ha envenenado sola. Estos asesinatos parecen haberla sacado de sus casillas. Está tan furiosa porque le hayan quitado lo que considera que merece, tan segura de que uno de los chicos es un asesino, que quizá se esté inventando cosas...

Ellen recuerda la noche en que Audrey le contó que Fred iba a cambiar su testamento para dejarle a ella la mitad. Recuerda lo exultante que estaba Audrey y la envidia que ella había sentido en secreto.

Audrey y ella fingen que se lo cuentan todo, pero no es verdad. Nadie se lo cuenta todo a nadie.

Ellen no le ha contado nunca a Audrey que Rose es hija de su hermano. Nunca se lo ha contado a nadie más que a Fred. Y, ahora, los demás hijos de Fred van a heredar una fortuna. Audrey siente que la han timado, pero eso no es nada en comparación con lo que aflige a Ellen.

Como Ellen no podía quedarse embarazada de su marido, terminó por ceder a las presiones de Fred y se acostó con él. Se quedó embarazada bastante pronto. Fred montó en cólera al enterarse. Pero se sobrepuso cuando se dio cuenta de que ella no se lo iba a contar a nadie. Su marido sabía que Rose no era su hija biológica.

Cuando él murió de forma inesperada de un infarto, Rose ni siquiera había cumplido un año, y Ellen había acudido a Fred para pedirle dinero. No fue necesario decirlo; él sabía que ella podría demostrar que Rose era hija suya. Le estuvo pasando dinero con regularidad durante años. No mucho, pero lo suficiente.

Ellen intenta no pensar en la sangre fría con que Fred había asesinado a su propio padre, pero sí que se lo ha estado imaginando una y otra vez desde que Audrey se lo contó. Ha buscado psicopatía en Google y ahora sabe que puede ser genética, en parte.

Pero su Rose no es así. Rose es encantadora.

47

A la mañana siguiente, martes, Dan llama a su abogado, Richard Klein.

—Quieren volver a interrogarme —le dice—. ¿Qué debo hacer? —Puede oír la angustia de su propia voz.

—Espere. Tranquilícese —responde Klein—. ¿Qué ha pasado?

—Ese puto inspector me acaba de llamar para pedirme que vaya a la comisaría otra vez para hacerme más preguntas. No tengo por qué ir, ¿verdad?

—No, no está obligado. Pero quizá debería. Yo iré con usted. Tenemos que averiguar qué es lo que pretenden con esto. Le veré allí en media hora, ¿de acuerdo?

—De acuerdo.

—Y, Dan, estaré a su lado. No diga nada hasta que yo llegue. Y, si creo que no debe responder a alguna pregunta, se lo indicaré.

Cuando Dan llega a la comisaría de policía —Lisa se ha quedado en casa con la cara pálida cuando él se ha marchado— espera dentro hasta que aparece su abogado minutos después. Al ver al otro hombre, con su traje bueno y su actitud confiada, Dan se tranquiliza un poco.

—¿Por qué van a por mí de esta manera? —le pregunta a su abogado—. ¡Esto roza el acoso! No tienen ninguna prueba, ¿no? No pueden tenerla. Se lo habrían dicho, ¿no?

—Tendrían que decírmelo tarde o temprano. Pero todavía no. No está detenido, Dan. Así que veamos qué pretenden.

Una vez acomodados en la sala de interrogatorios, con la grabadora en marcha, Reyes va directo al grano:

—Tenemos un testigo que le vio en su coche en Brecken Hill la noche de los asesinatos, sobre las diez y media.

Dan siente que las tripas se le revuelven y lanza una mirada de terror a su abogado.

—Sin comentarios —dice Klein.

Reyes se inclina hacia él y le mira fijamente a los ojos. Dan siente que se va a desmayar.

—Su padre vendió su empresa sin contar con usted. No ha podido encontrar otro trabajo. Tiene la mayor parte de sus ahorros inmovilizados, medio millón de dólares, en una inversión de una hipoteca sobre una casa de Brecken Hill y no ha podido recuperar el dinero cuando lo ha necesitado. Ha estado sentado a la puerta de esa casa, no lejos de la de sus padres, por cierto, mirando, una noche tras otra —continúa Reyes—. El propietario de esa casa le vio allí la noche de Pascua. Es un comportamiento bastante extraño, Dan. ¿Sabía que nunca más iba a volver a ver ese dinero? ¿En qué estaba pensando, Dan? ¿Estaba enfadado? ¿Desesperado? ¿Le han estafado una vez más?

Dan siente como si la sangre no le llegara a la cabeza.

—¿Qué quiere decir con que no voy a volver a ver ese dinero? ¿De qué está hablando? —pregunta con voz estridente.

—Ese dinero ha desaparecido, Dan. No hay ninguna hipoteca sobre el número 22 de Brecken Hill Drive. El propietario no ha oído nunca hablar de usted ni de su dinero. Ha sido todo una estafa maquinada por Rose Cutter, la abogada. —Y añade—: Pero puede que eso ya lo supiera usted.

Dan se queda mirando al inspector, atónito. No hay hipoteca..., eso no puede ser. Firmó los documentos. Confió en ella. Le ha mentido.

—¡Yo no lo sabía! —casi le grita al inspector que le está atormentando.

—¿En la cena de Pascua su padre se negó a darle el dinero que tanto necesitaba? Nos dijo que no se había acercado por Brecken Hill aquella noche, pero ahora sabemos que es mentira. Tenía el mono desechable...

—Este interrogatorio ha terminado —dice Klein poniéndose de pie—. A menos que vaya a arrestar a mi cliente, nos marchamos.

—No le vamos a arrestar... todavía —contesta Reyes—. Una última cosa —añade cuando se disponen a marcharse—: Alguien ha tratado de envenenar a su tía Audrey. ¿Qué sabe de eso?

—Nada —responde Dan. Y se van sin decir nada más.

Rose da un sorbo a su café de la mañana mientras mira por la ventana de su pequeña cocina. Hoy no ha ido al despacho. ¿Para qué? La policía sabe lo de la estafa y van a presentar cargos contra ella. No hay ninguna salida. Va a ir a la cárcel, al menos, durante cierto tiempo.

Se suponía que nunca llegaría a oídos de la policía ni de nadie. Dan no iba a saberlo nunca. Iba a ser un delito sin víctimas. Él iba a recuperar su dinero. Pero no ha resultado así. Y ahora creen que es una delincuente y la van a acusar de asesinato.

¿Terminarán averiguándolo todo? Siente cómo el miedo le va subiendo por la espalda. Porque hay más. Se pone con cuidado su mejor traje azul marino y una blusa blanca impecable. Se maquilla con esmero. Mantiene la espalda recta y la cabeza alta mientras sale de casa para ir a ver a Walter Temple, del bufete Temple Black. Mantendrá la cabeza erguida todo el tiempo que le sea posible.

Ted se está lavando las manos en uno de los lavabos cuando se le acerca su recepcionista.

—Hay dos policías que han venido a verle.

Se gira para mirarla.

—¿Qué? —Su reacción inmediata es de alarma. No quiere hablar con la policía aquí. No quiere hablar con ellos en ninguna circunstancia—. Tengo que atender a unos pacientes. Diles que no puedo recibirlos ahora.

Ella se va y él termina de lavarse las manos. Esto debe de ser por los pendientes. Debe respaldar a su esposa, no tiene otra opción. La idea de volver a mentir a la policía le pone nervioso. Ya saben que les han mentido.

Su recepcionista vuelve a aparecer, con el ceño fruncido.

—Insisten en verle ahora. No se van a marchar.

Él desvía la mirada para que ella no aprecie lo inquieto que está.

—Bien. Llévalos a mi despacho.

Dedica un par de minutos a recomponerse y, a continuación, entra en su oficina con paso firme, para hacerles ver que tiene prisa y que no puede dedicarles mucho tiempo. Además, quiere disimular su nerviosismo. Sabe que empiezan a aparecerle manchas de sudor bajo los brazos de su bata azul. Los inspectores Reyes y Barr están sentados en dos sillas delante de su desordenada mesa.

—¿Qué puedo hacer por ustedes? —pregunta Ted antes incluso de sentarse.

—Solo tenemos un par de preguntas más —responde Reyes.

—Claro, pero no dispongo de mucho tiempo, así que...

—Como ya sabe, desaparecieron algunos enseres de la casa de los Merton la noche de los asesinatos. Algunas joyas de Sheila. Tenemos un inventario. Cuando registramos su casa encontramos un par de pendientes en el joyero de su esposa que forman parte de ese inventario.

—Ah, sí, lo sé —dice Ted en un intento de mantener un tono despreocupado mientras se sienta—. Catherine le pidió prestados esos pendientes a su madre hace un par de semanas.

—¿Se lo ha dicho ella? ¿O lo sabía usted de verdad? —pregunta Reyes.

Ted puede sentir cómo se va poniendo colorado. No se le ocurre qué responder.

—Es muy sencillo —insiste la inspectora Barr—. ¿La vio usted con esos pendientes antes de los asesinatos?

—Sí, se los puso.

—Bien. Entonces, podrá hacernos una descripción de ellos —dice Reyes.

Pero no puede. Los mira con perplejidad. Catherine debería haberle explicado cómo son los putos pendientes. Qué estúpido.

—No me acuerdo —contesta por fin mientras nota que se está poniendo de un rojo intenso—. Pero sí sé que se los había pedido.

—Entiendo —replica Reyes levantándose de la silla—. No vamos a robarle más tiempo.

—Catherine no tenía ningún motivo para hacer daño a sus padres —salta Ted con bastante vehemencia cuando los policías se disponen a marcharse—. Tenemos una situación económica desahogada. Catherine me odiaría por decir esto, pero me temo que es a Dan a quien ustedes buscan.

Reyes se da la vuelta para mirarle.

—Fred Merton había decidido cambiar el testamento para dejarle a su hermana Audrey la mitad, un recorte importante en la herencia de su mujer.

—Eso es lo que dice Audrey, pero nadie la cree —responde Ted.

—Yo la creo —señala Reyes—. Fred se estaba muriendo. Quizá le había dicho algo a su mujer. Y, si Sheila sabía lo que iba a hacer, puede que fuera ella quien se lo contara a Catherine o a cualquiera de sus otros hijos. Para mí, ese es motivo suficiente. —Los dos inspectores salen del despacho.

Ted espera a oírles salir de la clínica y, a continuación, se levanta de su mesa y cierra la puerta de su despacho. Quiere cerrarla de golpe, pero se contiene. Da vueltas por la pequeña oficina pensando en la petulante mirada del inspector al marcharse. No se creen lo de los pendientes. Actúan como si pensaran que Catherine ha matado a sus padres. Es una locura. Debe de haber sido Dan. Es él quien tenía el motivo más evidente. Tiene que haber sido él. Entonces, ¿por qué están centrándose tanto en su mujer?

Ted se deja caer en su silla, agotado de repente y olvidándose de los pacientes que le están esperando. Piensa en aquella noche, la del domingo de Pascua, en casa de los padres de Catherine. Sheila había dicho que tenía que contarles algo, pero los interrumpió la llegada de Dan. ¿Tenía que ver con

Audrey y el testamento? Pero, luego, Catherine le había dicho que era de la asignación de Jenna de lo que su madre quería hablar con ella. Es lo que le contó a la mañana siguiente. Y finalmente reconoció que sus padres estaban muertos cuando llegó allí.

Tiene el estómago revuelto y se siente mareado.

Ahora recuerda otra cosa más de esa noche, algo que había olvidado. Cuando estaba sentado con Jake en el sofá y Dan estaba en el rincón de la sala de estar hablando con su padre, Catherine y su madre habían bajado juntas por las escaleras. Apenas les hizo caso porque estaba tratando de oír lo que Dan y su padre se decían. Puede que Sheila le contara lo de Audrey y la herencia cuando estuvieron arriba. Puede que Catherine lo supiera.

Piensa en lo mucho que Catherine deseaba esa casa. El apego que siente por cosas materiales. Como casas y pendientes. Se había dejado el móvil en casa aquella noche.

Se queda sentado a su mesa mientras trata de recobrar la compostura.

48

Rose entra en Temple Black a través de las pesadas puertas de cristal que dan a la recepción, con todo el aplomo del que es capaz. Es el tipo de bufete al que siempre ha aspirado, de los que rebosan dinero, poder y éxito. No como su despachito de mierda con su letrero de «No es necesaria cita previa». Debería haber entrado en un bufete grande y prestigioso como este en lugar de establecerse por su cuenta, pero lo cierto es que no había recibido ninguna oferta. Quizá no se habría metido en líos si alguien la hubiese estado vigilando. Siempre advierten de eso a los abogados independientes. Pero ya es demasiado tarde para pensar en esas cosas.

Mientras sigue a la recepcionista por el pasillo hacia el despacho de Walter Temple, ve por casualidad y a través del cristal el interior de una de las salas de juntas y reconoce a una amiga de la facultad, Janet Shewcuk. Janet la ve y, rápidamente, le da la espalda.

Rose no conocía de antes a Walter Temple. La recibe con amabilidad. No ha debido de enterarse aún de lo que ha hecho con el dinero de Dan, piensa Rose.

—Gracias por venir, señorita Cutter —dice él.

Ella le sonríe tímidamente.

—La policía me contó ayer... lo del testamento —responde ella mientras se sienta enfrente de él y cruza las piernas por los tobillos.

El abogado mayor asiente.

—Es una buena noticia para usted, aunque imagino que también un poco desconcertante.

Rose le mira.

—Entonces, ¿es verdad?

—Sí. Aparece como heredera en el testamento de Fred Merton. —Se aclara la garganta—. No sé bien si usted tenía conocimiento de que era su padre biológico.

Ella niega con la cabeza.

—No. —Se queda completamente inmóvil mientras él le detalla lo que va a heredar. Cuando ha terminado, Rose respira hondo antes de hablar, con la mirada fija en la superficie de la mesa—: No tenía ni idea de nada de esto. No sabía que él era mi padre. Esto... no me lo podía imaginar.

Mientras se está levantando para marcharse, Walter le habla con tono de advertencia:

—Debería estar preparada. A los demás no les ha gustado.

Rose va directamente con el coche a casa de su madre, que se sorprende al verla.

—Tenemos que hablar, mamá —anuncia mientras atraviesa con paso firme la puerta de la casa.

Se sientan una frente a otra en la pequeña sala de estar. Su madre la mira con expectación.

—¿Qué pasa?

—Papá no era mi verdadero padre, ¿verdad? —dice Rose. Su tono parece acusador. La cara de su madre adquiere una expresión de dolor y casi de miedo mientras Rose la mira fijamente.

Ellen baja los ojos a su regazo antes de contestar:

—No, no lo era. —Vacila un momento—. Tu padre no podía tener hijos —le explica—. Así que encontré a otro.

Como su madre no pone fin al silencio posterior, es Rose la que lo rompe:

—Tuviste una aventura.

Su madre la mira, casi suplicante.

—Yo me moría por tener un hijo, Rose. Fue la única forma.

Rose la observa. Nunca había conocido al hombre que creía que era su padre; había muerto cuando ella tenía alrededor de un año. Aun así, resulta extraño tener noticias nuevas sobre tus padres. Sobre ti misma.

—Acabo de saber que Fred Merton era mi padre.

—¿Cómo? —pregunta su madre, claramente sorprendida.

—Fred Merton me ha nombrado heredera en su testamento —responde y ve cómo el rostro de su madre se transforma. Primero con asombro y, después, con placer.

—¿Sí? ¿Cuánto te ha dejado?

—Unos seis millones —contesta Rose, todavía casi sin creérselo—. Lo mismo que al resto de sus hijos.

—Lo mismo... Dios mío —dice su madre con absoluto asombro—. ¡No tenía ni idea de que aparecías en el testamento! —Su madre se inclina hacia delante, le coge una mano y la envuelve entre las suyas—. ¡Esto es maravilloso, Rose! Porque eres de su sangre tanto como los demás hijos. Mereces una parte igual de su riqueza. —La madre continúa hablando, emocionada—: Él siempre supo que eras suya. Y me dio dinero para tu manutención, cada mes, desde que eras pequeña hasta que te licenciaste en Derecho. —Se pone más seria y añade—: Siento habértelo ocultado. Quizá debería habértelo dicho. Pero él no quería y yo tampoco deseaba causar problemas. Al principio, temí que dejara de enviar dinero y yo lo necesitaba. Y luego, después de eso... Supongo que simplemente fui una cobarde.

Rose siente que se le revuelve el estómago. Sin duda es algo con lo que una sueña cuando te has criado con una madre soltera y tus amigas son ricas. Es como un cuento de hadas. Pero todos los cuentos de hadas están teñidos de algo oscuro.

—Es posible que no te acepten como hermana de inmediato, aunque Catherine sea amiga tuya. Pero estoy segura de que terminarán haciéndolo. Ay, cariño... ¡Esto te va a cambiar la vida!

Pero Rose apenas la está escuchando ya.

Lisa da vueltas por la casa, aturdida, desorientada. Ha pasado justo una semana desde que encontraron los cadáveres. Intenta actuar con normalidad, pero le resulta difícil. Al regresar tras el interrogatorio de la policía, Dan venía furioso y alterado. No quiso decirle el motivo. Pero ella consiguió sacárselo al final. Le contó que tienen un testigo que le vio en Brecken Hill la noche de los asesinatos.

Estaban sentados en la sala de estar, uno frente al otro. Él en el sofá y ella en el sillón. Fue entonces cuando Lisa tomó conciencia de que últimamente ha estado manteniéndose a cierta distancia de su marido. ¿Cuándo exactamente dejó de sentarse a su lado, con la mano sobre su hombro, mirándole a la cara, sintiendo lástima por él? Por el contrario, se sentó fríamente delante de él, observándole mientras él agachaba la cabeza y fijaba la vista en el suelo.

Lisa se puso tensa.

—¿Y es verdad? —preguntó con cierto tono de espanto y rencor en su voz. Los monos desechables habían sido motivo de preocupación, pero ella sabía por qué estaban ahí; Dan los había usado para arreglar el desván. Le había contado que aquella noche había estado dando una vuelta con el coche para intentar tranquilizarse, que no se había acercado por Brecken Hill. Ella le había creído.

—Sí —confesó él—. Pero te lo puedo explicar.

Ella permaneció sentada pensando en sus opciones, mientras él aguardaba con actitud implorante a poder acceder de nuevo a su corazón.

—No volví a casa de mis padres esa noche, lo juro —dijo. Después, le contó el modo en que Rose Cutter le había estafado. El dinero había desaparecido. Era el dueño de la casa quien le había visto.

Ella siguió allí sentada, pensando en lo idiota que era su marido por haberse dejado engañar por Rose Cutter y perder medio millón de dólares de esa manera. Quizá su padre había tenido siempre razón con respecto a él. Aun así, si no le detenían y heredaba todo ese dinero, serían ricos. No era necesario que siguiera casada con él toda la vida.

—Fui hasta esa casa de Brecken Hill y me limité a quedarme allí sentado mientras pensaba —dijo Dan, hablando con rapidez—. Estaba muy enfadado conmigo mismo por haber dejado inmovilizado nuestro dinero durante tanto tiempo. No tenía ni idea de que lo íbamos a necesitar. La policía cree que yo sabía lo que Rose había hecho y que nunca iba a recuperar el dinero, lo que supone un buen motivo para que yo matara a mis padres. —Se puso de pie, lleno de rabia—. Esa puta zorra. ¡Todo esto es culpa suya! ¡Si no me hubiese presionado para aceptar ese trato no estaríamos metidos en este lío!

Lisa podía entenderlo. Tenían medio millón de dólares en inversiones. La casa estaba hipotecada porque los intereses eran muy bajos. Pero Dan había sacado ese dinero sin decirle nada y le habían estafado. Ese dinero podría haberlos mantenido durante mucho tiempo hasta que él hubiese puesto todas sus cosas en orden. Y ahora había desaparecido. De repente, pensó que por culpa de Rose Cutter su marido podía haberse visto empujado a cometer un asesinato.

Ahora, vuelve a darle vueltas a todo. Dan está en el garaje, tratando de hacer que su mente cada vez más desquiciada se olvide de todo. Ella está dentro de la casa, limpiando sin propósito, pensando en cómo una cosa termina llevando a otra.

49

Irena se sube el gato al regazo y le escucha ronronear mientras va cayendo la noche.

Agradeció que Catherine la llamara la noche anterior para contarle lo de la herencia, pero le habría gustado que hubiese ido en persona para darle la noticia. Irena sabe que ella ahora no ocupa un lugar central en sus vidas. Se siente un poco dolida, después de todo lo que ha hecho por ellos. Pero deja a un lado ese sentimiento de dolor.

Irena acaba de regresar tras haber estado en casa de Catherine. Quería saber qué estaba pasando, cómo lo estaban llevando todos, y lo más probable era que fuera Catherine la que mejor lo supiera. Cuando le contó que Lisa la había llamado para decirle que la policía tenía un testigo que situaba a Dan en Brecken Hill la noche de los asesinatos, Irena sintió que un escalofrío le recorría la espalda.

Recuerda su último interrogatorio con la policía, su reticente confesión de que cualquiera de los hijos podría ser capaz de cometer un asesinato.

Recuerda que Fred solía disfrutar haciéndoles enfrentarse entre sí. Creía en el juego de suma cero. Solo podía haber un ganador en cualquier situación. Los hacía competir de una forma que nunca era justa.

Las cosas pintan mal para Dan, piensa Irena. No está segura de que a Catherine le importe, por mucho que proteste. Ni tampoco a Jenna. Como siempre, han dejado tirado a Dan.

A la mañana siguiente, miércoles, Ellen se está preparando para una conversación complicada. Audrey va de camino a su casa para tomar un café y no cree que le vaya a gustar lo que tiene que decirle. No le va a gustar saber que la hija de Ellen, Rose, es a su vez hija de su hermano. Y que Rose va a recibir una parte del patrimonio de Fred Merton mayor que la de Audrey. Pero no le cabe duda de que tarde o temprano lo va a saber y es mejor que se entere por ella.

Por otra parte, reflexiona, puede que Audrey se alegre de que esos chicos consentidos vayan a tener que compartir su fortuna con alguien ajeno. No les gusta compartir sus cosas. Y Audrey siempre le ha tenido cariño a Rose. Tal vez, después de todo, se alegre de ser tía de Rose y de que Rose sea su sobrina.

Ellen cree que las cosas se pueden poner un poco feas con los hijos de los Merton; quizá no con Catherine, que tanto cariño le tiene a Rose, sino con los otros dos. Y espera que Audrey se ponga de su lado.

Pero Audrey ha estado muy distinta últimamente, una versión más extrema de ella misma. Ellen está bastante nerviosa.

Rose no se molesta en ir a su despacho por segundo día consecutivo. Llama a su ayudante, Kelly, y le vuelve a pedir que se encargue de todo y cancele cualquier cita. Le dice que está resfriada.

Se está escondiendo. No quiere ver a nadie, ahora que sabe que pronto la van a juzgar por estafa. Su carrera como abogada va a terminar de todos modos y echará el cierre al despacho. Espera poder librarse de la cárcel. Con el dinero de la herencia puede pagar una indemnización, encomendarse al tribunal.

Va a tener más dinero del que jamás se ha imaginado, así que lo cierto es que no necesita volver a meterse en ese despacho suyo de mierda.

Su mente la lleva ansiosa hasta esos inspectores, a su reunión de ayer con Walter Temple. Se dice a sí misma que todo se va a solucionar.

Esa misma mañana informan a Reyes de que Audrey Stancik está en la recepción y que pide hablar con los inspectores.

Tiene mejor aspecto que la última vez que la vieron en el hospital, piensa Reyes. Hay más color en sus mejillas.

Audrey apenas espera a que se hayan sentado para tomar la palabra.

—¿Ha habido alguna novedad sobre quién ha intentado matarme?

—No hay duda de que había anticongelante en el té helado —contesta Reyes—. Pero no hay pruebas de quién estuvo en su casa ni quién pudo ponerlo ahí.

Ella suspira con fuerza, con evidente decepción.

—Anoche Dan Merton estuvo sentado en el coche de su mujer vigilando mi casa.

—¿Está segura de que era él? —pregunta Reyes.

—Sí. —Y añade—: Suele hacer esas cosas, ya sabe. Ya se lo dije. —Se inclina hacia delante—. Tengo más información que creo que les va a interesar. Imagino que ya saben que Rose Cutter es hija biológica de Fred y que aparece en su testamento.

—Sí.

Suelta un pequeño bufido.

—Pues yo acabo de enterarme. —Espera un momento hasta recobrar la calma—. Su madre, Ellen Cutter, es amiga mía. La conozco desde hace casi cuarenta años. Trabajaba para mi hermano como secretaria hace mucho tiempo. Ahí es donde nos conocimos. Las dos trabajábamos entonces en la empresa de Fred.

»El caso es que... —continúa— Ellen sabía que Fred iba a cambiar su testamento para darme la mitad antes de que él muriera porque yo se lo conté. La misma noche que él me lo dijo. —Y añade—: Y no me creo ni por un segundo, por mucho que ella trate de fingir lo contrario, que Ellen y su hija no supieran que Rose estaba en el testamento. Fred se lo debió de contar a Ellen y Ellen a Rose.

—¿Por qué lo cree?

—Porque a Fred le gustaba que la gente supiera cuándo le estaba haciendo un favor. Igual que disfrutaba de que todos se enteraran de cuándo hacía algo por perjudicarlos. Le gustaba la sensación de tener poder sobre los demás, de ser capaz de dar cosas y de quitarlas. Si le hubiesen conocido entenderían lo que quiero decir.

50

Rose Cutter está en su casa, tratando de disfrutar de su día haciendo novillos en el trabajo. Necesita pensar. Tiene muchas cosas en la cabeza. Un repentino golpe en la puerta de entrada la sobresalta.

Se le pone todo el cuerpo en tensión. Quizá debería fingir que no está en casa.

Pero vuelven a llamar a la puerta, con persistencia. Oye un grito al otro lado.

—Sé que estás ahí, Rose. —Reconoce la voz de Catherine—. Ya he estado en tu despacho y puedo ver tu coche en el camino de acceso.

A regañadientes, Rose se levanta a abrir. Alguna vez tendrá que enfrentarse a ella. Da un paso atrás y Catherine entra en la casa. Rose trata de examinar su expresión. Pero, como suele ser habitual, resulta difícil saber qué está pensando Catherine.

—¿Podemos sentarnos? —pregunta Catherine.

—Claro —responde Rose, y se dirige a la sala de estar, donde hay dos pequeños sofás enfrentados con una mesa baja en medio.

—Bien —empieza a decir Catherine una vez sentada, porque Rose no se atreve a hablar—. Se supone que debo creer que eres mi hermanastra.

—Catherine, sé que esto debe de ser desconcertante —contesta Rose—. Yo no tenía ni idea. Mi madre no me lo ha confesado hasta ayer, después de que yo me enterara de lo del testamento.

Catherine aparta la mirada con desdén.

Rose ve ya cómo va a terminar esto. Catherine no está contenta de tener una hermanastra. Esperaba que lo estuviera, que la suya pudiera pasar de una relación de amistad a otra de hermanas. Pero Walter ya se lo había advertido. El recelo de Rose se multiplica. Casi siente como si se ahogara. Habla, de forma acelerada:

—Lo siento, Catherine. Debe de ser muy molesto para todos vosotros. No quiero causar ningún problema. Eres mi amiga.

—¿Tu amiga? —espeta Catherine—. ¡Le has robado a Dan su dinero! Ah, sí, lo sé todo. ¿Qué tipo de amiga hace eso? —Se inclina hacia delante—. ¿Cómo has podido?

—No ha sido así, Catherine —protesta Rose con desesperación—. Yo solo... le pedí prestado el dinero. Se lo iba a devolver todo. Se suponía que no tenía que enterarse nadie.

—Bueno, pues ahora todos lo sabemos, ¿no? —Catherine la mira con desprecio—. Así que ya puedes ir devolviéndoselo.

—No puedo —susurra Rose bajando la mirada—. No tengo el dinero para devolvérselo. Todavía no.

—¿Qué?

—Lo invertí y lo perdí casi todo.

—¿Cómo has podido hacer una cosa así? —repite Catherine con furia.

—¿Cómo? Pues te voy a decir cómo —contesta Rose recuperando la entereza—. Yo no tenía lo que teníais vosotros cuando erais pequeños. Yo no era rica ni estaba bien relacionada. He tenido que trabajar para conseguir todo lo que poseo. Y me volví codiciosa e impaciente. Tú no lo entenderías. —Pero, después, inclina la cabeza y baja la voz a la vez que mira fijamente a Catherine—. O quizá sí. Quizá te has vuelto codiciosa e impaciente y has asesinado a tus propios padres. ¿Es eso lo que ha pasado, Catherine? ¿O ha sido Dan?

Catherine la fulmina con una mirada fría. Se levanta rápidamente y mira a Rose, que sigue sentada.

—Te demandaremos si es necesario para recuperar lo que le debes a mi hermano. Y será mi misión personal en la vida asegurarme de que cae sobre ti todo el peso de la ley. Y jamás serás aceptada como parte de esta familia.

Audrey llega a casa desde la comisaría, con la mente acelerada. Cree de verdad lo que le ha dicho a la policía, que Fred debió de contarle a Ellen lo del testamento. Y que Ellen se lo debió de contar a Rose. Y Rose comparte con los demás los mismos genes preocupantes de Fred. Podría haber sido cualquiera de esos cuatro críos quien los hubiera matado a él y a Sheila. Audrey se siente completamente traicionada por Ellen, que siempre ha sido su mejor amiga. Ellen nunca le había contado nada de esto.

Se pregunta si Rose ha sido capaz de cometer un asesinato. Es probable que Ellen se haga pronto la misma pregunta. Si es así, se va a quedar completamente sola en su propio infierno.

Audrey da las gracias por que nunca ha tenido motivos para preocuparse de su propia hija.

Jenna se levanta de la cama de Jake y empieza a vestirse. Es última hora de la tarde, pero ha llegado a Nueva York para verle y, como es habitual, han terminado en la cama antes de hacer cualquier otra cosa. Él ha dejado pequeñas manchas de pintura por todas las sábanas. Va a necesitar otras nuevas.

Se está sirviendo un zumo del frigorífico cuando él entra en la diminuta cocina abrochándose los vaqueros. Jenna le mira un momento, admirándole.

—Tengo que hablar contigo de una cosa —dice Jake.

Ella se pone en tensión. Hay cierto tono en su voz que no le gusta. ¿Qué es? ¿Nerviosismo?

—¿Qué? —pregunta ella, girando la cabeza para mirarle con una sonrisa y así disimular su incertidumbre.

—Voy un poco corto.

Ella finge no entenderle para ganar tiempo.

—¿A qué te refieres?

—Me han subido el alquiler y no tengo suficiente para pagarlo.

Dios, piensa ella. No ha tardado mucho. ¿Cuánto tiempo ha pasado? ¿Poco más de una semana desde que asesinaron a sus padres? Y ya le está pidiendo dinero. Ella se toma su tiempo mientras vuelve a meter el zumo en el frigorífico de espaldas a él. A continuación, cierra la puerta y se gira para mirarle, aún sin saber bien cómo debe manejar la situación.

—¿Pueden hacer eso? —pregunta intentando ganar más tiempo—. ¿Subirlo sin más y sin previo aviso?

—Te estoy hablando de mi estudio. Pueden hacer lo que les dé la gana.

Jenna sabe que tiene razón. Ha visto su estudio y todo funciona bajo cuerda.

—No puedo perder mi estudio —insiste él, con tono algo más duro.

No le gusta ver que Jenna se esté haciendo de rogar, que no le esté dando dinero sin más, piensa ella. Pero lo que están realizando es una danza delicada, algo que probablemente marcará la pauta en el futuro. No saben cómo les va a ir como pareja a largo plazo. Ni siquiera si llegarán a durar. Él sabe que tiene dinero o que va a terminar teniéndolo. Mucho dinero. Y ha mentido a la policía por ella. Presenció aquella espantosa discusión con sus padres la noche en que murieron y le dijo a la policía que había pasado toda la noche con ella. Se lo debe pero, aun así, no le gusta que se lo haya pedido.

—¿Cuánto necesitas? —pregunta Jenna tratando de aparentar que no le importa, que es algo normal en cualquier pareja reciente. Está pensando que unos cientos de dólares bastarán para ayudarle.

—¿Podrías darme cinco mil? —dice él.

Ella se gira hacia él, sorprendida.

—¿Cuánto pagas de alquiler?

Él la mira directamente a los ojos.

—Es que quiero guardarme un poco para no tener que preocuparme. Ya sabes que estoy preparando una instalación artística ahora. No puedo estar pensando en tener que mudarme.

Ya está. Ya lo sabe. Le está pidiendo más de lo que necesita. Le está pidiendo lo que desea. Y sus deseos van a ser cada vez mayores.

—No tengo esa cantidad de dinero en el bolsillo —responde ella.

—Lo sé. Pero ahora puedes conseguirlo, ¿no?

Se fija en ese «ahora».

—Supongo que puedo pedirle un adelanto a Walter —admite.

Él asiente.

—Estupendo. Tengo que irme. Quiero trabajar un poco. Quédate todo lo que te apetezca.

Se acerca a ella y le da un beso largo y profundo. Ella finge disfrutarlo como siempre. Pero, cuando él se marcha, se queda un largo rato mirando la puerta cerrada.

51

Mientras Reyes y Barr se acercan a la modesta pero cuidada casa de Ellen Cutter, Reyes reflexiona sobre qué tipo de mujer es. Desde luego, es capaz de guardar un secreto.

Abre la puerta una mujer de poco más de sesenta años. Le enseñan sus placas y se presentan.

—¿Podemos pasar? —pregunta Reyes.

Ella los invita a entrar y se sientan los tres en la sala de estar.

—Estamos investigando los asesinatos de Fred y Sheila Merton —dice Reyes—. Tenemos entendido que su hija Rose es hija biológica de Fred Merton.

—Sí, así es —responde ella con cierta aspereza.

—No hemos venido a debatirlo. Aparece como beneficiaria del testamento de Fred Merton a partes iguales con el resto de sus hijos.

—Sí. La noticia ha sido toda una sorpresa —contesta ella—. Yo me enteré ayer mismo. Rose me lo ha contado.

—¿Usted no sabía que su hija era una de las herederas?

—No tenía ni idea.

—¿Dónde estuvo usted la noche del 21 de abril, el domingo de Pascua?

Ella parece desconcertada.

—¿Qué? ¿Por qué? —Él se limita a esperar—. Estuve en casa. Vinieron mi hermana y mi hija a cenar. Rose se fue, pero mi hermana se quedó aquí y se fue a su casa por la mañana. Vive en Albany. ¿Por qué me lo pregunta? —Él la mira fijamente. Ella deja escapar una pequeña carcajada de inseguridad—. ¿Cree que yo los maté? Eso es absurdo. —Pasa la mirada de Reyes a Barr, nerviosa, como si no supiera cuál es su situación.

—Fred Merton había decidido cambiar su testamento y quitarles a sus hijos la mitad de su considerable fortuna —le explica Reyes.

—¿Y yo cómo iba a saberlo? —pregunta Ellen.

—Porque su amiga Audrey Stancik se lo dijo.

Reyes ve su sorpresa y ve cómo pierde parte de su compostura.

—Puede que lo hiciera, no lo recuerdo —responde ella en un intento por mostrar despreocupación—. Pero no tenía ni idea de que Rose aparecía en el testamento. Yo no tengo nada que ver con eso.

Él deja que haya un silencio y espera a ver si ella lo interrumpe. Lo hace:

—Mi hermana se quedó aquí esa noche, como he dicho. No se fue a casa hasta la mañana siguiente. Puede preguntárselo.

—¿Y Rose? ¿Cuándo se marchó?

—Sobre las ocho. —Ve lo que están pensando y continúa—: Rose ni siquiera supo que Fred era su padre hasta después de su muerte. —Reyes no dice nada—. Mi hija no tiene nada que ver —insiste con tono desdeñoso—. Quizá deberían investigar a los demás hijos, los que sí sabían que iban a heredar.

Reyes no va a informarla de que su hija está a punto de ser detenida por estafa. Dejará que sea Rose quien lo haga. Pero no puede evitar decir algo más cuando se disponen a marcharse:

—Quizá no conozca a su hija tan bien como cree.

Ellen se queda mirando a los inspectores cuando se marchan. Audrey está detrás de todo esto, piensa. Seguro que lo está. Debe de haberles dicho que le había contado lo del esperado cambio en el testamento. Y, ahora, Audrey se ha puesto en su contra y las ha señalado a Rose y a ella ante la policía, porque está furiosa por lo de la herencia de Rose. Es una locura. Audrey es una de sus más antiguas amigas. «No puede una fiarse de nadie, ¿verdad?», piensa con resentimiento.

Intenta llamar a Rose, pero no contesta.

Walter Temple levanta la mirada desde su mesa y ve que Janet Shewcuk atraviesa el pasillo con paso rápido y la cabeza agachada. Se queda mirándola y, de repente, cae en la cuenta de que le ha estado evitando los últimos días. La sensación de intranquilidad que ha estado rondándole últimamente de repente da un paso al frente. Desde que conoció a Rose Cutter ha estado preocupado. Se gira hacia el ordenador y busca en qué facultad estudió Derecho Rose Cutter y cuándo. Hace lo mismo con Janet Shewcuk, la nueva socia del bufete.

Después, apoya la espalda, inquieto, en su gran sillón de piel, aterrado por lo que debe hacer ahora. Cierra los ojos un largo rato y se pregunta si puede limitarse a no hacer nada. Entonces, los abre, saca la tarjeta del primer cajón de su escritorio y llama al inspector Reyes.

La recepcionista de Temple Black acompaña a Reyes y Barr al despacho de Walter en cuanto llegan. Walter tiene aspecto de llevar un gran peso sobre sus hombros, piensa Reyes.

—¿Qué ocurre? —pregunta Reyes mientras Barr y él se sientan frente al abogado.

Walter deja escapar un suspiro de agotamiento antes de hablar.

—Hace dos o tres meses pedí a mi asociada júnior, Janet Shewcuk, que revisara los testamentos de Fred y Sheila Merton. Hacía casi cinco años desde que los habían redactado y normalmente solemos revisarlos en ese periodo de tiempo.

—Continúe —le insta Reyes.

—Ayer estuvo aquí Rose Cutter para hablar del testamento y hubo algo que me pareció raro.

—¿Qué?

Walter niega con la cabeza.

—No lo sé. Algo no me cuadraba. Simplemente, no la creí cuando dijo que no sabía nada de esto. —Se muerde el labio, pensativo—. Le he estado dando vueltas desde entonces. Después, he investigado un poco y he descubierto que Janet y Rose fueron a la misma facultad de Derecho y en la misma época.

—Y ha pensado que quizá se podrían conocer —concluye Reyes—. Y que podría haberle contado a Rose que figuraba en el testamento.

Walter asiente con gesto triste.

—He pensado que tal vez lo mejor sería preguntarle a ella.

—Vamos a hacerle unas cuantas preguntas —decide Reyes con el pulso acelerado.

—Voy a avisarla —responde Walter levantándose de la mesa.

Un par de minutos después, regresa a su despacho con una joven con un traje gris y el pelo rubio bien recogido en una coleta. Retira una silla para que se siente y, mientras lo hace, nerviosa, él le presenta a los inspectores. Cuando Janet Shewcuk se da cuenta de que son policías se muestra claramente asustada. Y, cuando Reyes le dice están investigando los homicidios de los Merton, empieza a temblar.

—Tenemos entendido que está familiarizada con los testamentos de los Merton —empieza Reyes. La joven abogada se sonroja con un rubor de culpabilidad. Reyes espera.

—Yo los revisé —admite, poniéndose aún más colorada.

—Por casualidad, no conocerá a Rose Cutter, ¿no? —pregunta el inspector.

Ella traga saliva y empieza a pestañear a toda velocidad.

—Fuimos juntas a la facultad de Derecho.

—Entiendo. —La abogada lanza miradas furtivas a su jefe y parece estar a punto de echarse a llorar—. Y le dijo que iba a ser beneficiaria del testamento de Fred Merton.

En ese momento, sí que empieza a llorar de manera descontrolada. Walter le pasa un pañuelo de la caja que hay sobre su mesa. Esperan. Por fin, ella consigue hablar:

—Sé que es incumplimiento de la confidencialidad. No debería haberle dicho nada. —Su rostro es el vivo retrato de la desgracia—. Pero Rose es abogada también..., no iba a contar nada. No pensé que fuera a perjudicar a nadie. —Los mira, destrozada—. ¿Cómo iba yo a saber que los iban a asesinar?

—¿Y cuándo le habló a Rose de su posible dinero caído del cielo? —le pregunta Reyes.

—Quizá fue hace unos dos meses. Me sorprendió mucho ver su nombre en el testamento. No se lo conté nada más averiguarlo. No quería decirle nada. Pero una noche salimos y tomé más vino de la cuenta.

Reyes lanza una breve mirada a Walter y su expresión es intensa.

—Tras los asesinatos, ¿le pidió Rose que no dijera que se lo había contado?

—No. No era necesario —responde Janet con gesto de lamento—. Las dos sabíamos que si salía a la luz echaría a perder mi carrera. —Levanta la mirada hacia ellos—. No estarán pensando que lo hizo ella, ¿verdad?

52

Rose está en la puerta de la casa de su madre. Ellen la ha estado llamando, pero no ha contestado. Lo cierto es que no quiere hablar con ella, pero sabe que debe hacerlo. Llama al timbre.

Su madre abre la puerta, visiblemente alterada.

—Me alegra que hayas venido. He estado intentando dar contigo.

—Lo sé. Estaba ocupada —miente Rose.

—Ha venido la policía —le comenta su madre.

—¿Qué?

—Por los asesinatos de Fred y Sheila.

—¿Qué narices estás diciendo? —pregunta Rose desconcertada y entrando tras ella en la sala de estar, donde ve que su madre se ha servido una copa de vino. Mientras su madre le explica, Rose se siente cada vez más angustiada.

—Solo porque supiera que Fred iba a cambiar su testamento para dejarle la mitad a Audrey, tienen el descaro de sugerir que lo he hecho yo... para proteger tus intereses. ¡Yo ni siquiera sabía que tú aparecías en el testamento! Me han preguntado si tengo coartada.

—No pueden hablar en serio —protesta Rose mientras se sienta a su lado.

—Por suerte, Barbara estuvo aquí toda la noche. —Entonces, la mira y prosigue—: También han preguntado por ti. Pero les he dicho que ni siquiera supiste que Fred era tu padre hasta que murió. Y que tampoco sabías lo de la herencia.

Rose recuerda ahora con una sensación de náuseas cómo los inspectores le preguntaron por el asesinato.

—Yo me fui a casa y me acosté después de cenar con vosotras —comenta Rose—. No tengo ninguna coartada. —Se siente un poco mareada.

Su madre intenta tranquilizarla.

—Bueno, yo no me preocuparía. Es imposible que puedan sospechar de ti. Tú no sabías nada. ¿Has hablado ya con Catherine?

Pero Rose no la escucha. Tiene un nudo en el estómago.

—¿Rose? —repite su madre con brusquedad.

Ella levanta los ojos antes de hablar.

—Tengo que contarte una cosa.

De vuelta en la comisaría, un agente se dirige a Reyes y Barr para enseñarles algo. Parece excitado. Barr y él siguen al agente hasta un ordenador y todos miran la pantalla.

—¿Quién lo iba a decir? —exclama Reyes. Da una palmada al policía en la espalda—. Buen trabajo.

Después de que su hija se haya ido, Ellen da vueltas por la sala de estar, asustada por Rose y por la cosa tan terrible que ha hecho. Cuando Rose le contó el lío en que se había metido con el dinero de Dan, no podía creérselo. Se quedó muda, literalmente incapaz de hablar durante un largo rato.

Ellen no se mostró todo lo comprensiva que debería. Pero... ¿cómo había podido Rose ser tan egoísta? ¿Tan insensata? ¿Tan estúpida? No era propio de ella en absoluto. Esa no era la Rose que conocía. Por fin entendía por qué su hija había estado tan estresada, por qué había perdido peso. Está muy enfadada con ella. Y le hizo saber lo decepcionada que se sentía.

Ellen siempre se ha enorgullecido de Rose, de ser su madre. Pero la gente se va a enterar de esto. Es probable que Rose vaya a la cárcel, no por mucho tiempo, pero la idea de visitar a su hija en prisión hace que Ellen se sienta completamente humillada. Todo el mundo va a saber lo que ha hecho. Ya no podrá seguir ejerciendo la abogacía, después de tanto esfuerzo. Y Ellen se sentirá avergonzada siempre de ella. No podrá decir que su hija es abogada. Su hija es una delincuente y no podrá alegar nada en absoluto.

Ahora, mientras llora, con las lágrimas inundándole la cara, una pequeña parte de ella desearía no haber sido tan dura con Rose, haber abrazado a su hija antes de que se marchara, como siempre hace. Pero no lo ha hecho. Le va a costar perdonarle esto. Necesita tiempo.

Sigue dando vueltas por la casa, con un desvío a la cocina para rellenarse la copa de vino. Al menos, Rose va a recibir su herencia. Podrá empezar de nuevo una vez que salga de la cárcel. Probablemente tenga que mudarse a otra ciudad. ¿Cómo van a mantener ninguna de las dos la dignidad después de esto? Habría sido maravilloso si Rose no hubiese incumplido la ley y hubiese heredado todo ese dinero. Podría haber tenido todo lo que quisiera. Ellen se habría sentido muy orgullosa de ella.

Ahora, sabe también que ya han interrogado a su hija por los asesinatos. Rose se lo ha contado. La van a acusar de estafa. Pero esos policías no pueden creer de verdad que Rose tuviera nada que ver con los asesinatos. No importa que carezca de coartada. Rose no sabía que figuraba en el testamento.

Ella jamás se habría imaginado que Rose fuera remotamente capaz de robar el dinero de otra persona. Recuerda las últimas palabras que le había dicho ese inspector tan desagradable: «Quizá no conozca a su hija tan bien como cree».

Ellen no puede dejar de pensar en lo que ha leído en internet sobre la psicopatía y que puede ser hereditaria. Piensa en los Merton. Su Rose forma parte ahora de esa familia. ¿Y si alguno de ellos es de verdad el asesino? Sabe que Audrey siempre lo ha creído así.

Puede que Audrey no vuelva a hablarle nunca más y eso le duele. Había esperado que su larga amistad pudiera sobrevivir a la revelación del parentesco de Rose.

En ese momento, se le pasa por la mente que, si alguno de los otros hijos de los Merton es acusado de los asesinatos, perderá su parte de la herencia y Rose recibirá más.

Ha sido inevitable, piensa Rose, sentada de nuevo en la dura silla de la misma sala de interrogatorios, con su abogada a su lado, preocupada. Mientras va cayendo la tarde, los dos inspectores la interrogan con agresividad. Había esperado que Janet no contara nada, que nadie descubriera la conexión. Pero aquí está, y los policías ya han hablado con Janet.

—Sabía que figuraba en el testamento, Janet Shewcuk se lo había dicho —repite Reyes—. Usted nos ha mentido.

—Sí que lo sabía —confiesa Rose por fin, agotada—. Pero yo no los maté.

—No tiene coartada —comenta Reyes—. Necesitaba dinero para devolverle a Dan el suyo y, así, no ir a la cárcel por estafa. ¿Es eso lo que estaba pensando? ¿Que si Fred y Sheila morían y todos recibían su herencia, podría pagarle a Dan y nadie se enteraría de nada? ¿O, lo que es más probable, que si no conseguía el dinero a tiempo y averiguaban lo que había hecho con el de Dan, no dirían nada, permitirían que se lo devolviera y la perdonarían porque forma parte de la familia?

—Yo no los he matado —repite Rose con obstinación. Pero el miedo le ha ido bajando por la garganta y se le ha aferrado al estómago.

53

Esa noche, Catherine prepara con cuidado la escena. A pesar de todo lo que está ocurriendo, quiere que el momento que Ted y ella han estado esperando sea perfecto. Ha comprado flores para la mesa. Ha pedido comida gourmet de su restaurante francés favorito y la mantiene caliente en el horno.

Cuando Ted llega a casa del trabajo, ella le coge la chaqueta y le dice que tiene una sorpresa para él. Ted se gira para mirarla y ella sonríe.

—No es una sorpresa mala —aclara.

—Ah, bueno. Porque últimamente ya hemos tenido muchas de esas —contesta Ted.

—Olvídate de todo —le dice ella—. Ven conmigo.

Él la sigue al interior del comedor, donde ella ha preparado una mesa preciosa.

—¿Hueles eso? Lo he pedido al Scaramouche.

—¿Qué celebramos? —pregunta Ted.

—Ahora te lo digo pero, antes, siéntate.

Catherine lleva la comida a la mesa y se sientan uno enfrente del otro. Enciende las velas.

Ha dejado una botella de vino tinto en la mesa que él automáticamente abre. Extiende el brazo para servirle a ella, pero Catherine pone los dedos por encima de la copa y le sonríe. Él levanta la mirada hacia ella, sorprendido.

—Para mí no —dice ella. No parece que él lo haya entendido—. No es bueno para el bebé.

—¿Estás embarazada? —Se levanta y rodea la mesa hacia ella. Catherine se pone de pie y él la abraza. No puede verle la cara a su marido.

Es, piensa, un momento perfecto.

Esa misma noche, Ted sale de casa. Le dice a Catherine que va a recoger unas cosas. Ella parece contenta, sin dejar de parlotear sobre que tendrá que cambiar el vino por tónica con lima, sin ginebra, para que nadie sospeche que está embarazada. Al menos, durante un tiempo. Hasta que pasen los tres primeros meses. Él le dice que se relaje, que se dé un baño y se mime mientras está fuera. Le dice lo contento que está por el bebé y que volverá enseguida a casa para ocuparse de ella. A continuación, sale y cierra la puerta.

Quiere tener un hijo, por supuesto que sí. Pero no está seguro de querer tenerlo con ella. Se imagina a los dos con un bebé, viviendo en la casa de los asesinatos, y tiene que reprimir un escalofrío.

Va con el coche al sitio acordado para el encuentro. Va a ver a su cuñada, Lisa. Tiene una tremenda necesidad de desahogarse con alguien y no tiene a nadie más con quien hablar de esto. Espera no estar cometiendo un error al fiarse de Lisa. Pero, si no hace algo, va a explotar. Él y Catherine han hablado de su preocupación de que Dan pueda ser un asesino y han acordado hacer todo lo que esté en su mano para protegerle.

Pero puede que Dan no sea el asesino.

Después de que los inspectores fueran ayer a verle a su clínica, Ted le contó a Catherine lo que habían dicho. Lo tonta que había sido al no informarle de cómo eran los pendientes. Ella se había quedado muy callada y solo había contestado: «Mierda». En ese momento se los describió, pero lo cierto es que no puede recordar haberla visto con ellos puestos. Por otra parte, él nunca presta atención a sus joyas.

No tiene ni idea de qué es lo que Catherine piensa de verdad. ¿Sabe que él sospecha de ella? Y ahora esto. Está embarazada. Habría preferido no enterarse de la buena noticia.

Está apoyado en su coche mientras anochece en el aparcamiento del Home Depot y especula sobre qué estará pasando en casa de Dan. Espera averiguarlo.

Ve que Lisa llega en su pequeño coche y aparca. Baja y se acerca a él, con expresión de preocupación. Inesperadamente, se lanza contra él para abrazarle. Ted recuerda que ella siempre abraza a Catherine. Abraza a todo el mundo. Es una mujer muy dada a las muestras de afecto, tanto a darlas como a recibirlas.

—Perdona, estoy hecha un lío —dice ella tras apartarse.

—No pasa nada. Yo estoy igual —contesta él.

—¿Dónde está Catherine? ¿Por qué hemos quedado aquí? —pregunta Lisa.

—Quería hablar, tú y yo a solas —responde él. ¿Se lo está imaginando o ella se está poniendo en tensión? Lisa está más unida a Catherine que a él.

—¿Por qué?

Se apresura a tranquilizarla.

—Es solo que esto me está resultando duro. He pensado que quizá a ti también, que podríamos prestarnos apoyo emocional.

Ella se reclina en ese momento contra el coche, al lado de él.

—Sé que Catherine está tratando de proteger a Dan. —La voz le tiembla—. Pero... yo no dejo de imaginarme qué ha podido pasar. —Deja de hablar y se queda mirando al frente, hacia el otro lado del aparcamiento, como si viera los asesinatos en su imaginación. Por fin, sigue hablando con la voz quebrada—. Sé que Catherine quiere protegerle, pero yo no estoy segura de poder hacerlo.

—¿A qué te refieres? —pregunta Ted, girándose para mirarla. ¿Es que sabe algo? ¿Algo que ellos no sepan?

Lisa traga saliva.

—Si ha sido Dan... ¿tú podrías vivir con él?

Ted aparta la mirada. Entonces, no hay nada definitivo, nada de lo que ella diga le puede servir de ayuda. Él vive con el mismo temor. Ha quedado con Lisa con la esperanza de que ella le contara algo que confirmara la culpa de Dan, que se lo ha confesado o algo por el estilo. Así, Ted podría dejar de dudar. Pero ella no sabe más que él. Los dos están dando palos de ciego. Se quedan un rato en silencio.

—Intento decirme a mí misma que él no puede haberlo hecho, no el Dan que yo conozco —empieza a explicar, despacio—. Pero ¿y si hay un Dan que no conozco? Tienen un testigo que lo vio esa noche en Brecken Hill. Me ha mentido sobre eso. Sin embargo, no dejo de pensar que él no ha sido, porque una parte de mí no lo puede ni lo quiere creer.

Ted la mira y siente una imperiosa necesidad de aligerar su carga. Traga saliva.

—Sé a qué te refieres.

Ella niega con la cabeza.

—No creo que puedas.

—Escucha —dice Ted con voz baja y cansada—. No sé si lo ha hecho Dan o no. Pero, si no ha sido él, probablemente lo hiciera Catherine.

Ella le mira con evidente sorpresa.

—¿Por qué piensas eso?

—Estuvo allí, Lisa.

—Cuando ya estaban muertos.

—Eso es lo que ella dice, pero esa noche volvió a casa y actuó como si no ocurriera nada. Se inventó toda una conversación con su madre, que ya estaba muerta. Y pasó casi dos días ocultándolo. ¿Quién hace eso?

—Creía que así protegía a Dan.

Él asiente. Vacila, a punto de cometer una traición. ¿Debe confiar en Lisa o no? Suelta el aire.

—Eso es lo que todos creíamos. Pero la policía ha venido a mi consulta. Han encontrado unos pendientes de Sheila en el joyero de Catherine al registrar nuestra casa. Dicen que son una de las cosas que desaparecieron de la casa esa noche.

—¿Qué? Yo no sabía nada de eso.

—Según Catherine, se los pidió prestados un par de semanas antes, pero no recuerdo haberlos visto.

—Quizá sí se los pidió.

—Quizá. Es lo que me ha jurado. —Tras una pausa, continúa—: Ese inspector parece convencido de que Fred iba a cambiar el testamento para dejarle la mitad a Audrey y que uno de sus hijos lo sabía.

—Eso es mentira, ¿no?

Ted se encoge de hombros.

—Parece que ellos no piensan lo mismo porque Fred se estaba muriendo y, al parecer, creen que estaba poniendo en orden sus asuntos. —Ella asiente, pensativa. Ted continúa—:

Sé que Sheila quería contarle algo a Catherine esa noche. Quizá fuera eso. —Duda, pero no puede evitar decirlo, lo necesita—. Catherine estuvo arriba a solas con su madre esa noche, justo antes de la cena. Quizá Sheila le contó entonces lo del testamento. —Lisa se queda mirándole con los ojos abiertos de par en par. Tras otro silencio, Ted le pregunta—: ¿Dan te ha contado algo... sobre Catherine?

—Solo que ella sabía lo de los trajes desechables de nuestro garaje y que nunca cierra la puerta. —Aparta la mirada—. Dice que Catherine está tratando de culparle a él, pero yo no me lo creo... —Su voz se va apagando.

—No sé qué creer —dice Ted.

—Podría haber sido cualquiera de ellos —concluye Lisa, despacio, claramente alterada—. ¿Qué vamos a hacer?

—No lo sé. Pero no le cuentes a Dan lo de los pendientes, ¿vale?

54

A la mañana siguiente, jueves, los inspectores interrogan otra vez a Jake Brenner. Ha venido a Aylesford en el tren. Esta vez se muestra más receloso.

—Jake —empieza Reyes—, vamos a concederle la oportunidad de ser sincero con nosotros.

—¿Qué quiere decir?

—Sabemos que no pasó la noche en casa de Jenna aquí en Aylesford la noche del domingo de Pascua. Nos ha mentido. —Jake parpadea con rapidez—. Le grabó la cámara de seguridad de la estación de Aylesford. Tomó el tren de las ocho cuarenta de vuelta a Nueva York.

Jake va cambiando la mirada de uno a otro.

—Vale, sí. Volví a Nueva York esa noche —confiesa por fin.

—¿Y no tuvo problema en mentir por ella? —pregunta Reyes. Nota cómo el otro hombre traga saliva.

—No. Ella vino a verme al día siguiente, el lunes, y pasó allí la noche. Todo fue bien. El martes por la mañana yo me fui a trabajar y ella me llamó para contarme que habían robado y asesinado a sus padres y me pidió que dijera que habíamos pasado juntos toda la noche del domingo de Pascua. Me comentó que así sería más fácil. —Y añade—: Yo accedí porque no pensé que ella tuviese nada que ver.

Reyes pasa por encima de la mesa unas fotografías del escenario del crimen y las deja delante de él. Él baja la mirada y su rostro palidece. De repente, parece como si estuviese mareado.

—No creerán de verdad que ella pudo hacer esto —dice Jake.

Reyes no le contesta. En lugar de ello, señala:

—La obstrucción a la justicia es un delito grave.

—Nunca pensé que..., es decir, ella estaba perfectamente normal el lunes. No se me ocurrió que pudiera haberlos matado. ¿Por qué iba a hacerlo? Yo sabía que habían discutido esa noche, pero, joder...

—¿Por qué discutieron? —pregunta Reyes.

Ahora está dispuesto a contarlo todo.

—El padre fue muy cruel con ellos durante la cena. Insultó a todo el mundo. Los demás se fueron muy cabreados, incluso la asistenta. Nosotros estábamos a punto de marcharnos, pero, entonces, Jenna empezó a discutir con su padre. —Hace una pausa, como si no quisiera contar lo que va a decir a continuación—. Su padre empezó a quejarse de lo inútiles que eran y dijo que había decidido cambiar el testamento y dejarle la mitad de su fortuna a su hermana, y que ya había concertado una cita para hacerlo. Jenna estaba furiosa. Yo quería irme, pero ella no estaba dispuesta. Fue muy desagradable.

—¿Pasaron a las manos?

—No, pero los dos se estuvieron gritando. Después, ella me contó que es la única que se ha enfrentado siempre a su padre. Que los demás le tenían miedo.

Bueno, bueno, bueno, piensa Reyes cuando han terminado con Jake. Jenna Merton, al menos, sí sabía que su padre iba a cambiar su testamento. Y Jake no pasó aquella noche con ella. Reyes golpetea su lápiz sobre el protector de su escritorio, concentrado en sus pensamientos.

Cada uno de esos cuatro chicos va a recibir varios millones de dólares. Todos ellos tienen, más o menos, la misma altura, son diestros y físicamente capaces de cometer los asesinatos.

Quizá, piensa, todos los hijos lo hayan hecho juntos y todo esto forme parte de un gran plan. Quizá se estén burlando de él. No tiene pruebas de ninguna conspiración, pero cualquier complot podría haberse preparado fácilmente en persona, sin dejar ningún rastro. Están sembrando bastante confusión entre todos para provocar una duda razonable. Todos se comportan como si pudieran haberlo hecho. Consiguiendo que otros mientan por ellos. Los pendientes en el joyero de Catherine. Que vieran a Dan en Brecken Hill. Que Jenna mintiera sobre lo que ocurrió aquella noche después de que los otros se marcharan y dijera que Jake había estado con ella. Incluso el comportamiento de Irena con el cuchillo. Y Rose... Puede que todos estén juntos en esto de alguna forma.

¿Le están manipulando entre todos? Recuerda que Irena dijo que jamás actuarían juntos.

¿No va a poder resolver nunca este caso? Reyes se frota los ojos, cansado. Se niega a reconocer esa posibilidad. La verdad está ahí. Solo tiene que averiguar qué ocurrió exactamente.

Tendrán que hablar otra vez con Jenna.

El móvil de Jenna suena y ve que es Jake quien llama. Quizá se ha dado cuenta de que a ella no le gustó mucho que le pidiera dinero.

—Hola —contesta—. ¿Qué pasa? —pregunta con tono despreocupado.

—He estado en Aylesford, hablando con la policía —responde Jake con voz tensa.

—¿Qué coño estás diciendo?

—Lo saben, Jenna —aclara Jake.

—¿Qué es lo que saben?

—Me grabó la cámara de seguridad de la estación de Aylesford cuando volvía a Nueva York esa noche. Les he dicho la verdad, que no estuve contigo. Y les he contado lo de la discusión con tus padres.

Ella se queda pasmada. Y furiosa.

—¿Exactamente qué es lo que les has contado? —pregunta con frialdad.

—Que tu padre dijo que había decidido cambiar el testamento para dejarle la mitad a su hermana.

Ella guarda silencio durante un momento.

—¿Por qué cojones les has contado eso? —pregunta después.

—Tú mantente alejada de mí. No quiero tener nada que ver contigo —responde Jake antes de colgar.

55

Esa noche, Jenna va a ver a su hermana.

Catherine le hace pasar y las dos se acomodan de nuevo en la sala de estar, con las cortinas corridas.

—¿Quieres algo? —pregunta Catherine—. ¿Vino? ¿Un gin-tonic?

—Vale —responde Jenna mientras se sienta en uno de los sillones. Ve que Catherine ya tiene un gin-tonic en la mesa baja—. Vino, por favor. —Ted se mantiene en un segundo plano, como siempre, como si no estuviese seguro de ser bienvenido. Pero es evidente que quiere estar ahí. Quiere oír lo que ella vaya a decir.

Jenna ha notado un cambio en Ted. Ha perdido parte de su seguridad. Sería de esperar que estuviese disfrutando del resplandor de todo el dinero que va a venir con la herencia de Catherine, piensa Jenna. Le observa en silencio mientras Catherine va a la cocina a por su copa. A Ted no le importa tanto Dan ni la reputación de la familia como a Catherine. Entonces, ¿por qué parece tan angustiado? Ese pensamiento la sorprende, como una revelación. Puede que no crea que Dan lo haya hecho. Quizá crea que ha sido Catherine.

—¿Estás bien, Ted? —pregunta ella.

—Han encontrado aquí unos pendientes de tu madre, en el joyero de Catherine —contesta él con claro nerviosismo—. Catherine se los pidió prestados, pero la policía no quiere creerla.

—¿Qué pendientes? —pregunta Jenna.

Catherine vuelve de la cocina.

—Los antiguos de diamantes con cierre de tuerca. ¿Te acuerdas? Se los pedí hace un tiempo y ahora me están dando la lata con ellos. —Le pasa una copa de vino tinto y, a continuación, se sienta en el sofá y cruza las piernas por debajo—. Bueno, ¿qué es lo que pasa?

Jenna se queda mirando a su hermana durante un momento, pensativa, antes de contestar.

—La policía quiere interrogarme otra vez mañana por la mañana. He preferido hablar contigo antes.

Catherine se inclina hacia delante para coger su copa.

—¿Por qué?

Jenna vacila un momento.

—Jake ha cambiado su declaración y les ha dicho que no pasó conmigo aquella noche.

Catherine se queda inmóvil, con la copa a medio camino hacia sus labios.

—¿La pasó o no?

—No —confiesa Jenna—. Le pedí que mintiera por mí.

Hay un largo silencio.

—Menuda panda de mentirosos estamos hechos —dice Catherine por fin antes de dar un sorbo a su copa.

—Estuve en casa toda la noche. Yo no los maté —insiste Jenna—. Pero no quiero problemas.

—Ya somos dos —responde Catherine.

—Voy a ir con un abogado.

—¿Y qué les vas a decir? —pregunta Catherine con la mirada en su copa.

—Nada.

Catherine asiente.

—Escúchame —dice con cautela—. Todos sabemos que probablemente fue Dan. Pero parece que no han encontrado ninguna prueba concluyente. Incluso con ese testigo que vio a Dan en Brecken Hill aquella noche. ¿Y qué? No es suficiente. No es nada. No es como si lo hubiesen visto en casa de papá y mamá. Deberíamos intentar relajarnos todos. Tenemos que controlar los nervios.

Jenna levanta la vista de su copa de vino.

—Tuve una discusión con papá esa noche, después de que los demás os fuerais. Me dijo que iba a cambiar su testamento y dejarle la mitad a Audrey. Estaba harto de nosotros. Jake lo oyó todo y se lo ha contado a la policía.

—¿De verdad iba a hacerlo? ¿Estás segura? —pregunta Catherine.

—Es lo que dijo. —Mira fijamente a su hermana y le pregunta—: ¿Tú lo sabías?

—¿Qué? No, claro que no. —Hay un tenso silencio—. Dios —exclama y se termina el resto de la copa de un trago—. No pintan bien las cosas para ti, ¿no?

Esa noche, después de que Jenna se haya ido, Catherine está recostada en la cama, fingiendo leer una novela, mientras Ted hace lo mismo a su lado. Menos mal que no puede leerle la mente, porque, mientras la página que tiene delante se difumina, empieza a ver otra cosa..., la cara pálida de su madre, sus ojos abiertos, mirándola. Recuerda cómo se arrodilla, se inclina para acercarse, como si fuese a besarla en la mejilla. Pero, en lugar de eso, extiende la mano hacia el pendiente de diamante que tiene su madre en el lóbulo. Sheila lleva puestos los pendientes antiguos de diamante que Catherine tanto ha codiciado. Deben ser para ella. Su madre había llevado otros distintos durante la cena de Pascua. Catherine podrá decir que se los había pedido prestados. Nadie lo sabrá.

Dan y Lisa están sentados en el sofá del estudio viendo la televisión. Han estado raros y tensos el uno con el otro. Ese bienestar que siempre habían compartido hace tiempo que desapareció. Dan no está seguro de qué pensará Lisa sobre los asesinatos. Quizá crea que los ha cometido él, no lo sabe. Pero está bastante seguro de que ella ya no le quiere.

Incapaz de concentrarse en la televisión, se descubre pensando en lo rápido que todo se ha ido a la mierda. Y no es culpa suya siquiera. Es culpa de todos los demás. De su padre, por vender la empresa y arruinar su carrera profesional. De Rose Cutter, por meterle en esa inversión y haberle estafado. Y, para empezar, de su hermana Catherine, por sugerirle a Rose que hablara con él. Se revuelve, inquieto, mientras su mente huye con él, con la pierna moviéndose arriba y abajo en el sofá. Está seguro de que debe de estar molestando a Lisa.

—Voy a salir a dar una vuelta con el coche —dice levantándose.

Ella le mira.

—¿Por qué? ¿Adónde vas? —pregunta como si sospechara de él.

A Dan no le gusta su tono, así que no responde. Sale del estudio, casi esperando que ella se ponga de pie, le siga hasta la puerta y le pida que se quede en casa. Pero no lo hace. Se queda en el estudio, como si ya no le importara lo que él haga. Dan coge la cazadora vaquera, no la otra que siempre suele llevar y que tiene la policía, y sale de casa. Tiene que salir. No puede quedarse sentado un minuto más con toda esa tensión recorriéndole el cuerpo. Necesita conducir.

Sube al coche de Lisa. Le cabrea que no le hayan devuelto el suyo y que nadie le diga cuándo lo van a hacer. Es como si le estuviesen arrebatando todo. Apaga el teléfono móvil y sale marcha atrás por el camino de entrada. Al principio, conduce sin dirección fija, por calles que conoce. Conducir le ayuda a pensar. Normalmente, eso le calma. Pero últimamente no, y tampoco le funciona esta noche. Su rabia se va enconando, aumentando.

Fija sus pensamientos en Rose, a la que culpa de todo. Ella le ha robado y ahora va a recibir una parte igual de la herencia familiar, un dinero que se suponía que iba a ser para él y sus hermanas.

Sabe dónde vive. Ha buscado la dirección. Y, como era inevitable, se descubre dirigiéndose hacia su casa. Cuando llega a su calle de casitas modestas, aparca enfrente de la de ella y observa. Todas las luces están apagadas, salvo una que hay en la puerta de entrada. No hay ningún coche en el camino de acceso.

Está furioso con ella. Se agarra al volante con tanta fuerza que las manos le empiezan a doler. Pero se queda ahí quieto, observando.

Rose llega a casa más tarde de las once de la noche, después de una cena con amigos. No lo ha pasado bien. Ha estado callada y distraída todo el tiempo, hasta que sus amigos se han dado cuenta. Ha negado que le suceda algo. Pronto se enterarán. No le ha hablado a nadie del testamento y, según parece, tampoco lo han hecho los Merton. Aún no ha salido en las noticias. Pero cualquier día de estos lo hará.

La calle está a oscuras y ella aparca en el camino de entrada. Se alegra de haber dejado encendida la luz de la puerta. Cuando aparca y sale del coche, ve el pequeño vehículo que está enfrente. Hay un hombre dentro y cree que la está mirando. Al instante, el corazón se le acelera. No está segura de quién es. Está demasiado oscuro. No quiere pararse a mirar. Tiene que entrar. Sube corriendo los escalones de la puerta mientras busca la llave y escucha el sonido de la portezuela de un coche abriéndose detrás de ella y unos pasos por la acera. Una vez dentro, cierra con llave y echa el cerrojo de seguridad. Después, se apoya en la puerta, a oscuras, con la respiración acelerada.

Está deseando encender todas las luces, pero no lo hace. No quiere que él la vea dentro de la casa. Se sienta en la cocina, totalmente a oscuras, con el móvil en la mano, preparada para llamar a emergencias.

Por fin, a eso de la una de la madrugada, reúne el coraje de salir a la sala de estar y mirar desde detrás de la cortina. El coche se ha ido.

56

A pesar de ir acompañada de su abogado cuando entra en la comisaría a la mañana siguiente, Jenna está inusualmente nerviosa. Se siente furiosa con Jake por haberla traicionado. No es más que un cobarde. Al menos, no tendrá que darle dinero por guardar silencio. Ya no tiene nada que usar en su contra. Les ha contado todo lo que sabe. Quizá se arrepienta de su decisión cuando no pueda pagar el alquiler. Eso le provoca a Jenna una pequeña satisfacción. Quizá haya sido lo mejor. En realidad, no tiene por qué preocuparse.

Se sientan en la sala de interrogatorios, Jenna junto a su abogado a un lado de la mesa y Reyes y Barr al otro. Jenna compone el semblante mientras hacen las presentaciones para la grabación, antes de empezar con las preguntas.

—Su novio la ha traicionado —empieza Reyes.

—Ya no es mi novio —responde ella con una leve sonrisa forzada.

—Dice que no estuvo con usted la noche de los asesinatos, que usted le pidió que la encubriera —añade el inspector.

Ella mira a su abogado y, después, de nuevo a Reyes.

—Es verdad. Le pedí que fuera mi coartada. Pero yo no maté a mis padres. Le llevé a la estación de trenes después de la cena y, luego, volví sola a mi casa.

—¿Por qué mintió?

—¿Usted qué cree? Para que no pensaran que había sido yo. La misma razón por la que han mentido mis hermanos.

—Van a ser todos ustedes millonarios —comenta Reyes.

—Exacto. Todos sabíamos que íbamos a ser sospechosos.

—Jake nos ha contado lo de la discusión que tuvo usted con su padre esa noche. Tengo entendido que fue muy acalorada. Él le dijo que estaba pensando dejarle la mitad de su patrimonio a su hermana Audrey.

—Sí que discutimos —confiesa Jenna—. Puede que dijera eso. Pero mi padre siempre decía cosas así cuando se enfadaba. Yo no lo tomé en serio. Probablemente, a Jake le pareció peor de lo que era en realidad.

—Ahora mismo usted es la única de la que estamos seguros que conocía las intenciones de su padre.

Ella se encoge de hombros.

—Yo no estaría tan segura. Si de verdad iba a hacerlo, mi madre se lo debió de contar a Catherine. Se lo habría dicho si lo supiera.

—¿Por qué a Catherine en particular?

—Se lo contaba todo a Catherine. Era la favorita. Nuestra madre nunca nos contaba nada a mí ni a Dan.

—¿Está enterada de que han envenenado a su tía Audrey? —pregunta Reyes.

—Eso he oído. Me pregunto a quién habrá cabreado esta vez.

—Se encuentra bien, por cierto —añade Reyes.

Ellen Cutter está en el centro haciendo algunos recados cuando ve a Janet Shewcuk por la acera dirigiéndose hacia ella. Va caminando con la cabeza agachada y no la ve. Pero Ellen reconoce a la amiga de su hija de la facultad, la que consiguió un trabajo en un prestigioso bufete de Aylesford, al contrario que su hija. Decide evitarla, consciente de que enseguida sabrá todo el mundo que Rose ha estafado a un cliente y que ha cometido un delito. Está a punto de darse la vuelta cuando Janet levanta la mirada y se detiene en seco, con la cara congelada al reconocer a Ellen. Esta se dispone a pasar por su lado, pero Janet extiende la mano y la coloca sobre su brazo.

—Señora Cutter.

La ha pillado. Ahora no puede fingir que no la conoce.

Y entonces la situación empeora. Janet la mira, con los ojos inundados en lágrimas, y le susurra:

—Lo siento.

Ellen la mira, confundida. ¿Ya sabe lo que ha hecho Rose? ¿Se lo ha contado ella? No quiere su compasión. Antes de apartar el brazo y seguir caminando, Janet vuelve a hablar:

—Sé que Rose está metida en un lío y ha sido por mi culpa. Jamás debí decirle que aparecía en el testamento de Fred Merton.

Ellen siente que las piernas le flaquean, pero necesita oírlo todo.

Ese mismo día, Reyes y Barr se dirigen, con el equipo de la policía científica, armados con una orden de registro, a la pequeña casa que Jenna Merton tiene alquilada a las afueras de Aylesford. Es una vivienda rústica, una casa con armazón de madera que necesita una mano de pintura. Está en mitad de la nada. Sin ningún vecino al lado. Nadie que pueda ver sus entradas y salidas. No se sorprende al verlos.

Reyes no está seguro de qué esperar —un interior desordenado y lleno de ceniceros, cachimbas y desperdicios propios de una disoluta vida de artista—, pero lo que ve le sorprende. Dentro, las habitaciones son luminosas y están ordenadas. Las paredes están recién pintadas de blanco y hay lienzos de colores vivos en las paredes. Se pregunta si serán de su novio, Jake. Pero entonces piensa que, si lo fueran, probablemente ya los habría descolgado y roto en pedazos. Son modernos, abstractos, pero al mismo tiempo agradables. Detrás de la sala de estar hay una habitación trasera soleada que ha convertido en estudio y que da al campo. Hay varias esculturas en el estudio y él las observa con interés. Ve toda una fila de torsos femeninos sin cabeza, solo pechos de todo tipo de formas y tamaños.

—Mis bustos —dice ella con sarcasmo.

En algunas de las esculturas se reconocen fácilmente genitales femeninos, pero otras son más convencionales. Quizá esté ampliando horizontes. Desde luego, son experimentales. Una parece ser la cabeza y los hombros de un hombre en la que ha estado trabajando con arcilla. Está sin terminar. O puede que sí esté acabada, no lo sabe. No entiende nada sobre arte moderno.

—¿Le gusta el arte? —le pregunta Jenna, como si le leyera la mente. No parece molesta de que estén ahí.

—No lo sé. La verdad es que nunca lo he pensado —confiesa él.

Ella le mira negando con la cabeza, como si se tratara de un ignorante. Quizá lo sea. Pero puede que ella sea una asesina y no está en situación de juzgarle, piensa Reyes. Se concentra en la tarea que tiene delante.

Sabe que ella es lista. Si mató a sus padres, es probable que no encuentren nada. Revisan toda la casa. No hay indicios de sangre por ningún lado. Ni tampoco de joyas de la madre. Pero, claro, los gustos de Jenna son completamente distintos.

Se han llevado su Mini Cooper para examinarlo. Ya hay aparcado un coche de alquiler a la izquierda de la casa. Cuando salen, Reyes reconoce a alguien que le resulta familiar sentado en un vehículo en el camino de tierra delante de la casa. Se trata de Audrey Stancik. Jenna sale por detrás de Reyes cuando ve a la hermana de su padre. Se acerca a ella con furia.

—¿Qué coño haces aquí? —pregunta Jenna.

—Este es un país libre —contesta Audrey mirando con una desagradable sonrisa a su sobrina.

—Vete a la mierda —espeta Jenna. Se gira hacia Reyes y grita—: ¿No puede echarla?

—No te preocupes —dice Audrey—. Ya me voy. —Pone en marcha el coche y se aleja.

Reyes y Barr siguen al equipo de técnicos al patio de atrás. Allí, fijan de inmediato su atención en el hoyo de la hoguera.

Los inspectores se acercan y ven cómo los técnicos recogen cada trozo de ceniza y restos de la hoguera para llevarlos al laboratorio para su análisis. Reyes nota que Jenna se ha acercado a su lado y la mira.

—Es una hoguera —dice ella—. ¿Qué pasa? —Él vuelve a dirigir su atención al ennegrecido círculo que tiene a sus pies—. No va a encontrar nada ahí.

Al día siguiente es sábado y Audrey está en su casa, con una sensación de soledad y frustración. Echa de menos a Ellen.

«¿Qué les pasa a esos inspectores?», piensa. Está claro que esos chicos han asesinado a su hermano y su esposa, pero no parece que hayan averiguado quién lo ha hecho. Y uno de ellos ha intentado matarla también a ella. ¿Quién dice que no lo vayan a volver a intentar?

Ojalá siguiera teniendo a Ellen para hablar con ella. Ellen es una persona muy tranquila y apaciguadora. Pero Audrey sigue enfadada con ella. ¿Cómo es posible que Ellen no le haya contado, después de tantos años, que Rose era hija de Fred? Audrey le ha confiado a Ellen su secreto más oscuro. Quizá haya sido un error. Y puede que la misma hija de Ellen sea una asesina.

No va a permitir que quien haya asesinado a su hermano se vaya de rositas. Está obsesionada con averiguar la verdad. Mientras le da vueltas en la cabeza, se da cuenta de que, aparte del asesino, hay otra persona que puede saber la verdad.

Ellen está sentada en la mesa de su cocina, con la mirada perdida. Ahora lo sabe todo y no es su hija quien se lo ha contado. Ellen se ha quedado prácticamente catatónica desde que se encontró a Janet ayer y le contó la espantosa verdad. No se atreve a llamar a Rose.

Esconde la cara entre las manos y llora como si estuviese destrozada, con el corazón invadido por el miedo. Rose la ha mentido sin parar y ella no tenía ni idea. No podía saberlo. Eso convierte a su hija en una mentirosa increíblemente buena o a Ellen en una mujer increíblemente estúpida. Siempre había creído que su hija era una persona sincera y honesta. Nunca la había creído capaz de robar tanto dinero. No la conocía en absoluto. Y Rose le mintió a la cara cuando dijo que no sabía que aparecía en el testamento de Fred, cuando lo cierto es que lo sabía desde hacía meses. ¿Qué más cosas no conoce de su hija?

Audrey ha infundido un miedo espantoso en Ellen, con sus historias sobre Fred y sobre lo que hizo. Tiene miedo de que en lo más hondo de su hija haya una oscuridad inescrutable. No sabe si va a ser capaz de mirarla de nuevo de la misma forma.

57

Audrey aparca el coche en la entrada de la casa de Irena. La casa parece en silencio. Ve una cortina moverse en la ventana delantera cuando Irena se asoma a comprobar quién es. Audrey se pregunta si la dejará pasar.

Audrey e Irena se conocen, claro, pero no especialmente bien. Las dos son mujeres fuertes que estaban dispuestas a hacerle frente a Fred Merton si era necesario. Audrey siempre ha admirado a Irena, así como despreciaba a Sheila. Irena ha hecho todo lo que ha podido por esos chicos, eso no lo puede negar nadie. Apareció y empezó a desempeñar el papel de madre que Sheila no quería o no podía representar. A medida que los chicos fueron creciendo y mostrando menos interés por su tía para prestar más atención a sus amigos y que Sheila dejaba cada vez más claro que no le gustaba que Audrey apareciera por la casa, comenzó a ver menos a la familia y a Irena. No sabe cómo va a reaccionar ahora la antigua asistenta ante ella.

Siempre ha sido muy protectora con los chicos. Y Audrey ha venido a su casa a tratar de averiguar cuál de ellos es un asesino.

Sale del coche y se dirige hacia la puerta de la casa. Antes de que le dé tiempo a llamar, la puerta se abre y la cara pálida de Irena la mira con recelo.

—¿Qué quieres, Audrey? —pregunta Irena.

—Solo quiero hablar.

Irena se queda mirándola un largo rato.

—De acuerdo —dice antes de dejarla pasar.

Audrey toma aire, aliviada. Al menos, ha pasado la puerta. No contaba con llegar tan lejos.

—¿Qué tal lo estás llevando? —pregunta Audrey con tono compasivo. Viéndola de cerca, Irena tiene un aspecto espantoso, con oscuras ojeras y su pelo canoso recogido en una coleta que endurece en exceso su arrugado rostro. Parece más vieja pero, desde luego, Irena debe de estar pensando lo mismo de ella.

—Estoy bien. ¿Quieres un café?

—Sí, me encantaría. Gracias. —Sigue a Irena al interior de su ordenada cocina. Mientras Irena le prepara el café, Audrey se sienta en la mesa de la cocina y comenta, vacilante—: Me alegré mucho de que te incluyeran en la herencia. Es justo que Fred y Sheila te reconocieran tantos años de servicio. —Suena torpe, y se siente torpe al decirlo—. Has hecho mucho por esos chicos.

—Gracias —contesta Irena.

—¿Te vas a jubilar? —pregunta Audrey, a falta de otra forma de continuar con la conversación.

—No lo he decidido. Les he dicho a mis clientes que voy a tomarme un tiempo de descanso mientras..., ya sabes. Lo han entendido.

Audrey asiente. Al menos, Irena se ha girado y la está mirando mientras espera a que salga el café. Audrey tiene que buscar el modo de abordar el tema del elefante que hay en la habitación.

—Es tan terrible lo que ha ocurrido... No puedo dejar de pensar en ello. —Su propia voz le suena vacía.

Irena asiente.

—Lo sé. Yo he estado sufriendo pesadillas —confiesa.

Un gato grande y atigrado entra en la cocina y salta sobre la mesa.

—Es precioso —dice Audrey a la vez que extiende la mano para acariciar al simpático gato.

Irena sonríe por primera vez.

—¿Verdad? Pero se supone que no debe subirse a la mesa. —Lo coge para dejarlo en el suelo, donde se restriega por turnos contra sus piernas.

Audrey se pregunta si Irena y ella podrán ser aliadas.

—Tú los encontraste... No me extraña que tengas pesadillas —dice. Irena asiente—. Cualquiera las tendría —la compadece en un intento de establecer un vínculo con la persona que mejor conoce a esos muchachos. Echa un vistazo por la cocina mientras trata de pensar en la mejor manera de sonsacarle a Irena sus secretos.

A última hora de la tarde, un agente se acerca a Reyes con expresión de emoción.

—Señor, puede que hayamos encontrado una pista sobre esa camioneta que estamos buscando.

Reyes le mira con atención.

—Acaba de llamar una mujer. Ha dicho que su vecino tiene una camioneta que se corresponde con la descripción que hemos dado en los medios de comunicación. Dice que ha notado que no la ha sacado en las dos últimas semanas. —Le pasa una dirección y Reyes coge su chaqueta—. La mujer no ha querido dar su nombre ni su domicilio.

Reyes va en busca de Barr y le explica de camino al coche. Conducen hasta una zona de casas ruinosas con garajes y patios descuidados, donde el dinero se destina más a necesidades que a caprichos. ¿Por qué alguien que vive aquí iba a pasearse en coche por Brecken Hill?

Se detienen junto a la dirección y aparcan en la calle.

—No veo ninguna camioneta —dice Barr—. Puede que esté en el garaje.

Reyes asiente. La puerta del garaje está cerrada. Siente un pellizco de excitación. Necesitan que este caso dé un giro. Quizá sea este. Bajan del coche y se acercan a la puerta de la casa.

Sale a abrir una mujer de unos cincuenta y tantos años que los mira con desdén.

—No estoy interesada —dice.

Reyes y Barr le enseñan sus placas.

—Policía de Aylesford —se presenta Reyes—. ¿Podemos pasar?

Ella parece ponerse nerviosa y da un paso atrás a la vez que abre la puerta.

—¡Carl! —grita girándose.

Un hombre de poco más de veinte años y necesitado de un afeitado aparece detrás de ella.

—¿Quiénes son ustedes? —pregunta.

Reyes vuelve a hacer las presentaciones y el hombre mira las placas con recelo.

—¿De qué va esto? —pregunta la mujer, pero está mirando a Carl más que a los inspectores.

—No lo sé, mamá —responde Carl—. Te lo juro.

—Estamos investigando los asesinatos de Fred y Sheila Merton —le explica Reyes. La mujer se queda atónita. Su hijo parece preocupado. Reyes se dirige a Carl—. ¿Es usted propietario de una camioneta oscura con llamas pintadas en los laterales? —Carl vacila, como si considerara sus opciones, y después asiente—. Nos gustaría verla.

—No es su camioneta lo que buscan —dice la madre.

—Está en el garaje —contesta Carl. Se pone unas zapatillas en los pies desnudos y los lleva a través de la cocina para salir por la puerta que da al garaje, con su inquieta madre siguiéndolos detrás. Carl enciende un interruptor y el garaje se inunda de luz.

Reyes se acerca a la camioneta y la observa con atención. Es de color oscuro con llamas naranjas y amarillas pintadas por los laterales. Igual que los coches de juguete antiguos. Reyes no la toca, pero mira por el interior de las ventanillas. Está revuelta y sucia y no parece que la hayan limpiado en mucho tiempo.

—¿Le importa decirnos dónde estuvo usted la noche del 21 de abril? —pregunta Reyes.

—No me acuerdo —responde Carl, nervioso—. Nunca me acuerdo de lo que he hecho ningún día.

—Fue el domingo de Pascua —insiste Reyes.

—Ah. Imagino que estuve en casa. ¿No, mamá?

Su madre parece ahora asustada.

—Yo... no estoy segura —responde—. No lo recuerdo bien —balbucea—. Cenamos donde mi hermana. Después, vinimos a casa. —Mira a su hijo y habla con voz temblorosa—. ¿Saliste después?

Sabe que sí salió, piensa Reyes, pero está dejando que sea él quien mienta. La mujer no sabe qué ha podido hacer su hijo. Le mira como si estuviera acostumbrada a que la decepcione y esta fuese una ocasión más, y se está preparando.

—No. Estoy casi seguro de que me quedé en casa esa noche.

—Vamos a la comisaría y charlemos allí —propone Reyes.

—¿Estoy obligado a hacerlo? —pregunta Carl.

—No, solo queremos hablar con usted. Pero, si no viene, quizá tenga que arrestarle, leerle sus derechos y llevármelo de todos modos. Y, en ese caso, volveremos con una orden de registro. ¿Qué prefiere?

—Está bien —dice el joven de mal humor.

58

La cuestión es la siguiente —empieza Reyes cuando ya se han sentado todos en la sala de interrogatorios—: Su camioneta responde a la descripción del vehículo que vieron alejarse de la casa de los Merton la noche del domingo de Pascua, la misma noche en que asesinaron a Fred y Sheila Merton. Sabemos que ha tenido guardada la camioneta en el garaje desde que se dio la descripción en los medios de comunicación tras el hallazgo de los cadáveres. Así que ¿qué hacía en Brecken Hill esa noche?

Él niega con la cabeza.

—No fui yo.

—Era su camioneta.

—Yo no he matado a nadie.

—Entonces, ¿qué estaba haciendo allí? —pregunta Reyes.

—Joder —dice Carl. Reyes espera—. Quiero un abogado.

Ahora es Reyes quien dice «joder», pero no en voz alta.

—Tengo uno. ¿Lo puedo llamar?

—Por supuesto —responde el inspector antes de abandonar con Barr la habitación.

Una hora después, llega el abogado de Carl Brink y retoman el interrogatorio después de que Carl haya hablado con él en privado.

Carl mira nervioso a su abogado, que asiente con gesto tranquilizador.

—Estuve allí esa noche —confiesa Carl—. Tomé mal un desvío y pasé por esa casa. Llegué a la de al lado, que estaba en una calle sin salida, di la vuelta y volví a pasar.

—¿A qué hora fue eso? —pregunta Reyes.

Carl niega con la cabeza.

—No lo sé. ¿Las once? ¿Las doce?

—¿No lo podría precisar un poco más? —pregunta Reyes.

Carl lanza miradas furtivas a su abogado, como pidiéndole ayuda. Pero el abogado no tiene nada que decir.

—Es lo más que le puedo contar. Quizá iba un poco colocado. —El abogado le mira con un leve movimiento de cabeza—. No tengo nada que ver con lo que pasó allí —insiste Carl. Se lame los labios con gesto nervioso.

—Mentira —replica Reyes—. Entonces, ¿por qué no dijo nada cuando emitimos la descripción de la camioneta? Es evidente que sabía que la estábamos buscando. No la ha conducido desde entonces.

Carl deja caer la cabeza.

—Me han retirado el carné de conducir. Se suponía que esa noche no podía estar conduciendo. Y la he tenido guardada en el garaje desde entonces porque sabía que la estaban buscando y no quería que me detuvieran.

«Joder, qué mierda», piensa Reyes.

—¿Qué estaba haciendo allí?

—Iba a ver a un amigo —responde Carl, desviando la mirada.

—¿Tiene amigos en Brecken Hill? ¿En serio? —Reyes deja que el tono de incredulidad se note en su voz—. ¿O es que estaba haciendo algún negocio?

El abogado se aclara la garganta antes de hablar.

—Mi cliente tiene información que tal vez resulte de utilidad. Quizá podamos centrarnos en ella y no detenernos demasiado en lo que estaba haciendo allí esa noche.

Reyes suelta un fuerte suspiro.

—¿Qué tipo de información? —pregunta. El abogado asiente mirando a su cliente.

—Vi algo —contesta Carl—. En el camino de entrada de esa pareja que han matado.

—¿Qué vio? —pregunta Reyes mirándole con atención.

—Había un coche aparcado al final del camino, cerca de la carretera, no de la casa. Me pareció raro.

—¿Vio a alguien?

Niega con la cabeza.

—No. Solo el coche. Parecía vacío. Tenía las luces apagadas.

—¿Qué tipo de coche era?

—No lo sé. Un coche. Pero tenía una matrícula personalizada. «IRENA D».

Reyes y Barr se dirigen hacia la casa de Irena Dabrowski.

—Va a recibir un millón de dólares por la herencia —dice Reyes—. Eso es mucho dinero para una asistenta. Nunca hemos registrado su coche.

—Bueno, ahora podemos hacerlo —responde Barr.

—Ella sabía también que Dan tenía los trajes desechables en su garaje —recuerda Reyes.

Llegan a casa de Irena y aparcan en la calle. Cuando Irena abre la puerta, parece angustiarse al verlos.

—¿Podemos pasar? —pregunta Reyes.

Ella se hace a un lado para que entren, pálida de repente, como si fuera a desmayarse.

—Quizá debería sentarse —le sugiere Barr llevándola hasta un sillón que hay justo al entrar en la sala de estar.

—Tenemos un nuevo testigo —dice Reyes—. Alguien que vio algo la noche de los asesinatos.

Ella los mira con evidente temor.

—¿Quién de ellos fue? —susurra.

Reyes está impresionado. La asistenta ha estado fingiendo desde el principio. Le molesta no haberse dado cuenta antes.

—Fue usted, Irena. Usted los mató.

Se queda boquiabierta, horrorizada.

—¿Yo? ¿Qué? No. Yo no los maté.

—Alguien vio su coche al final del camino de entrada de los Merton esa noche.

Ella niega con incredulidad.

—Yo no los maté. ¡Se están confundiendo!

—Irena Dabrowski, queda usted arrestada por los asesinatos de Fred y Sheila Merton —dice Reyes mientras Barr le pone las esposas—. Tiene derecho a guardar silencio. Cualquier cosa que diga podrá usarse en su contra ante un tribunal de justicia. Tiene derecho a un abogado...

Irena ha solicitado un abogado y ya es de noche cuando dan comienzo al interrogatorio. Parece muy afectada, casi en estado de shock.

Reyes la mira sin compasión. Los ha estado engañando desde el principio. Limpiando el cuchillo cuando volvió para «encontrar» los cadáveres y hacerles creer que estaba protegiendo a alguno de los chicos. Su reticente confesión de que podría haber sido alguno de los hijos de los Merton, cuando había sido ella desde el principio. Los había lanzado a todos a los leones.

—¿Qué le hace pensar que mi cliente ha asesinado a sus jefes a sangre fría? —pregunta el abogado, mirando con preocupación a su angustiada clienta—. Era su asistenta, por el amor de Dios.

—Tenemos un nuevo testigo que vio su coche, con su matrícula personalizada de «IRENA D», aparcado al final del camino de entrada de los Merton la noche de los asesinatos, entre las once de la noche y la medianoche.

Irena niega con la cabeza.

—Yo no estuve allí —dice entre dientes.

—Va a recibir un millón de dólares gracias al testamento de Fred Merton —señala Reyes—. ¿Correcto?

—Sí —admite.

—Una herencia bastante razonable, teniendo en cuenta el patrimonio de sus patronos y la duración de sus servicios —apunta el abogado.

—Y motivo suficiente para cometer un asesinato —replica Reyes—. Hay gente que mata por mucho menos.

—Yo no lo hice —repite ella con temor en su voz—. Ni siquiera sabía que me iban a dejar nada. ¿Por qué iba a matarlos?

—Manipuló el escenario del crimen. Lo hizo para poner el foco de atención en los hijos y alejarlo de usted. —Ella se queda lívida—. Sabía de la existencia de esos monos desechables en el garaje de Dan y que dejaba la puerta sin cerrar con llave.

—Creo que hemos terminado aquí —interviene el abogado—. Va a necesitar más pruebas que un testigo dudoso. A menos que tenga más...

—Tendremos más —le interrumpe Reyes.

59

Dan se entera del arresto cuando esa noche aparece la noticia en la televisión. No se lo puede creer. Llama a gritos a su mujer.

Ella entra corriendo desde la cocina.

Él la mira, con el gesto descompuesto con una mezcla de horror y alivio.

—Han detenido a Irena. —Lisa pasa la mirada de él a la televisión, atónita—. ¿Me crees ahora? —pregunta con resentimiento, pero con cierto tono de triunfo. Busca el móvil en su bolsillo—. Tengo que telefonear a Catherine.

Cuando Dan la llama por teléfono, Catherine sigue despierta leyendo en la cama con Ted. Les cuesta dormir últimamente y, a menudo, se quedan leyendo hasta bien entrada la noche, hasta que apagan la luz y el miedo los mantiene despiertos.

Ve que es Dan y, a regañadientes, acepta la llamada. Le sorprende que sea Dan. Ha estado haciendo todo lo posible por evitarla.

—Catherine, ¿te has enterado? Han arrestado a Irena.

—¿Por qué? —pregunta ella sin pensar.

—Por los asesinatos.

Catherine se queda sin respiración.

—¿Irena? —Nota que Ted se mueve a su lado.

—Eso dice la prensa. Búscalo en internet.

Catherine abre la aplicación de las noticias locales en su teléfono y ve el titular: «Antigua niñera arrestada por los asesinatos del matrimonio Merton». Ted está mirando el teléfono por encima de su hombro.

Ella contempla a su marido mientras asimila la noticia. A continuación, vuelve a ponerse el teléfono en la boca.

—Será mejor que vengas aquí. Voy a llamar a Jenna. Tenemos que decidir qué hacer. —Su mente va a toda velocidad. ¿Ahora qué? ¿Ponerse del lado de Irena? ¿No decir nada? ¿Vilipendiarla ante los medios de comunicación? Corta la llamada y levanta los ojos. Ted la está observando.

—No me lo puedo creer —dice entre susurros—. Sinceramente, todo este tiempo he creído que había sido Dan.

Ted abraza brevemente a su mujer, con fuerza. A él también le cuesta creerlo. ¿Irena? Si la han arrestado por los asesinatos, deben de tener un buen motivo. Deben de tener pruebas. Se había equivocado con su mujer, de la que había empezado a desconfiar mucho. Se había equivocado con ella. Y Catherine ha estado soportando toda esa espantosa carga, durante todo este tiempo, pensando que su hermano había asesinado a sus padres. La besa en la frente y siente que la terrible tensión que ha estado sufriendo durante las últimas dos semanas empieza a ceder. Claro que ella no es ningún monstruo. Va a ser una madre maravillosa. Ahora podrán pasar página, concentrarse en el bebé. Piensa después en Lisa, en que debe de sentirse igual que él en este mismo momento. Piensa en su encuentro furtivo en el aparcamiento del centro comercial. Quizá puedan relajarse ahora y nunca más volver a hablar entre ellos de sus dudas.

Catherine se aparta para llamar a Jenna. Después, se visten a toda prisa.

Es otra extraña reunión familiar. Están todos, de nuevo en la sala de estar de Catherine y Ted. Solo falta Irena.

Lisa siente como si estuviese aguantando la respiración. Desea con todas sus fuerzas que todo esto sea verdad, que la policía no se equivoque. Desea con desesperación que Irena sea culpable. Que su marido quede absuelto y también Catherine, a la que quiere como si fuera una hermana. Quiere recuperar a su familia y también el dinero y no le importa lo que le pase a Irena. Apenas la conoce.

Cuando han llegado Dan y ella, ha cruzado una mirada con Ted y, de inmediato, los dos han mirado para otro lado, como si estuviesen avergonzados. Catherine ha estado buscando en su portátil cualquier información que pudiera encontrar sobre la detención. No hay gran cosa, solo que han aparecido nuevas pruebas que colocan a Irena en el escenario del crimen en el momento del mismo. Es lo único que saben.

—No me lo puedo creer —repite Jenna, poniendo voz a lo que todos sienten.

—¿Qué pruebas habrán encontrado? —pregunta Dan. Es lo que todos están pensando.

—Tenemos que decidir cómo vamos a enfrentarnos a esto —dice Catherine. Los tres hermanos se miran, dudosos. Por fin, Catherine propone—: Creo que lo mejor es no decir nada ni a la policía ni a la prensa. ¿No se lo debemos a ella?

Despacio, Dan empieza a asentir y Jenna hace lo mismo.

Lisa sabe lo que están pensando. Todos tienen en mente lo mismo... «Gracias a Irena todos vamos a ser ricos».

A la mañana siguiente es domingo y Reyes y Barr están en casa de Irena bien temprano con una orden de registro y el equipo de la policía científica. Irena ha permanecido retenida durante la noche y sigue arrestada. Echan un rápido vistazo al coche antes de que se lo lleven. No hay rastros evidentes de que lo hayan limpiado recientemente ni tampoco de manchas. Tardarán un tiempo en examinarlo a fondo. A continuación, entran en la casa.

El gato está hambriento. Reyes encuentra su comida, le llena los comederos con ella y con agua y ve cómo empieza a comer. Irena ha pedido que alguien lo meta en su trasportín y lo lleve a casa de Audrey para que lo cuide. Reyes asigna esa tarea a un joven agente.

Observan con impaciencia cómo la policía científica realiza su meticuloso trabajo. Pero no encuentran nada en absoluto.

Más tarde, Irena quiere decirles algo. Vuelven a reunirse todos en la sala de interrogatorios: los inspectores, Irena y su abogado. Reyes y Barr reinician las preguntas.

—He recordado una cosa importante —les dice ella—. Recibí una llamada de teléfono a última hora de aquella noche. Era una amiga mía para desearme una feliz Pascua. No sé exactamente cuándo, pero debió de ser después de las once.

Las dos somos personas nocturnas y, a menudo, nos llamamos ya tarde. Hablamos un rato, por mi teléfono fijo. Si miran mi registro de llamadas, verán que estuve en mi casa esa noche, ¿no?

Ya han pedido esos registros. Reyes mira a Barr.

—Comprueba cuánto tiempo van a tardar en enviárnoslos, por favor. —Ella sale de la habitación. Se quedan esperando a que regrese.

Vuelve negando con la cabeza.

—Les he pedido que se den prisa.

—Yo no estuve allí —insiste Irena.

—Tenemos un testigo que ha identificado su coche. Con su matrícula personalizada.

—Creo que sé qué es lo que ha podido pasar —contesta Irena, pálida, pero con renovada firmeza—. Creo que otra persona debió de coger mi coche esa noche.

—¿Alguno de los hijos de los Merton? —pregunta Reyes. Ella asiente—. Es una idea muy oportuna, ¿no? ¿Alguno de ellos tenía la costumbre de cogerle el coche?

—No. Pero, si alguno quiso, podría haberlo cogido. Siempre he dejado una copia de mis llaves en la parte de atrás, en el patio, bajo la maceta. Un juego completo de las llaves de casa y del coche. Todos lo sabían. Empecé a dejarlas allí porque perdí mis llaves en dos ocasiones.

—¿Alguien más conocía la existencia de esa copia de llaves?

Niega con la cabeza.

—No. Solo Fred y Sheila y sus hijos.

—¿Y dónde suele dejar el coche?

—En la calle.

—Entonces, ¿está dando a entender que uno de ellos cogió la copia de las llaves del patio de atrás el domingo de

Pascua, después de que usted se fuera a casa, y que llevó su coche a la casa de los Merton, cometió los asesinatos y volvió a dejar su coche donde estaba?

—Estoy diciendo que es posible. No se me ocurre otra explicación. Yo no llevé el coche allí esa noche.

—¿Alguna vez le ha prestado el coche a Catherine, Dan o Jenna o los ha llevado en él a alguna parte? —pregunta Reyes.

Ella niega moviendo la cabeza.

—No. Todos tienen coches mucho mejores que el mío.

Audrey se había quedado pasmada cuando el agente de policía le llevó el gato de Irena y todas sus provisiones a su casa esa mañana. Ahora está sentada con el gran gato atigrado en el regazo, escuchándole ronronear mientras ella le acaricia con suavidad. El muy traicionero no parece echar nada de menos a su dueña. Su comedero y su arenero están en el suelo de la cocina. Audrey los mira y se pregunta cuánto tiempo va a estar ese gato ahí.

No se puede creer que Irena haya matado a Fred y a Sheila. Le parece una mujer muy sensata, con los pies en la tierra. La policía debe de haberse equivocado. Cuando Irena y ella hablaron, estaban completamente de acuerdo: uno de los hijos de los Merton debía de haberlo hecho. Pero Irena, al igual que Audrey, no sabía cuál.

Quiere saber por qué ha arrestado la policía a Irena. No han dado más información en las noticias, solo que tenían nuevas pruebas que la implicaban.

Todo esto ha sido una sorpresa. Estaba muy segura de que había sido uno de los chicos.

El registro de llamadas confirma que Irena estuvo en casa, hablando por teléfono entre las 23.11 y las 23.43 de la noche del domingo de Pascua. No podría haber cometido los asesinatos si Carl vio el coche entre las once y la medianoche, como ha declarado. No le habría dado tiempo. Reyes debe dejarla en libertad. No tiene suficiente para acusarla del doble asesinato. No tiene suficiente para acusar a nadie. Ahora está de malhumor y con la mirada perdida, agotado mientras trata de darle sentido a todo.

Si Carl Brink dice la verdad, alguien llevó el coche hasta la casa de los Merton aquella noche. Rose no conocía la existencia del juego de llaves escondido de Irena. Pero él sabe que todos los hijos legítimos sí y que todos han mentido. Tiene tres sospechosos. Ninguno de ellos tiene coartada. Todos tenían motivos. Mira con atención las espeluznantes fotografías del escenario del crimen que tiene pegadas en la pared, de Fred y Sheila, asesinados a sangre fría, y se pregunta por enésima vez: ¿quién ha hecho esto?

60

A la mañana siguiente, lunes, hay una multitud de medios de comunicación en la puerta de la comisaría en busca de respuestas. Reyes no tiene ninguna para darles. Pasa entre ellos con un tenso «sin comentarios» y entra. Todo este caso ha sido frustrante.

Y luego, por fin, un descanso a media mañana. Han hallado pruebas físicas.

Reyes y Barr se miran al recibir la noticia.

—Vamos a traer aquí a todos, a Dan, a Catherine y a Jenna, para tomarles muestras de ADN —dice Reyes—. A ver si alguna se corresponde.

Ted está sentado en la mesa de la cocina con una taza de café, mirando el periódico. No va a ir a trabajar hoy. Siente algo oscuro y pesado agazapado en su pecho. Dos noches antes arrestaron a Irena y pensó que esta pesadilla había terminado. Pero ayer la dejaron en libertad. No han dado ninguna explicación sobre el motivo de ninguna de las dos cosas, ni la policía ni las noticias. Catherine ha intentado llamar a Irena en repetidas ocasiones, pero no contesta, y saben que tiene identificador de llamadas. Irena no quiere hablar con ella. Necesitan saber qué coño está pasando. A Ted le entran ganas de ir él mismo hasta su casa y llamar a su puerta.

Catherine da vueltas por la cocina, con la mano colocada a modo de protección sobre su vientre plano. Siente un pellizco de rabia. Quiere consuelo y apoyo, pero él no está seguro de poder dárselo, con o sin bebé.

El silencio se rompe cuando suena el teléfono. Ninguno de los dos se ha dicho aún gran cosa esta mañana. Ted se levanta a coger el teléfono de la pared. Se le cae el alma a los pies cuando reconoce la voz del inspector Reyes.

—¿Puedo hablar con la señora Merton? —pregunta Reyes.

—Un momento —responde Ted antes de pasarle el teléfono a su mujer.

La observa mientras ella escucha, con el corazón latiéndole cada vez con más fuerza. «¿Qué les ha podido contar Irena para que la hayan soltado?», se pregunta. El rostro de Catherine permanece inmóvil mientras escucha y los dedos de la mano que no está sujetando el teléfono se agarran a la encimera de la cocina.

—¿Ahora? —pregunta. Y a continuación—: Muy bien. —Cuelga el teléfono.

—¿Qué quiere? —pregunta Ted.

Ella le mira, y rápidamente desvía la mirada.

—Dice que han encontrado algunas pruebas físicas. Quieren que Dan, Jenna y yo vayamos para que nos tomen una muestra de nuestro ADN. —Traga saliva y susurra—: Ted, ¿y si han encontrado el traje desechable con el ADN de Dan?

Esa cosa oscura que está escondida en el pecho de Ted se remueve y se vuelve a posar, más pesada que antes.

Lisa sabe que todo está a punto de acabar, de una forma u otra. La policía ha encontrado pruebas físicas relacionadas con el crimen. Deben de haber encontrado la ropa llena de sangre o el traje desechable. Han llamado a Dan para tomarle una muestra de ADN.

Después de que Dan salga para la comisaría, pálido pero curiosamente calmado, ella llama a Catherine.

Pero es Ted quien responde al teléfono.

—¿Sí?

—Ted, ¿está Catherine ahí?

—No. Está en la comisaría. —Lisa nota el pánico en su voz—. Tienen que tomarle una muestra de ADN.

—A Dan también.

—Y a Jenna. Se lo van a hacer a todos.

—¿Qué han encontrado? ¿Lo sabes? —pregunta ella, nerviosa.

—Ni idea.

Comparten un largo e incómodo silencio al teléfono, pero ninguno de los dos añade una palabra. Los dos están demasiado asustados.

—Adiós, Ted —dice Lisa antes de colgar. De repente, tiene que sentarse y colocar la cabeza entre las rodillas para no desmayarse.

DOMINGO DE PASCUA, 23.02 HORAS

Sheila está sentada en la cama, intentando leer, pero el libro no consigue atraer su atención. Su mente no deja de volver fastidiosamente a esa misma noche. Fred ya se ha quedado dormido a su lado y ronca de forma irregular, a trompicones. Ella le mira, molesta. Le observa con desprecio. Cuesta sentir otra cosa por él, aunque se esté muriendo. Ha sido un verdadero cabrón. ¿Por qué se casaría con él? Ha sido una desgracia en la vida de todos.

Tiene intención de cambiar su testamento a favor de su hermana. Está poniendo en orden sus asuntos personales. Siempre ha querido perjudicar a los chicos. Y ella nunca ha tenido fuerzas para detenerle. No ha sido muy buena madre.

Durante estas últimas semanas ha estado muy angustiada, consciente de lo que Fred va a hacer. Le preocupa cómo vayan a reaccionar sus hijos cuando Fred muera y se enteren. Se van a enfadar mucho. Y ella no puede hacer nada al respecto.

Oye que suena el timbre de abajo. Mira el reloj de la radio de su mesita de noche. Es tarde. Las 23.03. Se queda inmóvil y espera. ¿Quién será a estas horas de la noche? Pero el timbre vuelve a sonar. Y otra vez más. No puede quedarse sin hacer nada. Aparta las mantas y mete los pies en sus zapatillas mientras coge la bata y se la pone al salir de la habitación. Fred sigue respirando atropelladamente detrás de ella. Enciende el interruptor de la luz de lo alto de las escaleras y de la entrada. Se agarra al suave pasamanos mientras baja por las escaleras enmoquetadas. El timbre de la puerta vuelve a sonar.

Abre la puerta y se queda mirando, confundida ante lo que ve. Hay alguien vestido con un traje protector en la puerta. Se queda tan sorprendida que, al principio, no reconoce quién es. Ve la cuerda en la mano derecha de esa persona. Todo ocurre demasiado rápido como para asimilarlo: el reconocimiento, el espanto de entender lo que pasa de repente. Y, entonces, se gira para intentar escapar. No es lo suficientemente rápida y sufre un tirón hacia atrás por el cuello. Mientras siente cómo la cuerda le aprieta la garganta con fuerza, Sheila intenta coger el teléfono móvil de la mesa auxiliar, pero cae al suelo...

61

Dos días después, Jenna está sentada en la ya familiar sala de interrogatorios, con su abogado con la espalda erguida y en alerta a su lado. Ella no va a decir nada. No tiene intención alguna de confesar. No se siente culpable. Se lo tenían merecido.

El inspector Reyes la mira como si lo supiera todo, como si pudiese entrar en su cabeza y leerle los pensamientos. Pues suerte con ello. Hay mucha oscuridad ahí dentro, en su cabeza. Pero ella sabe que no tienen ninguna prueba física, digan lo que digan. No pueden haber encontrado el traje desechable con la sangre ni los guantes ni todo lo demás. Sabe que no. Van de farol.

—¿Ha cogido alguna vez el coche de Irena? —pregunta Reyes.

Así que saben lo del coche. Se había imaginado que por eso habían arrestado a Irena. Pero ¿por qué la han soltado? Irena no tiene coartada para esa noche. Jenna lo sabe. Se iba a su casa tras la cena de Pascua en casa de los Merton y se iba a acostar a leer un buen libro. Eso es lo que había dicho.

¿Han averiguado que alguien más podría haber usado su coche? Irena les habría contado lo de la copia de las llaves para intentar salvarse. Pero todos sabían que Irena guardaba esas llaves en el patio de atrás.

—¿Ha cogido alguna vez el coche de Irena? —repite Reyes.

El abogado le ha dicho que lo niegue todo.

—No.

—Eso es interesante, porque tenemos pruebas de ADN que la sitúan en el asiento del conductor de ese coche —dice Reyes—. Hemos encontrado un pelo de su cabeza.

—Eso es imposible —se apresura a responder Jenna mientras piensa: «Así que eso es lo que han encontrado; esa es su prueba física». Se da cuenta de que está jodida y el corazón le late con fuerza mientras dice que nunca ha subido al coche de Irena. Le cuesta pensar con claridad dentro de esta habitación pequeña y calurosa, con todos mirándola. Siente que empieza a sudar y se echa el pelo hacia atrás con un gesto nervioso.

—¿Qué relevancia tiene esto? —pregunta el abogado.

—Tenemos un testigo que vio el coche de Irena aparcado al final del camino de entrada de la casa de los Merton la noche de los asesinatos —responde Reyes—. Se acordaba de la matrícula personalizada.

El abogado le lanza ahora a Jenna una mirada rápida y vuelve a apartarla.

—Hemos terminado. Se acabaron las preguntas —dice el abogado—. A menos que tengan algo más.

Reyes niega con la cabeza. El abogado se pone de pie.

—Vamos, Jenna, podemos irnos.

Pero Jenna se toma su tiempo, mientras recupera su confianza.

—Es perfectamente comprensible que haya un pelo mío en el coche de Irena —afirma—. Siempre le doy un abrazo cuando la veo y, normalmente, ella se mete en su coche después. Debe de ser así como ha llegado el pelo hasta ahí. —Se levanta para marcharse.

—La cuestión es que sabemos que Irena estuvo en su casa esa noche —replica Reyes dejando ver su frustración—. Estuvo hablando por teléfono con una amiga a la hora de los hechos. Sabemos que otra persona debió de coger su coche esa noche. Y no hemos encontrado ADN de nadie más en su interior aparte del suyo. Y sabemos que usted se había enterado esa noche de que su padre iba a cambiar su testamento.

—Eso no va a ser suficiente, y lo sabe —interviene el abogado—. Como asegura mi cliente, ese pelo puede haberse transferido por un abrazo.

Jenna sonríe al inspector con expresión de superioridad y sale tras su abogado de la habitación sin decir nada más.

62

Desde que dejaron a Irena en libertad, Catherine ha estado con el alma en vilo. No han llegado a saber por qué la habían arrestado ni por qué la habían soltado. Irena no responde a sus llamadas ni le abre la puerta de su casa, lo cual resulta perturbador. Y han tomado muestras de ADN de todos, hace dos días.

Catherine oye el timbre de la puerta y se pone de pie rápidamente, sobresaltada. De repente, siente un mareo. ¿Van a arrestarla ahora? No puede ser. Ella no ha hecho nada. Pero siente que el pánico le va inundando el pecho. El miedo por su hijo sin nacer.

Va a abrir la puerta con un profundo temor en el fondo del estómago.

—Audrey —dice, sorprendida. Su voz se vuelve helada—. ¿Qué haces aquí?

—¿Puedo pasar? —pregunta Audrey.

Catherine vacila y, después, se aparta y abre la puerta del todo. Ted se ha unido ahora a ellas y tiene en su rostro esa expresión que ella ha llegado a odiar: la expresión del miedo. Le dan ganas de zarandearlo. Entran en la sala de estar y se sientan.

—He estado hablando con Irena —anuncia Audrey.

Catherine se queda mirándola, con el corazón a punto de salírsele por la boca, y se arma de valor. ¿Por qué iba Irena a hablar con Audrey si no quiere hablar con ninguno de ellos? Teme mirar a su marido.

—¿Por qué iba Irena a hablar contigo?

—Irena y yo nos conocemos desde hace mucho tiempo —responde Audrey—. Nos entendemos. Me he estado ocupando de su gato mientras ella estaba arrestada.

Catherine la mira, confundida.

Audrey le explica que vieron el coche de Irena.

—Irena dice que alguien debió de coger su coche esa noche —añade.

Catherine intenta hablar, pero tiene la boca seca.

Entonces, es Ted quien habla, sin alterar la voz.

—Eso..., eso es absolutamente absurdo.

—Lo cierto es que saben que otra persona debió de usar el coche esa noche porque ella estaba en su casa, hablando por teléfono —contesta Audrey—. Tienen los registros. —Hace una pausa, claramente disfrutando de estar compartiendo esa información—. Dice que todos vosotros sabíais que ella guardaba una copia de las llaves en el patio de atrás.

Catherine no responde, pero lanza una rápida mirada a Ted y nota que él está aún más pálido.

—Y sé otra cosa más. Han encontrado muestras de ADN, un pelo, pertenecientes a otra persona en el asiento del conductor de ese coche, aunque Irena dice que ninguno de vosotros ha montado nunca en su coche, por lo que a ella le consta.

—¿Y eso cómo lo sabes? —pregunta Ted con tono acusatorio, como si pensara que se lo está inventando todo.

—Conozco a una periodista que tiene amistad con alguien del laboratorio. Me lo ha contado ella con la esperanza de que yo le pudiera dar algo más.

—¿De quién es el ADN? —pregunta Catherine con la boca seca. Apenas puede pronunciar palabra.

—De Jenna.

Catherine se hunde en el sofá mientras siente un alboroto en su interior. «Jenna». Respira hondo. Jenna supo esa noche que su padre iba a cambiar su testamento. Jake se lo contó a la policía. Catherine se había preocupado cuando arrestaron a Irena. Parecía que todo se había puesto del revés. Durante todo ese tiempo había creído que había sido Dan, que era el más parecido a su padre. Siempre le había preocupado su comportamiento extraño y acosador; está enterada de su costumbre de salir por las noches solo con el coche. Ha heredado los peores impulsos de su padre, pensaba, pero no su inteligencia para los negocios.

—Entonces, ¿creen que lo hizo Jenna? —pregunta por fin—. ¿Van a detenerla?

Audrey niega con la cabeza, ahora con un claro gesto de frustración.

—Mi amiga periodista dice que no va a ser suficiente para arrestarla por asesinato. Al parecer, la han interrogado y la han dejado en libertad.

Catherine no quiere ver el apellido de su familia arrastrado por el barro. Quiere que todo se olvide. Se da cuenta, casi con una sensación de sorpresa, de que todo va a salir bien. No va a pasar nada malo. Jenna no va a ir a la cárcel. Ni siquiera la van a arrestar. Ni tampoco a Dan. Todo va a salir bien. Pueden volver a respirar, ahora que lo saben. La vida seguirá su curso. El escándalo se desvanecerá. Y todos van a ser ricos. La única que va a ir a la cárcel es Rose.

De repente, siente como si le hubiesen quitado una terrible carga de los hombros. Tiene que sofocar el impulso de sonreír. En lugar de ello, adopta un adecuado gesto serio.

—Gracias por contárnoslo, Audrey.

—He pensado que tenía que decíroslo. No estaba segura de que nadie más fuera a hacerlo.

Catherine mira a Audrey con los ojos entrecerrados.

—Estás disfrutando con esto, ¿verdad? Siempre has sentido un especial desagrado por Jenna.

Audrey se levanta para marcharse.

—No deberían haber asesinado a Fred. Yo debía haber recibido lo que me correspondía por derecho cuando él muriera de cáncer, cosa que iba a ser pronto. —Va hacia la puerta de la calle y se gira para hacer un último comentario—: ¿Sabes lo que sí disfrutaría de verdad? Ver a Jenna en prisión.

Dan está en su casa cuando recibe una llamada de Catherine. Siente que el cuerpo se le inunda de adrenalina cuando Catherine le cuenta todo. Cierra los ojos, aliviado por un momento. La policía va a dejar de molestarle ahora. Y sienta bien que por fin se sepa. Sienta bien saber a cuál de tus hermanas hay que vigilar. Qué extraño resulta tener que agradecérselo a Audrey.

—¿Qué deberíamos hacer? —pregunta Dan—. Quiero decir, ¿se lo contamos a ella o qué?

Catherine guarda silencio al otro lado del teléfono un momento mientras piensa.

—No creo que debamos permitir que se salga con la suya con respecto a nosotros, ¿sabes?

Dan se queda callado. No quiere que se salga con la suya y punto.

—¿Puedes venir esta noche? Tenemos que decirle a Jenna que lo sabemos y asegurarle que no vamos a decir nada.

—Vale —responde Dan a regañadientes—. Si crees que es lo más sensato... Ya sabes el carácter que tiene.

El ambiente está visiblemente tenso en casa de Catherine esa noche.

Ahora que ha llegado el momento, Catherine descubre que está nerviosa y mira a Ted en busca de apoyo. Él también parece inquieto. Ella no sabe exactamente qué esperar, alguna especie de negación fría por parte de Jenna. Pero deben decirle que lo saben. Dan y ella tendrán que vigilar a Jenna y cruza los dedos por que nunca vuelva a tener motivos para asesinar a nadie más.

Irena, que por fin ha respondido a su llamada, ha declinado su invitación. No quiere volver a tener relación con ellos. Irena le ha contado que ha decidido jubilarse y mudarse al sur cuando reciba su parte de la herencia, que ya le enviaría una felicitación por Navidad. Y después ha colgado. Catherine no puede culparla. Su lealtad ha llegado a su fin. Casi termina acusada de asesinato.

Han venido todos, excepto Audrey. Ted y ella comparten el sofá. Jenna está en un sillón y Dan en el otro, con Lisa sentada a su lado en la otra silla que ha acercado Catherine. Les ha servido ya a todos una copa de vino y ella está tomando su falso gin-tonic.

Catherine tiene la intención de mantener un tono lo más neutral posible al hablar:

—Jenna, hemos sabido que la policía ha encontrado tu ADN en el coche de Irena, que creen que fuiste tú quien asesinó a papá y a mamá. —Ve que la expresión de Jenna se vuelve fría y que en su boca aparece un gesto de rabia—. Pero no te preocupes —continúa—. Porque no va a pasar nada. Ese pelo en el coche de Irena no es suficiente para arrestarte. Todo va a salir bien. —Hay un momento de cargado silencio.

—¿Cómo te atreves? —pregunta Jenna con tono amenazante.

Catherine retrocede. Ya ha visto así a su hermana en otras ocasiones. Está asustada. Catherine mira a los demás en busca de apoyo.

—Lo sabemos, Jenna. No tiene sentido que nos lo niegues. No vamos a hacer nada.

—No saben nada —responde Jenna con voz gélida—. Han encontrado un pelo mío en el coche de Irena. No tienen ni idea de cómo ha llegado hasta ahí, pero puede que tú sí. —Mira con desagrado a Catherine, que siente un mareo. «No puede ser que esté culpándola». Levanta rápidamente los ojos a Ted, pero él está mirando a Jenna, como si hubiese una serpiente enroscada en la silla—. O puede que fueras tú, Dan —continúa Jenna, mirándole.

Dan se queda boquiabierto.

—No sé quién, pero alguno de vosotros ha matado a mamá y a papá y ha dejado mi pelo en el coche de Irena.

—Nadie lo ha puesto ahí —se apresura a decir Catherine cuando es consciente de la situación y los nervios se le desatan sin poder controlarlos. A esto es a lo que se reduce todo, a que Jenna ha asesinado a sus padres. Pero, ahora, el propio marido de Catherine no estará jamás del todo seguro de que no ha sido ella. Mira a Lisa y ve la desesperada inseguridad con que mira a Dan. ¿A quién va a creer? Entonces, Catherine vuelve a fijar los ojos en Jenna, pero su hermana la está mirando ahora con más calma, habiendo recuperado la confianza.

—Esa noche no salí de mi casa, aunque no pueda demostrarlo —dice Jenna—. Pero todos sabemos que cada uno de vosotros estuvo fuera varias horas.

Catherine, que nota en silencio cómo va entrando en pánico, piensa: «Esta puta familia».

63

Jenna conduce hacia su casa desde la de Catherine, con los faros perforando la oscuridad a lo largo del camino de tierra mientras recuerda aquella noche de Pascua. Había salido de allí con ganas de matarlos. Dejó a Jake en la estación del tren. No deseaba su compañía y él no trató de convencerla de lo contrario. Después, se fue a su casa, se puso a pensar en ello y elaboró un plan.

Jenna fue con el coche hasta la casa de Dan. El coche de su hermano no estaba en la entrada. Con unos guantes de látex que había cogido del armario de la limpieza, entró a hurtadillas en el garaje por la puerta sin cerrar. El coche de Dan tampoco estaba ahí. Había salido a dar una vuelta con él, pensó, porque tiene esa manía. Conoce las raras costumbres de su hermano. Utilizó una pequeña linterna que había comprado —se había dejado el móvil en casa adrede— para coger el mono desechable y las calzas que ya sabía que estaban ahí. Después, fue con el coche hasta la casa de Irena. Tal y como esperaba, su vehículo estaba aparcado en la calle y su casa estaba a oscuras. Jenna aparcó su coche más allá, fuera de la vista de la casa de Irena y, con cuidado de que no la vieran, encontró las llaves de Irena en la parte de atrás, bajo la maceta. Después, condujo el coche de Irena hasta la casa de sus padres. Llegó poco antes de las once y, con los faros apagados, se detuvo y aparcó al final del camino.

La noche era oscura y tranquila. Probablemente nadie vería el coche allí estacionado, pero en caso de que sucediera, sería el vehículo de Irena el que vieran, no el suyo. No había querido arriesgarse a que nadie pudiera ver su coche, su Mini Cooper, cerca de la casa esa noche.

Bajó del vehículo y se quedó mirando la casa un momento. Había una débil luz que salía del dormitorio principal. Jenna fue caminando hasta la parte de atrás con su bolso de lona. Allí, se quitó los zapatos y la chaqueta y se puso el mono desechable, otro par de calcetines gruesos y las calzas. En cuanto se hubo equipado, con la capucha bien apretada a la cara, sin que le saliera ningún pelo, tuvo una extraña sensación de ser invencible. Cogió el cable eléctrico que había llevado, rodeó la casa hasta la puerta de entrada y llamó al timbre. No salió nadie. Volvió a llamar otra vez. Y otra. Por fin, vio que se encendían las luces de la parte de arriba de la escalera y de la entrada, filtrándose por las ventanas de la sala de estar a su izquierda, y al cabo su madre abrió la puerta, tal y como sabía que haría.

Por un momento, su madre se quedó quieta, sin entender. Quizá no la reconoció por el traje protector que la tapaba por completo, incluso el pelo, y que le cambiaba la forma del cuerpo. Su madre no entendía qué tenía que hacer. Y, entonces, la reconoció. Y lo supo. Aquella expresión en su cara. Dio un paso atrás, se giró y fue dando tumbos hacia la sala de estar. Pero Jenna fue detrás de ella y le rodeó rápidamente el cuello con el cable eléctrico, antes de que pudiera dar un grito siquiera. Mantuvo el cable apretado y arrastró a su madre al interior de la sala de estar, tratando de no hacer mucho ruido, a la vez que seguía apretando hasta que su madre dejó por fin de defenderse y se desplomó sobre el cable. A continuación, la dejó caer sobre el suelo. Jenna no sentía nada. Volvió en silencio a cerrar la puerta de la calle. Después, regresó con el cadáver y forcejeó con los anillos de su madre hasta arrancárselos. Le resultó difícil con los guantes. Oyó que su padre gritaba desde arriba.

—Sheila, ¿quién es?

No tuvo tiempo de sacar los resbaladizos pendientes de diamantes de las orejas de su madre. Jenna fue rápidamente a la cocina por la parte de atrás de la sala de estar para no tener que pasar por la entrada, por donde su padre bajaría. Dejó el cable y los anillos sobre la encimera y sacó el cuchillo de trinchar del taco.

—Aquí —gritó con la esperanza de que no mirara antes en la sala de estar. Si lo hacía, improvisaría algo. Iría a por él.

Se quedó inmóvil en la oscuridad de la cocina mientras le esperaba. Recuerda cómo le agarró por detrás cuando él pasó por su lado y le cortó el cuello con un movimiento limpio; la sangre salía a borbotones por encima de su mano. El resto es un poco borroso. Fue distinto que matar a su madre. Algo se apoderó de ella. Cuando hubo terminado, le costaba respirar, agotada y cubierta de sangre. Se sentó un rato en el suelo a descansar. Sabía qué tenía que hacer a continuación y debía darse prisa.

Cogió una bolsa de basura de debajo del fregadero y metió en ella los anillos de su madre y el cable. Después, fue por el pasillo y subió al dormitorio principal. Revolvió el joyero y, a continuación, decidió llevárselo todo y volcó el contenido en la bolsa. Vació las carteras y las tiró al suelo.

Dejó tras ella un rastro de sangre mientras abría cajones y lo destrozaba todo al pasar, arriba y abajo. Entró en el despacho, pero no tocó la caja fuerte. Por último, cogió del comedor la caja de la cubertería de plata de la familia. Luego, salió por la puerta de atrás, la de la cocina, hasta el patio, que lindaba con un barranco. Sabía que nadie podía verla. Estaba completamente oscuro y las demás casas quedaban demasiado lejos, tapadas por los árboles. Metió la caja de la cubertería en el bolso de lona que había llevado. Después, se quitó el traje desechable lleno de sangre, las calzas y los calcetines gruesos y los metió con cuidado en la bolsa de plástico, junto con el cable y las joyas, las tarjetas y el dinero. Por último, se quitó los guantes. Se limpió a conciencia la cara y las manos con toallitas húmedas que, después, introdujo también en la bolsa de basura. A continuación, metió la bolsa en el bolso de lona, se puso los zapatos, la chaqueta y unos guantes de látex nuevos y se dirigió hacia el coche. Regresó a la casa de Irena, metió el bolso de lona en su propio coche y volvió a dejar las llaves.

De camino a casa, se deshizo de las pruebas. En un lugar donde nadie pudiera encontrarlas. Escondió el bolso de lona en una granja que había en el mismo camino desolado por donde ella vive. Lo enterró donde al día siguiente o al otro iban a poner un nuevo suelo de hormigón para un edificio anexo. Fue un golpe de suerte saber esto porque conocía a la mujer que era propietaria de la granja y se lo había mencionado.

Ahora, cada vez que Jenna pasa junto a esa casa y la ve erigirse, avanzando a buen ritmo, tiene una sensación de satisfacción.

Jamás encontrarán esas pruebas. Es la única que sabe que están ahí.

Catherine y Dan no mataron a sus padres, pero Ted y Lisa no están seguros de ello. Jenna sonríe con satisfacción mientras conduce. Si quisiera, podría contarles muchas cosas a Ted y a Lisa, cosas que son verdad y que les pondrían los pelos de punta. Lo de esos pendientes, por ejemplo, los que han encontrado en el joyero de Catherine, los que «le pidió prestados». Jenna sabe que su madre llevaba esos mismos pendientes la noche que la estranguló. Había tenido tiempo suficiente de fijarse en ellos mientras le apretaba el cable alrededor del cuello. Sabe que Catherine debió de quitárselos al cadáver de su madre esa noche. Se pregunta qué pensaría Ted al respecto.

Y Dan..., ¿no se pregunta Lisa de dónde viene esa obsesión de su marido por salir siempre con el coche cuando ha oscurecido? ¿Adónde cree que va? ¿Nunca ha intentado llamarlo al móvil? ¿Qué se supone que hace? «El típico comportamiento de un asesino en serie, en mi opinión», piensa Jenna.

Qué pena que Audrey no haya muerto envenenada con lo que le puso en el té helado aquel domingo por la mañana, cuando entró por la ventana abierta de la parte de atrás mientras Audrey había salido. Aunque, al final, piensa Jenna, tampoco es que importe mucho.

Epílogo

Audrey recorre en el coche el trayecto entre la casa de Fred y Sheila y la de Irena y, después, hasta la casa de Jenna, una y otra vez durante las siguientes semanas. Cree que Jenna debió de tirar la ropa ensangrentada o el traje desechable en algún punto de ese camino aquella noche.

Quiere demostrar que Jenna asesinó a Fred y a Sheila. Es evidente que Catherine no quiere, que lo único que desea es que todo se tranquilice, proteger el buen nombre de su familia. Pero Audrey sospecha que Dan siente lo mismo que ella. Audrey entiende el porqué. Para la opinión pública y la prensa, obsesionados con el asesinato de los Merton, Dan es el único culpable, según parece pensar todo el mundo. Y él quiere que le exoneren de esa culpa.

Audrey se imagina que fue Jenna la que intentó envenenarla.

Se dedica a seguir a Jenna, pero guardando una distancia prudencial. Un día la ve detenerse un momento en una casa que hay por el camino de tierra que va hasta la suya. No se queda mucho rato allí, pero sí el suficiente como para que

Audrey se dé cuenta, mientras espera más atrás, a un lado del camino, de que están construyendo una nueva edificación en esa finca, a poca distancia de la casa. Jenna sale con algo en las manos. Audrey está demasiado lejos como para ver qué es.

Mientras Jenna se aleja, Audrey se queda un momento donde está. Después, se acerca con el coche. Ve el cartel: «HUEVOS FRESCOS». Audrey sale del coche y se acerca por el corto camino de entrada. Es una casa vieja bien restaurada y que conserva su encanto original. Ladrillo rojo, molduras ornamentales en el porche. Audrey puede verse viviendo en una casa así, en el campo, pero no demasiado lejos de la ciudad. Por supuesto, lamenta no poder permitirse nunca Brecken Hill, pero es cierto que le encanta esta zona, tan bonita y tranquila.

—Hola —saluda Audrey cuando sale una mujer por la mosquitera de la puerta—. Tiene usted una casa preciosa.

—Gracias —contesta—. ¿Quiere unos huevos?

—Sí, por favor. Una docena. He visto que está levantando otra edificación —comenta Audrey mientras la mujer le prepara los huevos.

La mujer asiente.

—Pusimos los cimientos justo después de Pascua y ya está casi terminada.

Audrey le sonríe a la mujer y le paga.

Audrey ha visto suficientes series sobre crímenes como para saber que es muy buena idea enterrar cadáveres bajo el hormigón, sobre todo si se trata de los cimientos de un edificio. ¿Por qué no unas pruebas? Va a ver a Reyes y Barr y les cuenta lo que piensa. Pero ellos le explican que no pueden excavar un edificio que es propiedad privada basándose en sus sospechas, por mucho que para ella tenga todo el sentido.

Al final, pasa todo un año. Audrey se ha enterado de que Catherine ha dado a luz a una niña y que Ted, la bebé y ella viven ahora en la antigua casa de Fred y Sheila en Brecken Hill. Audrey vio hace poco a Ted en el supermercado, empujando cansinamente un carro mientras compraba comida y pañales. Parecía demacrado, triste. Ella se dio la vuelta antes de que él pudiera verla.

Un soleado día de principios de junio, Audrey vuelve a pasar por casualidad por la encantadora casa del campo. Esta vez ve un cartel de «se vende» en la fachada. Audrey acaba de recibir su herencia: un millón de dólares. Detiene el coche y se queda mirando el cartel durante un rato. Debería ser más que suficiente.

Saca su teléfono móvil y llama a la inmobiliaria.

Agradecimientos

Escribir un libro e introducirlo en el mercado, especialmente en el plazo de un año, requiere un esfuerzo conjunto y coordinado y yo tengo la increíble fortuna de contar con los mejores equipos. Aquí estamos, con el sexto libro, y una vez más quiero mostrar mi agradecimiento más sincero a todas las personas que hacen que mis libros lleguen a alcanzar cada vez su máxima expresión. Gracias a Brian Tart, Pamela Dorman, Jeramie Orton, Ben Petrone, Mary Stone, Bel Banta, Alex Cruz-Jimenez y al resto del fantástico equipo de Viking Penguin en Estados Unidos; a Larry Finlay, Bill Scott-Kerr, Frankie Gray, Tom Hill, Ella Horne y al resto del extraordinario equipo de Transworld en el Reino Unido; y a Kristin Cochrane, Amy Black, Bhavna Chauhan, Emma Ingram y a todo el equipo de Doubleday en Canadá. ¡Gracias a todos, con un reconocimiento especial a mis muy apreciadas, incansables editoras, Frankie Gray y Jeramie Orton!

De nuevo, le estoy especialmente agradecida a Jane Cavolina, por ser una correctora excepcional. No me imagino a nadie mejor para corregir mis libros.

Gracias una vez más a mi querida agente, Helen Heller, sobre todo este año en que la pandemia ha hecho que todo parezca mucho más difícil. Siempre me animas a seguir adelante y te estoy agradecida por ello. Gracias también a Camilla, a Jemma y al resto del equipo de la agencia Marsh por representarme en todo el mundo y vender mis libros en tantos mercados.

Gracias de nuevo a mi asesor en asuntos de medicina forense, Mike Illes, máster en Ciencias, del Programa de Ciencias Forenses de la Universidad de Trent, y también a Kate Bendelow, investigadora de la policía científica del Reino Unido. ¡Os estoy muy agradecida a los dos por vuestra ayuda!

Como siempre, cualquier error del manuscrito es únicamente responsabilidad mía.

También me gustaría dar las gracias a todas las personas del sector editorial que se han ofrecido a celebrar eventos virtuales cuando no hemos podido hacerlo en persona.

Gracias siempre a mis lectores. Yo no estaría aquí, haciendo lo que me gusta, sin vosotros.

Y, por último, gracias a mi marido, a mis hijos y a mi gato Poppy. Manuel merece una mención especial por haber estado todo el año pasado resolviendo problemas técnicos sin parar.